ASAHI SENSHO
朝日選書 957

枕草子のたくらみ

「春はあけぼの」に秘められた思い

山本淳子

朝日新聞出版

はじめに

「春は、あけぼの」という冒頭文であまりにも有名な『枕草子《まくらのそうし》』。短く歯切れのよい文章は教科書でもおなじみで、中学や高校の国語の授業でいくつかの章段を読んだという経験は、多くの方が持っていることでしょう。平安時代の宮廷で中宮定子《ちゅうぐうていし》に仕えた女性・清少納言《せいしょうなごん》による、王朝の雅びを軽いタッチで描いたエッセイで、比較的読みやすいもの。そうしたイメージを抱かれることが少なくないのではないでしょうか。

本書はその『枕草子』の世界を、作品が書かれた経緯に照らしつつ紹介するものです。実は『枕草子』は、個性的にして悲劇の人であった定子に清少納言が捧げた作品で、定子の生前は定子の心を慰めるために、定子の死後はその鎮魂の思いをこめて書かれました。

紙が高価で貴重であった平安時代、小さな紙片で事足りる和歌ならばまだしも、大量の紙を必要とする散文作品は、作者ひとりの思いのみで私的に創作することは困難でした。必ずや何らかの形での経済的支えがあって、作品は作られたのです。『枕草子』も、紙は定子から与えられたと明かしています。そのような『枕草子』が、体裁としては清少納言という一人の女房《にょうぼう》の個人雑記のような形を取りながらも、実は定子後宮《こうきゅう》という集団の産物であり、その意味で定子後宮の文化遺産といえる作品であることは、『枕草子』研究の基本的見解となっています。本書もそこから出発して、清少納言の創作の意図や章段の意味などを読み解きました。

一方で、本書が特に重視したいと考えたのは、『枕草子』が定子の死後、敵方だった藤原道長《ふじわらのみちなが》の権勢極まる当時の社会に受け入れられ、作品として生き残ったという事実です。『枕草子』は定子という後ろ盾を喪《うしな》った後にも書き進められ、世に流布しました。なぜそれが可能だったのでしょうか。
次の資料は、実際に『枕草子』が広まっていく一場面を示したものです。

女院に候《さぶら》ふ清少納言が娘小馬《こま》が草子《さうし》を借りて、返すとて

いにしへの　世に散りにけむ　言《こと》の葉《は》を　書き集めけむ　人の心よ

返し

散りつめる　言の葉知れる　君見ずは　書き集めても　甲斐《かひ》なからまし

（女院に仕える清少納言の娘・小馬から冊子《さっし》を借りて返す時に詠んだ歌。
いにしえの世に広く知れ渡っていた言葉たちでしょう。それをこうして草子に書き集めたという作者の心が偲《しの》ばれます。

返歌

広く知れ渡った言葉をご理解下さるあなたに見ていただけるのでなかったら、書き集めても甲斐がなかったことでしょう。ありがとうございます）

（『範永集《のりながしゅう》』一〇九・一一〇）

十一世紀に活躍した歌人《かじん》・藤原範永の家集《かしゅう》に書きとめられた贈答です。詞書《ことばがき》によると、範永は清少

納言の娘から「草子」を借りたのです。この「草子」は、清少納言の和歌集という説もありますが、彼の和歌が過去のことを伝え聞いた口調であることを考えれば、やはり『枕草子』と読むのが妥当でしょう。彼の和歌の「いにしえの世の中では知れ渡っていた言葉たち」という内容からは、清少納言が『枕草子』で定子後宮を舞台に様々な気の利いた言葉のやりとりをし、喝采《かっさい》を浴びたことが思い出されます。範永は『枕草子』を借りてそんなエピソードを読み、「それを書き集めたという作者・清少納言の思いが偲ばれる」という挨拶とともに彼女の娘に返したのです。この時すでに清少納言は亡くなっていたのでしょうが、『枕草子』はこうして親族に所蔵され、時に人に請われては借りられたのです。借りられるだけでなく、間違いなく書き写されてもいたでしょう。

　ところで、ここで見過ごしてはならないのが、この娘が「女院《にょいん》」つまり上東門院彰子《じょうとうもんいんしょうし》に仕える女房であったということです。中世の系図集『尊卑分脈《そんぴぶんみゃく》』を見れば、清少納言の夫であった藤原棟世《むねよ》なる人物の娘に「上東門院女房　小馬《こま》の命婦《みやうぶ》と号す」と注記された女子がいるので、この人物と確認できます。

　歌人が女房から書物を借りて返し、その折に風流な挨拶の和歌を交わし、それを家集にまで載せている以上、この貸し借りは主人に禁じられた行為などではなかったはずです。しかし上東門院彰子といえば、定子の最晩年にその夫・一条《いちじょう》天皇（九八〇～一〇一一）に入内《じゅだい》し、翌年には定子の持つ中宮の地位を半分奪うようなかたちで分け持つことになった、政治的には明らかに敵対関係にあった人物です。定子の生前、彰子の父で当代の最高権力者である藤原道長が定子をいじめたことも、よく知られています。その彰子に清少納言の娘は仕え、清少納言が定子に捧げた作品を公然と外部に貸し出しているのです。

ここからは、『枕草子』が彰子の関与のもとで守られていたことが推察できます。『枕草子』は彰子にとっても存在価値のある作品であり、だからこそ定子の死後も流布を認められたのです。では、それはなぜなのか。定子の時代の香りに満ちたこの作品をなぜ彰子が作品として生き延びさせたのか、本書はその解明に挑みました。

さて、本書をお読みいただく前に、『枕草子』という作品の概要を説明しましょう。

第一に、『枕草子』という題名の意味について。「寝具の枕」「枕詞《まくらことば》」など研究者が様々に考察しているものの、残念ながら定説を得ていません。

第二に、章段について。『枕草子』は、あるテーマに沿った長短様々の断章から成り、一般にそれを「章段」と呼んでいます。章段の総数は約三百段にのぼり、次のように大別されています。

類聚《るいじゅ》的章段…「山は」「森は」など「～は」型、または「うつくしきもの」など「～もの」型でテーマを掲げ、それに沿って事物をリストアップした章段。

随想的章段…批評や空想、日常の小さな体験などを、思いつくまま自由に書いた章段。

日記的章段…よく知られる「香炉峰《こうろほう》の雪」の段など、宮廷社会に起きた出来事を書き留めたもの。ほとんどは作者が見聞きした事実による。

とはいえ章段を詳細に見てみると、随想的章段として始まりながらやがてある人物のエピソードを語る日記的章段へと変わるものや、類聚的章段として始まりながら説明や想像が膨らんで随想的章段へと変わるものもあって、必ずしもすべてが判然と分けられるわけではありません。清少納言はかなり自由な態度でこの作品を創作したと言えます。実は章段がどこで切れるかも作者の手にあった段階では明記されていなかったと考えられるので、注釈書によっては、こうした変化してゆく章段を一段と考えたり、二段に分けて考えたりしています。そのため、章段の数え方は注釈書によってばらばらで一つに定まりません。『枕草子』のある章段を話題にするとき、それを章段の通し番号で呼ばず、最初の一節を採って「山は」「うつくしきもの」などと呼ぶのは、そのためです。

第三は、成立過程について。『枕草子』は一度に現在の形になったのではないということが分かっています。大まかに言って、『枕草子』には三つの段階がありました。最初は、定子から拝領した紙に記し、献上した段階です。一冊の冊子本で、分量は今よりかなり少なかったと考えられます。その次に、おそらく章段ごとか幾つかの章段のまとまりごとに執筆され、発表される段階がありました。現代のブログのような形をご想像ください。そして最後に、最初の冊子と後のばらばらに書いた章段たちを一つにまとめて編集してできたのが、現在の『枕草子』の姿です。

第四は、章段の配列について。現存する『枕草子』の伝本には大別して四種類の系統の存在することが知られており、それは章段を種類ごとに整理して並べた形式をとる二系統と、種類ごとに整理しない形式をとる二系統に分かれます。前者を「類纂《るいさん》」、後者を「雑纂《ざっさん》」と呼び、定説では、作者による原本は雑纂形式であり、類纂形式の本は作品が清少納言の手を離れた後の時代に整理されたものと考えられています。そのため、現在私たちが書店などで手に取る『枕草子』は、雑纂の伝本をもとにしています。

最後に、『枕草子』の本文について。雑纂形式の伝本には二系統があり、本文はかなり違います。一系統は鎌倉時代に藤原定家《ていか》らしき人物が注を書き込んだ「三巻本」と呼ばれる系統のもので、少ない言葉できびきびと書かれています。もう一系統は清少納言の身内である僧・能因《のういん》の持っていたものを写したという奥書《おくがき》から「能因本」と呼ばれる系統のもので、情報量が多いものの躍動感に欠ける嫌いがあります。本文研究の結果、現在「三巻本」は作者による初期段階の文章、「能因本」は作者が「三巻本」に手を入れた文章と考えられています。いずれにせよ作者の手によるもので本文としての優劣はつけがたいので、本書では基本的には『枕草子』成立時の勢いを感じさせる「三巻本」を用いつつ、時に「能因本」の記す情報にも目を配っていきます。

なお本書は、序章および偶数の章（雀マークの章　）では作品が書かれてゆく経緯を時系列を追って述べ、奇数の章（梅マークの章　）では時期を特定せず作品世界の特徴について述べています。また巻末に掲載の主要人物関係系図と『枕草子』関係年表も作品理解の一助にお役立てください。

本書が一貫して考えたことは、『枕草子』を歴史の中に置くことです。激動の時代をまさに渦中で目撃し、体験した作者のまなざしに思いを重ねること、この作品を読んだ同時代の人々を思いやることです。どうぞ『枕草子』の世界を楽しんでください。そして平安の世に心を致してください。

目次

枕草子のたくらみ

「春はあけぼの」に秘められた思い

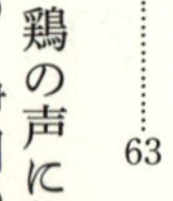

目次　枕草子のたくらみ　「春はあけぼの」に秘められた思い

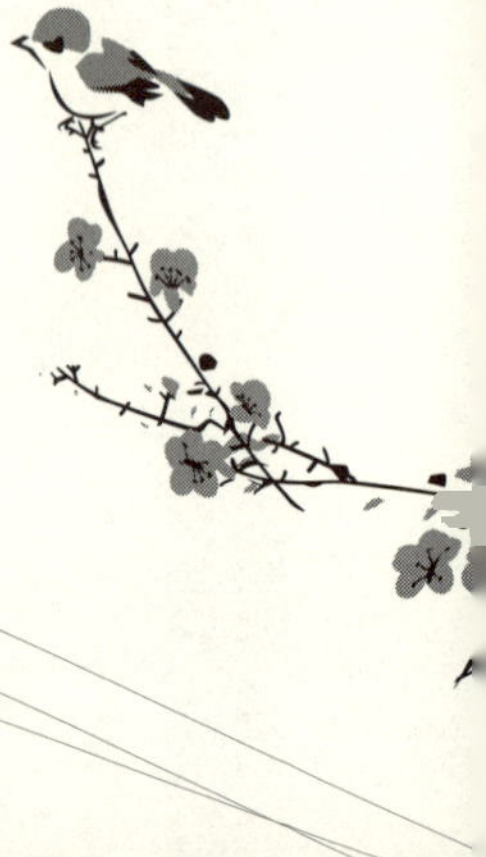

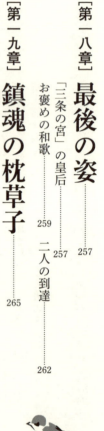

枕草子のたくらみ

「春はあけぼの」に秘められた思い

山本淳子

【序章】　清少納言の企て

酷評

寛弘《かんこう》七（一〇一〇）年、紫式部は執筆中の回顧録『紫式部日記《むらさきしきぶにっき》』に、こう記した。

清少納言《せいしょうなごん》こそ、したり顔にいみじう侍りける人。さばかりさかしだち、真名《まな》書き散らして侍るほども、よく見れば、まだいと足らぬこと多かり。

（清少納言こそは、得意顔でとんでもなかったとかいう人。あれほど利口ぶって、漢字を書いてばらまいていますけれど、その学識の程度も、よく見ればまだまだ足りない点だらけです）

（『紫式部日記』消息体）

「清少納言こそ」とは、書き出しからして実にいらだった口調の清少納言批評である。紫式部は清少納言を見知っていたのだろうか。そうではない。史実として、清少納言は定子《ていし》、紫式部は彰子《しょうし》と、時の一条《いちじょう》天皇をめぐる二人の后《きさき》にそれぞれ仕えた女房《にょうぼう》ではあった。が、紫式部が出仕したのは、長保《ちょうほう》二（一〇〇〇）年の定子の崩御《ほうぎょ》によって清少納言が職場を失ってから、五年が過ぎた後のことである。二人が内裏《だいり》にいた時期はすれ違っており、今まさに対抗し合う二勢力を代表する文芸の女房として角を突き合わせることはなかった。察するに面識もなかったのではないか。というのも、冒頭文が言う「いみじう侍りける人」の「ける」という助動詞は、一般に自分が直接には知らない過去の出来事について用いるものだからだ。

では紫式部は、何によって清少納言の行状を知ったのだろう。もちろん、噂《うわさ》好きな女房社会のこと、清少納言の記憶は囁《ささや》かれ続けていたに違いない。だが少なくとも、ここで紫式部が「利口ぶって漢字を書いてばらまいた清少納言」と言っている内容は、何か書かれた資料によるものだ。なぜならば、その知識レベルを吟味するのに、紫式部が「よく見れば」という言葉を使っているからだ。「よく聞けば」などではない。「見る」ことで清少納言の学識程度を確認できる何かを、紫式部は手にしていたのだ。ならばそれは、おそらくは当時出回っていた『枕草子』、あるいはその断片と推測されよう。実際『枕草子』の中には、紫式部が言うとおり、清少納言が漢詩文の素養を披露して称賛される場面が、何度も記されている。

紫式部が『枕草子』を見ていたことは、『枕草子』の冒頭「春は、あけぼの」と『紫式部日記』の冒頭「秋のけはひ入り立つままに」の対照などから、かねて憶測されていた。不思議なことにこの「よく見れば」は見落とされてきたが、紫式部が手元に『枕草子』を持っていた最も明確な証拠と言える。もちろん、執筆後千年を超えて現在私たちに伝わる『枕草子』と同じものが紫式部の手中《しゅちゅう》にあったということはあるまい。しかしそれに近いものを紫式部は見ていた。そしてここでは、それに基づいて清少納言を批評しているのである。

批評はさらに続く。

かく、人に異ならむと思ひ好める人は、必ず見劣りし、行末《ゆくすゑ》うたてのみ侍《はべ》るは。艶になりぬる人は、いとすごうすずろなる折も、もののあはれにすすみ、をかしきことも見過ぐさぬほどに、おのづから、さるまじくあだなるさまにもなるに侍るべし。そのあだになりぬる人の果て、いかでかはよく侍らむ。

（このように人との違いばかりをすき好む人は、やがて必ず見劣りし、行く末はただおかしなだけになってしまうもの。風流を気取り切った人は、ぞっとするようなひどい折にも「ああ」と感動し「素敵」とときめく事を見逃しませんから、そのうち自《おの》ずと現実からかけ離れてしまい、結局はありえない空言《そらごと》になってしまうでしょう。その空言を言い切った人の成れの果ては、どうして良いものでございましょう）

（『紫式部日記』消息体）

よくも知らない清少納言の性格を「人との違いをすき好む」と言い当てる眼力はさすがである。確かに現代でも『枕草子』は、清少納言の個性的な感性がきらめく作品と評され、それがこの作品の良さであるとして多くの読者の心をとらえている。凡庸《ぼんよう》でないことこそが『枕草子』の命なのだ。しかし紫式部は、そのことに全く共感を示していない。それどころか、強く批判している。『枕草子』は無理に個性に奔《はし》った作品であり、作者が風流がりのあまり、現実を無視してことさらに風流ばかりを拾い集めて書いたものだ、と言うのである。そんな『枕草子』は「あだ」、つまり嘘である。嘘を尽くしたこの作者の成れの果てが良いものか。批評はやがて非難となり、言い募るうちに激昂《げきこう》の色さえ帯びて、最後は清少納言の行く末を呪うかのように終わっている。

なぜ紫式部は、ここまで清少納言を、そして『枕草子』を批判したのか。研究者から「教養ある中年の貴族女性としての慎みを一切かなぐり捨てたかのよう」「いささか異常」(萩谷朴『紫式部日記全注釈』)とまで言われるこの批評は、長く才女間のライバル意識によるものと考えられてきた。あるいは、『枕草子』が紫式部の夫をはじめ幾人かの身内を登場させ、彼らの必ずしもよろしくない噂を書き留めていることへの報復という説もある(同)。いずれにしても個人的な理由によるとして、紫式部は底意地が悪いという評判のもとにもなってきた。だが、そうだろうか。

紫式部の書いていることを、もう一度よく見てみよう。『枕草子』が現実を無視してことさらに風流ばかりを拾い集めた作品だというくだりである。「風流を気取り切った人は、ぞっとするようなひどい折にも『ああ』と感動し『素敵』とときめく事を見逃しません」。そう紫式部は記している。もしもこれがただの一般論ではなく、まさしく清少納言のとった行動だったとすればどうだろう。『枕草子』の文面には記されず、したがって私たち現代の読者が『枕草子』のみからでは読み取ることができない、清少納言の周辺に起こった何か過酷な事情を、同じ時代を生きた紫式部は知っていた、そして彼女の常識で判断する限り、その過酷さは、風流だの趣だのの入り込む隙《すき》などない絶望的なものであった。だが、そこにおいて清少納言は、紫式部が指摘したとおりに、美や光や笑い、感動やときめきばかりを書いた。彼女の性格のなせるものという見方もあろう。実際に、無意識による部分もあるだろう。だがそれだけではない。これは清少納言がはっきりと意識的に採った企て、いや紫式部の側《がわ》からすればたくらみだった。その結実こそが、やがて十余年の時を経て紫式部をいらだたせ、この批評を書かせることになった。そう、その意味では、清少納言は紫式部に酷評されたのではない。させたのである。

清少納言が『枕草子』に託したたくらみとは何か。清少納言はどのような目標に向かって、どのように事を進めたか。また、なぜそれは成功したのだろうか。

先を急ぐまい。『枕草子』を執筆した時、清少納言が置かれていた過酷な状況とは、どんなものなのか。まずはそこから確認することにしよう。

定子の栄華

清少納言は正暦《しょうりゃく》四(九九三)年から一条天皇の中宮定子のもとに仕え、やがて『枕草子』の執筆を始めた。紫式部が知っていた過酷な背景は、この定子に関わる。定子は、一条天皇の最愛の后であるとともに、悲劇の后だったのである。

もともと彼女は、正暦元(九九〇)年、この年関白《かんぱく》に就任する権力者・藤原道隆《ふじわらのみちたか》の娘として十四歳で天皇に入内《じゅだい》した、押しも押されもしないキサキであった。平安時代中期、朝廷の最上層部で権力を握ろうとした貴族たちは、競って家の娘を入内させた。娘が天皇に愛されて皇子を産み、家の血を受けたその皇子がやがて即位して、身内という強力なつながりのもとで自家の権力をさらに盛り上げてくれることを願ったのである。特に摂政《せっしょう》・関白は、天皇の代理あるいは助言者という最高職であり、天皇の身内であれば何かと都合がよかった。あわよくばその職をと狙って、貴族は娘たちを後宮《こうきゅう》（后妃の暮らす殿舎群）に送り込んだ。キサキたちが居並ぶ後宮は、そのまま政治の戦いの最前線であった。

　ところが、定子の場合は違っていた。彼女は一条天皇がまだ十一歳の時に初めて迎えたキサキであり、他に競い合う相手などいなかった。そして他にキサキが迎えられぬまま、定子は同じ年のうちに早くも中宮《ちゅうぐう》、つまりキサキ中で最高位の称号を得た。完全に敵なしの中宮、それが定子だった。一条天皇より三歳年上の彼女は明るく知的で、どちらかといえば内気で学問好きな天皇の心を捉えたのだ。

　道隆の家を「中関白家《なかのかんぱくけ》」と呼ぶ。美男で明るく冗談好きの父・道隆（『大鏡《おおかがみ》』「道隆」）、国司《こくし》階級出身で女官勤めに出ながら、男顔負けの知性ゆえに玉《たま》の輿《こし》に乗った母・高階貴子《たかしなのきし》。両親の長所を譲り受けて、男女ともに華やかで知性もある子どもたち（『栄花物語《えいがものがたり》』巻三・四、『大鏡』「道隆」）。特に定子の三歳年上の兄である伊周《これちか》は漢詩文の素養に長《た》け、場面に合った詩句を朗々と歌ったり、自分でも漢詩を作っては自慢げに披露したりする才能の持ち主だった（『本朝文粋《ほんちょうもんずい》』）。道隆は伊周を一条天皇の側近《そっきん》に就《つ》け、さらにわずか十八歳で、現在の内閣閣僚にあたる公卿《くぎょう》の一員へと引き上げた（『公卿補任《くぎょうぶにん》』）。ここに定子の存在も力になっていたことは、言うまでもない。漢文を好んだ一条天皇のために伊周は内裏に上がっては手ほどきに勤《いそ》しみ、その場にはやはり漢文をよく知る定子が控えて、ともに和やかな時間を過ごした。天皇にとって中関白家の人々は家族であり、心を開くことができる数少ない相手だった。

清少納言が定子のもとに仕え始めた正暦四（九九三）年、中関白家は、まさに栄華の極みにあったのである。

凋落

ところが、幸福は長く続かなかった。長徳《ちょうとく》元（九九五）年、父の道隆が四十三歳で死亡したのである。伊周は父の後を受け継いで最高権力者の座に就く算段をしていたが、二十二歳の若さとあって、さすがにそれはならなかった。いくつかの経緯を経て、結局関白の座は空席のまま、天皇が公卿最上位に据えたのは、道隆の末弟・藤原道長《みちなが》であった。

伊周は荒れた。そして翌長徳二（九九六）年、誰も予測しなかった大事件を起こしてしまう。彼はあろうことか、弟と謀《はか》って前帝・花山院《かざんいん》（九六八〜一〇〇八）を襲い、矢を射かけたのである。院が伊周の愛人に横恋慕《よこれんぼ》していると勘違いしたのが動機だと、『栄花物語』（巻四）は言う。ただし、調べると他にも余罪があった。一条天皇の母を呪詛《じゅそ》した罪。政権争いで道長を推したことを怨《うら》んでという。また、天皇家以外には催行《さいこう》を許されない仏事「大元帥法《たいげんのほう》」を秘密裏に行ったこと。道長から政権を奪還するための祈禱《きとう》であったとおぼしい。これらは天皇家の人々を標的とする暗殺行為や天皇家の権威の侵犯とみなされ、一条天皇は彼を断罪せざるを得なかった。世に言う「長徳の政変」である。

この時、折しも定子は、天皇との初めての子を身ごもり、実家に帰っていた。そこに伊周逮捕の勅《ちょく》使《し》がやってきた。定子は兄と手を携え、行かすまいと阻止した。検非違使《けびいし》らが手をこまねくうち伊周が姿をくらましたため、邸《やしき》には家宅捜索の手が入ることとなった。京中の貴顕《きけん》から庶民までが野次馬と化して邸を取り囲みごった返すなか、邸内からは家人《かじん》のすすり泣きの声が聞こえたという。天井裏から床下までを探り、果ては寝室の壁を破るほどの大捜索のさなか、絶望した定子は自ら髪を切り、二十歳という若さで出家した（以上、『小右記《しょうゆうき》』長徳二年四月二十四日〜五月二日）。

女性の出家は夫との離別を意味したので、定子はこの時点で実質的には一条天皇の妻ではなくなったが、中宮の称号のみは残された。貴族の諸日記は出家後も彼女を「中宮」と呼び続けている。長徳の政変の後も定子には不運が続き、邸宅が全焼した。身を寄せた縁者、高階明順《あきのぶ》の宅で、十二月十六日には皇女・脩子内親王《しゅうしないしんのう》が生まれたが、『日本紀略《にほんきりゃく》』（同日）はそれを妊娠十二カ月での出産と記す。にわかには信じがたいが、胎児の発育が遅れるほどの心労が母体を襲っていたということか。

これだけでも、『紫式部日記』が言う「ぞっとするほどひどい」状況に十分適《かな》っている。後の章で詳しく述べるが、実は『枕草子』の執筆が本格的に開始されたのはこの頃である。「春は、あけぼの」をはじめとするあの明るい章段たちは、実は定子の周囲を覆っていた闇の中から生まれたのだった。

再びの入内と死

このままならば定子の人生は、一度は后として栄華を極めたものの零落《れいらく》して内裏を去った尼僧《にそう》ということで、静かに終わっていたかもしれない。しかし定子には、さらなる浮沈《ふちん》があった。翌長徳三（九九七）年、天皇が再び定子を呼び戻したのである。厳密には定子の居所を中宮関係の施設に移しただけだったが、これを復縁の準備と見抜いた貴族たちは「天下《てんか》、甘心《かんしん》せず（誰が甘くみるものか）」との批判を浴びせた（『小右記』同年六月二十二日）。確かに、唐突に出家するキサキも稀《まれ》だが、それを復縁する天皇は前代未聞だった。長徳の政変後、天皇には中宮に次ぐ位の妃として二人の女御《にょうご》が入内していたにもかかわらず、彼は定子その人への愛執《あいしゅう》を断ち切れなかったのだ。

一条天皇の愛情の深さゆえ、しばらくは誰も手出しのできない状態が続いた。しかし天皇は、皇統の継続のため男子をつくる必要があった。定子にその兆しが現れたのは長保元（九九九）年春のことである。それと相前後して、最高権力者・藤原道長の娘である彰子が十二歳で着裳《ちゃくも》した。女子の成人式である。彰子の入内が秒読みの状況となるなか、道長は定子への露骨ないじめを開始した。十一月には、一日に彰子が入内。七日の夜には結婚披露の宴と初めての床入りが行われた。定子の出産は、まさにその当日の朝のことだった。生まれたのは皇子。一条天皇の後継第一候補・敦康親王《あつやすしんのう》の誕生である。

天皇の喜びをよそに、貴族たちの目は冷ややかだった（『小右記』長保元年十一月七日）。また、尼である定子は神域では忌み嫌われるため、中宮としてなすべき神事を行えなかった。それを理由に、長保二（一〇〇〇）年二月にはついに彰子が新たなる中宮に立った。ただ、天皇の強い意向があったのだろう、定子も変わることなくこの地位にとどまった。定子は中宮の正式名称である「皇后」、彰子は「中宮」と通称されるようになったが（『日本紀略』同年二月二十五日）、このように一人の天皇のキサキが二人で最高位を分かつという事態もまた、前代未聞のことであった。

そうしたなか、定子は一条天皇の第三子を身ごもった。そして同年十二月十六日未明、女児を出産した床で崩御《ほうぎょ》した。享年は二十四である（『権記《ごんき》』同日）。

この人生を、なんと形容すべきだろう。浮かぶのはおそらく、波瀾《はらん》や苦悩という言葉ではないか。にもかかわらず、定子を描く『枕草子』は幸福感に満ちている。紫式部が違和感を唱えるのも、決して筋違いとは言えないのではないだろうか。

成立の事情

実は『枕草子』には、巻末に「跋文《ばつぶん》」と呼ばれる章段があり、そのなかには作者が自ら作品の概要や制作の時期、作品が世に出た時期などを記すほか、作品創作のきっかけを明かしている部分がある。ここではより情報量が多くてわかりやすい「能因《のういん》本」系統の跋文を見ることにしよう。現在多くの注釈書に使われている「三巻本」との関係は、「三巻本」が作者による初期の文章、「能因本」は作者がそれを練り直したものというものであり、どちらも作者の手によることは変わらない。

宮の御前《おまへ》に内《うち》の大殿《おとど》の奉《たてまつ》らせ給へりける草子《さうし》を、「これに何をか書かまし」と、「上《うへ》の御前には史記《しき》といふ文《ふみ》をなむ、一部書かせ給ふなり。古今《こきん》をや書かまし」などのたまはせしを、「これ給ひて、枕にし侍《はべ》らばや」と啓《けい》せしかば、「さらば得よ」とて給はせたりしを、持ちて、里にまかり出《い》でて、御前わたりの恋しく思ひ出でらるることあやしきを、故事や何やと、尽きせず多かる料紙《れうし》を書き尽くさむとせしほどに、いとど物おぼえぬことのみぞ多かるや。

（中宮様に内大臣《ないだいじん》様の献上なさった草子について、中宮様が「これに何を書こうかしら」とおっしゃり、「帝《みかど》は『史記』という漢籍《かんせき》をお書かせになるということよ。こちらは『古今和歌集』を書こうかしら」とおっしゃったので、「これを頂いて、枕に致したいものですわ」と申したところ、「ならば受け取りなさい」と下さったのだ。それを持って自宅に戻り、中宮様の御前が恋しく思い出されること狂おしいほどであるなか、故事や何やと書いて使い切れないほど大量の用紙を使い切ろうとしたものだから、訳のわからない記事ばかりでいっぱいになってしまったこと）

（『枕草子』能因本「跋文」〈長跋〉）

定子に内大臣（伊周）から白紙を綴った冊子が献上された。彼の官職から、正暦五（九九四）年から長徳二（九九六）年までの間のことである。彼は同時に一条天皇にも献上していて、天皇はそれに漢籍の『史記』を書かせることにしたのだという。『史記』は漢学で当時最も重要視された書物で、中国史や儒学によって政治のあり方を学ぶことに真摯《しんし》であった一条天皇らしい選択と言える。ところで古い時代の冊子は大きさと内容の品格が大方一致していて、『史記』など品格の高い書物は大型本に作られるのが普通だった。したがって内大臣が天皇に献上した冊子は大型で、格式ある書物を書くためのものだったと見られる。

定子に献上された冊子も、同様に大型であった。なぜならば定子が「古今をや書かまし（『古今和歌集』を書こうかしら）」と言っているからである。『古今和歌集』は最初の勅撰《ちょくせん》和歌集として十世紀初頭に作られて以来、一貫して貴族たちの雅びの教科書であり続けた作品である。定子は当初、格式ある大型本の体裁に似つかわしい、いわゆる〈古典〉をこの冊子に筆写させようと考えていたのだ。

だが、清少納言はそれを「枕にしたい」と口を出した。冊子が分厚いから枕にちょうどよいと、まずは冗談を言ったのであろう。それ以上の意味をこの「枕」が持ったのか、ならばどのような意味であったのかは、私たちには謎としか言えない。しかし定子にはひらめくものがあったに違いない。即座に「ならば受け取りなさい」と言って、冊子を清少納言に渡したからである。そこに書く内容のすべてを定子は清少納言に委ねたのだと、平安文学研究者の三田村雅子は言う（「枕草子誕生——類聚の草子へ——」）。この時、格式あるこの冊子は、格式ある体裁をそのままに、古典ならぬ新作の冊子となることに決まった。『古今和歌集』が下命者である聖帝《せいてい》・醍醐《だいご》天皇（八八五〜九三〇）の文化の枠を示すものであるように、この新作も下命者である定子の文化の枠を示すものでなくてはならない。清少納言はそれに挑戦することになったのだ。

とはいえ、すぐに執筆に取り掛かったわけではなかったようだ。跋文には、託された冊子を「自宅に持ち帰って」書いたとあるからだ。女房は住み込みで働くので、通常なら執筆も内裏で行ったはずだ。しかし清少納言には、冊子を定子から受け取った後の長徳二（九九六）年秋頃に、事情があってしばらく定子のもとを離れ、自宅に引きこもったことがあった。『枕草子』の執筆は、その時本格的にスタートしたのである。書きながら常に定子の御前が恋しくてならなかったという。定子から離れて寂しかったから、というだけではあるまい。書いている内容が定子や定子サロンに関わることだったから、書くごとに恋しさがかきたてられたのである。

一旦、整理しよう。右の能因本系統の「跋文」からは、次のことが知られる。この作品がもともと定子の下命によって作られたこと、定子が清少納言独りに創作の全権を委ねたこと、そして二人はこの新作に『史記』や『古今和歌集』の向こうを張る意気込みを抱いていたこと。下命による作品は下命者に献上するものであるから、執筆した後は、清少納言はこれを定子に献上したはずである。つまり「跋文」にしたがう限り、『枕草子』とは定子に捧げた作品であったのだ。

その『枕草子』を、紫式部は「ぞっとするようなひどい折にも『ああ』と感動し『素敵』とときめく事を見逃さない」と批判した。前にも少し触れたとおり、『枕草子』の執筆が本格的となったのは、定子が長徳の政変によって出家した後の長徳二年頃のことである。さぞや定子は絶望的な状況にあったに違いない。その彼女の前に清少納言は『枕草子』を差し出した。ならば、それが感動やときめきに満ちたものであったのは、定子を慮《おもんぱか》ってのことに違いない。「跋文」（能因本・三巻本とも）の別の箇所によると、献上は定子の出家した年内のことになる。中宮の悲嘆に暮れる心を慰めるためには、今・ここの悲劇的現実に触れないことこそ当然ではないか。また、本来の企画が定子後宮の文化の粋を表すことにあったことも思い出さなくてはならない。中関白家と定子は、華やかさと明るさを真骨頂としていた。それに清少納言独特の個性が重なり、『枕草子』は闇の中に「あけぼの」の光を見出す作品となったのである。これを読んだ定子や女房たちは、自らの文化を思い出して自信を取り戻すことができたのではないだろうか。

だが、ここに一つ問題がある。作品は定子に献上されたと記したが、現在私たちが手にする『枕草子』の特に「日記的章段」には、例えば登場人物の官職名などから判断して、明らかに定子の死後に書かれたとしか考えられないものがある。つまり『枕草子』は「跋文」の言う経緯によって一旦完成したのち、定子の死後までも書き続けられたのだ。

その意味では、『枕草子』の「日記的章段」の多くは、むしろ「回想章段」と呼ぶ方がふさわしい。内容の中心は清少納言が定子に仕えていた正暦四（九九三）年から長保二（一〇〇〇）年までのことだが、最も古いものは清少納言がまだ出仕する前、正暦三（九九二）年の定子と一条天皇のエピソードになる。同僚から伝え聞いた話なのだろう。また正暦四（九九三）年、清少納言が初めて定子に仕えた頃の思い出。華やかだった道隆、伊周ら中関白家の面々。長徳二（九九六）年の政変による運命の荒波、しかしそれを受けつつ、しなやかに生き続ける定子の姿。これらに描かれる定子や清少納言はじめ女房集団は、よく笑い、活発で、常に風流を怠らない。描かれる時間が政変前のことであっても政変後の没落期のことであっても、わずか一つの章段を除いては、そこには幸福に満ちた定子後宮の姿しかない。描かれる定子の最後の姿は、長保二年の死の数カ月前。凛とした后像のまま、死の場面は記されていない。そしていくつかの章段に時折現れる過去を振り返る口調からは、定子死後という時間の経過が実感される。清少納言は定子の死後も、輝かしかった定子サロン文化を書き留めるという執筆方針を変えなかった。下命者その人を喪《うしな》っても、定子に捧げるという思いを貫いたのだ。

執筆は、長く続けられた。第二八七段「右衛門尉《ゑもんのぞう》なりける者の、えせなる男親を持たりて」には、「道命阿闍梨《どうみょうあじゃり》」が登場する。彼が阿闍梨に就任したのは、寛弘元（一〇〇四）年。紫式部が彰子に仕え始める前年だ。また、第一〇二段「二月つごもりごろに、風いたう吹きて」には、その当時は中将で、執筆時には左兵衛督《さひょうえのかみ》となっていた人物が登場する。史実を探すと、該当するのは藤原実成《さねなり》なる人物一人しかいない。彼の左兵衛督への任官は、寛弘六（一〇〇九）年。定子の死後、実に九年を経ても、清少納言は『枕草子』を書き続けていたのだ。紫式部が『紫式部日記』の清少納言批判を記したのは、この翌年のことだ。

紫式部の清少納言批判を、清少納言本人が目にすることはなかっただろう。が、もし目にしたとしても、批判は的外れではない、むしろ言い得ていると、彼女はきっと笑ったに違いない。闇の中にあって闇を書いていないのは、清少納言自身がそう意図したからだ。何はさておき、定子のために作ったのだ。定子の生前には、定子が楽しむように。その死を受けては、定子の魂が鎮《しず》められるように。皆が定子を忘れぬように。これが清少納言の企てだった。だが、一人の企てはやがて世を巻き込み、おそらくは清少納言の予測もしなかった方向へと進んで行くことになる。

さあ、いよいよその『枕草子』を読むことにしよう。どうか定子になった思いで触れていただきたい。その心にこそ、『枕草子』は真価を明かすに違いないからである。

【第一章】 春は、あけぼの

春は、あけぼの。やうやうしろくなりゆく山ぎは、少しあかりて、紫だちたる雲の細くたなびきたる。

（春は、あけぼの。ようやくそれと分かるようになってきた空と山の境目が、ほんの少し明るくなって、紫がかった雲が細くたなびいているとき）

（『枕草子』初段「春は、あけぼの」）

非凡への脱却

『枕草子』執筆のきっかけが中宮定子《ちゅうぐうていし》から拝領《はいりょう》した大型の冊子であったことは、「序章」で確認した。そこで見たように、『枕草子』能因《のういん》本の「跋文《ばつぶん》」によれば、定子は当初それに『古今和歌集《こきんわかしゅう》』を筆写させるつもりだった。『古今和歌集』は、平安中期、醍醐《だいご》天皇の命によって作られて以来、貴族たちの雅びの手本集と崇敬《すうけい》された勅撰《ちょくせん》和歌集で、大型冊子に書かれるにふさわしい選択だった。が、それに代わるものとして新作『枕草子』が企画されたのだった。そしてこの初段「春は、あけぼの」は、そのことへの清少納言の答えである。

初段がどの段階で『枕草子』に書かれたかについては諸説がある。だがどの説も、清少納言が強い編集意図を持ってこれを作品の扉に据えたという見方では一致している。それはあるいは、既に定子が亡くなった後のことであったかもしれない。しかしもし定子の生前のことであったなら、清少納言から献上された草子《そうし》を開き冒頭にこの一節を見た時、中宮定子は必ずや胸を打たれたに違いない。ここにはいくつもの意味で〈定子自身〉がいるからである。

春は、あけぼの。「春は?」とその象徴を問いかけられた時に、普通は誰がこう答えるだろうか。春は桜。あるいは、春は鶯《うぐいす》。春風などと答える人もいるかもしれない。いずれにせよ、多くの人は何かしら春を代表する「物」で答えるだろう。その思考法は、平安人も現代人と変わらない。この初段のように時間帯で答えるという発想はまずあるまい。その意味で、『枕草子』は最初の一文から斬新だ。

加えて、この「春は」には、通常なら当然登場するべき春の要素が登場しない。春を代表する物と言えば、現代社会においても一般にはやはり桜だろう。定子が崇敬し、当初冊子に筆写させようと考えていた雅びの手本集『古今和歌集』も、春の巻は半数以上が桜を詠んだ歌である。平安人たちは、春になればすぐに桜を案じ、早く咲かないかと心待ちにした。咲けば咲いたで、咲き初め、咲き誇り、散る様の一つ一つを愛《め》でた。それは千年後の今も同じことだ。桜こそが春の主役であることは、誰しもが認めることだろう。にもかかわらず、『枕草子』初段の「春は」には桜の姿も形もない。『枕草子』は、世の中が当たり前に思い浮かべる、紋切り型の発想をしないのだ。

では、「春は、あけぼの」は、雅びの世界から外れているのか？　「春」と「朝」は品格の無い取り合わせなのだろうか？　そうではない。実は『古今和歌集』に、「春」と「朝」の取り合わせが何度も記されている文章がある。和歌の力と歴史を記し和歌文化を高らかに謳《うた》った「仮名序《かなじょ》」、文字通り仮名で書いた序文である。そこには、いにしえから人々が四季の様々な風景につけて歌を詠んできた典型例として、「春の朝」に花を詠むという雅びが記されている。『枕草子』はここから花を抜いただけだ。決して雅びの外にあるものではない。むしろ『古今和歌集』「仮名序」を知っていてこそ、それを革新させた機知である。『枕草子』の冒頭、まさしく『古今和歌集』にとっての「仮名序」の位置にこれを置くことで、『古今和歌集』の向こうを張った企画『枕草子』の心意気を、清少納言は示したのだ。

実は、これこそが定子という人の文化だった。ありきたりではなく、非凡なものを。右にならえではなく、自分の感覚で工夫して。定子はそれを、後宮《こうきゅう》で女房《にょうぼう》たちに説いてきた。定子が司《つかさど》った知的なサロンにおけるそうした場面は、『枕草子』の随所に見ることができる。

例えば正暦《しょうりゃく》五（九九四）年、中関白家《なかのかんぱくけ》と定子の最も盛りを極めた頃の様子を記した「清涼殿《せいりょうでん》（天皇の住まい）の丑寅《うしとら》の隅の」。うららかな春の日、十八歳の定子は白い色紙と硯《すずり》を女房たちに回して「これに、今思いついた古歌《こか》を書きなさい」と命じた。清少納言は推定年齢二十九歳、とはいってもまだ前年宮仕《みやづか》えを始めたばかりの新米だったが、ぱっと思いついた歌があった。だが、どうもその歌をそのまま書いてはならない気がする。どうしよう。清少納言は硬くなり、顔を紅潮させて思い悩む。考えた末に差し出した歌は、

「年経《ふ》れば　よはひは老いぬ　しかはあれど　君をし見れば　物思ひもなし」
（女ざかりを超えた私ですが、中宮様を見れば何の物思いもありません）

これを目にして定子は、
「まさにこのような機転が見たかったのですよ」
と言ったという。
清少納言が書いた答えは、実は次の名歌を変えたものだ。

年経れば　よはひは老いぬ　しかはあれど　花をし見れば　物思ひもなし
（年が経ったので、私は老いてしまった。だが花を見れば何の物思いもない）

（『古今和歌集』春上　五二）

『枕草子』の百五十年近く前、中関白家を五代遡《さかのぼ》る祖先である藤原良房《ふじわらのよしふさ》が、娘の明子《あきらけいこ》を花に見立てて詠んだ和歌である。明子は文徳《もんとく》天皇（八二七〜八五八）の女御《にょうご》となり、のちの清和《せいわ》天皇（八五〇〜八八〇）を産んだ。その娘を良房は満ち足りた思いで見て、「花」になぞらえ讃《たた》えたのである。やがて清和天皇の御代《みよ》が訪れ、良房は外祖父摂政《せっしょう》となって政治の全権を委ねられた。それが藤原氏の今の栄華の始まりだった。清少納言は、定子にこの歌を捧げることで定子と中関白家の栄華を言祝《ことほ》ごうと考えたのだ。だが良房の和歌をそのまま差し出したのでは、まるで自分が摂政殿《どの》であるようで、同僚女房たちの手前おこがましい。定子に対しても、父が娘を見る「上から目線」になってしまう。

そこで清少納言は工夫した。「花を」という言葉を「君を」に変え、女房の立場から主人を讃える歌に仕立てた。定子はその当意即妙を称賛したのだ。

前からあるものにそのまま頼るのではなく、時に応じ場に応じて改める。今・ここに最もふさわしい雅びを自ら工夫して創りだす。この姿勢は、『古今和歌集』「仮名序」に見える〈春・朝・花〉の取り合わせから〈花〉を抜いた「春は、あけぼの」に通じている。清少納言は宮廷生活で定子に鍛えられた機知の才で、『枕草子』の冒頭を飾ったのだ。

和漢の后

冒頭段には、ほかにも定子へのオマージュが認められる。再び「春は」から、今度は四季のすべてを掲げよう。

春は、あけぼの。やうやうしろくなりゆく山ぎは、少しあかりて、紫だちたる雲の細くたなびきたる。

夏は、夜。月の頃はさらなり。闇もなほ、蛍《ほたる》の多く飛びちがひたる。また、ただ一つ二つなど、ほのかにうち光りて行くもをかし。雨など降るもをかし。

秋は、夕暮《ゆふぐれ》。夕日の射して山の端《は》いと近うなりたるに、からすの寝所へ行くとて、三つ四つ、二つ三つなど飛び急ぐさへあはれなり。まいて雁《かり》などの連ねたるが、いと小さく見ゆるはいとをかし。日入《い》り果てて、風の音、虫のねなど、はた言ふべきにあらず。

冬は、つとめて。雪の降りたるは言ふべきにもあらず、霜のいと白きも、またさらでもいと寒きに、火など急ぎおこして、炭もて渡るもいとつきづきし。昼になりて、ぬるくゆるびもていけば、火桶《ひをけ》の火も白き灰がちになりてわろし。

（春は、あけぼの。ようやくそれと分かるようになってきた空と山の境目が、ほんの少し明るくなって、紫がかった雲が細くたなびいているとき。

夏は、夜。月の頃はもちろん。闇夜もなおのこと。蛍がたくさん飛び交っていたり、たくさんではなくても、ただ一つ二つなどほのかに光って行くのも素敵。雨など降るのも素敵。

秋は、夕暮れ。夕日が射して、入り日が山の稜線《りょうせん》に触れるほどまで近づく時刻、烏《からす》が寝床へ帰るのだろう、三羽四羽、二羽三羽など連れ立って急いで飛んでゆく、そんな景色までがしみじみと胸にしみる。まして、雁などの列がうんと小さく見えるのは本当に素敵だ。日が沈みきって、風の音、虫の音《ね》など、もう言い表しようもない。

冬は、早朝。雪が降った時はもちろんだけれど、霜が真っ白に降りている朝も、そうでなくても本当に寒い朝に、火などを急いでおこして、赤い炭火を持って行き来するのも、いかにも冬らしくていい感じだ。昼になって寒さがゆるんでゆくと、火桶の火も白い灰ばかりになって、今一つ）

（『枕草子』初段「春は、あけぼの」）

美しい景色。平安京ではこうした風景が望めたのだな、と思ってもよい。だがおそらく清少納言は、特定のある日ある場所から見たスケッチとしてこれを書いたのではない。これは定子に捧げた、象徴としての四季なのである。

「春」で始まり四季を順に眺めわたす方法。これは紛れもない『古今和歌集』の方法だ。『古今和歌集』がそうして以来、天皇の命によって作られる勅撰和歌集は、すべて春夏秋冬の各巻を最初に置いている。それが和の雅びの本道ということだ。では、なぜそうなっているのか。天皇の命によって作り天皇に献上する書物として、このように国の自然が平和のもとに美しく整っているということを表すためだ。その時「四季」の部には、日本の当代を象徴する最も美しい光景が織りなされることになる。また勅撰集では、四季の後に「恋」や「羈旅《きりょ》」など人事が並ぶ。『枕草子』初段も、「冬は」に人間が登場して、かいがいしく働く。勅撰集ではないが、女性として一国の最高の地位にある中宮の命令によって作り中宮に献上する書物として、初段はこの世の安寧を見渡しているのだ。

そして、これらの四季を彩る素材である。どの季節も、日、月、空、雲、雪、霜などが取り上げられている。これらをひとくくりにして「天象《てんしょう》」と呼ぶが、実はこれで一冊を始めるのは、漢籍《かんせき》の方法である。中国で「類書《るいしょ》」と呼ばれるいわゆる百科事典は、まず「天象」の部から始まっている。その中では、天（空）、日、月、星、雲、雪、霜といった項目が並び説かれてゆく。定子は和（国風）だけではなく、漢学の素養も持ち合わせた中宮だった。当時それは男性貴族の持つべき高い教養であり、他のキサキには認めることができない、定子だけの持つ個性だった。一条《いちじょう》天皇の心を強くひきつけたのも、定子のそのような知性だった。漢籍の方式に倣《なら》って初段に天象をちりばめる方法は、この書が誰あろう定子のものであることを示している。

そして見逃してはならないのが、「春」の空にたなびく「紫だちたる雲」、紫雲《しうん》である。紫雲は、めでたいことが起きる兆し、瑞祥《ずいしょう》である。また紫雲は、天皇家を表す。なかでも、和歌などではちょうどこの頃から、中宮の暗喩《あんゆ》として使われ始めた言葉である。春のあけぼのの空にたなびく紫雲は、世の泰《たい》平《へい》の兆しであるとともに、定子その人なのだ。

定子のために

このように『枕草子』初段は、短い一段の中に幾度も重ねて定子その人を盛り込んでいる。斬新な雅びを切り拓いた、後宮文化の指導者として。その文化の賜物《たまもの》である作品を献上される、権威ある存在として。和漢の素養を持つ才女として。そして何よりも、世の平和を象徴する瑞雲《ずいうん》、中宮として。

だが、定子がこの時に置かれていた現実を、歴史は教えてくれる。崩れゆく中関白家を前に、定子の心は闇に閉ざされていたはずだ。ならばここに私は、右のいくつものきらびやかな理由に加えて、やはりどうしても清少納言から定子への思いを読み取らずにいられない。

この初段は、春の朝のなかでも、ことさらに「あけぼの」を選んでいる。それは燦々《さんさん》と日の光が降り注ぐ時間ではない。夜と朝の境目の時間だ。しかも作品には、「やっとそれと分かるようになった空と山の境」とある。一瞬前はものの区別もつかない闇であったのだ。これは定子をとりまいていた闇を表すのではないか。長徳元《ちょうとく》（九九五）年の、陽気だった父の死。同じ年、不穏にも疫病《えきびょう》が平安京の、しかも貴族層に襲いかかった。公卿《くぎょう》たちからも犠牲者が出た。そんななかでの道長《みちなが》との政争に兄・伊周《これちか》は負け、さらにその敗北に心折れた。翌年の長徳の政変は、まるで自滅するかのようである。平安時代、菅原道真《すがわらのみちざね》や源高明《みなもとのたかあきら》をはじめとして、陰謀によって失脚した人物は数知れない。だが伊周は、自分自身で自分と家とを破滅に追いやった愚者としか言えない。その妹として、定子には矜持《きょうじ》すら遺されなかった。その絶望が定子を出家に追い込んだと、私は思う。打ちのめされた心の闇はどれだけ深かっただろうか。

あるいはこれが定子の死後に『枕草子』に書き加えられたとするならば、なおのことである。出家して一旦は逃げ出したはずの貴族社会に、一条天皇の愛執《あいしゅう》ゆえに戻された定子。四面楚歌の状況で、夫のために続けざまに出産し、力を使い果たして彼女は死んだ。どれだけ浮かばれぬ人生であったことか。清少納言はそんな定子をいたわるように、闇にようやく一条の光が兆す一瞬を差し出しているのだ。

この視点に立って、もう一度「春は」を現代語訳してみよう。

春は、あけぼの。やうやうしろくなりゆく山ぎは、少しあかりて、紫だちたる雲の細くたなびきたる。

（春は、夜が終わり朝の気配が漂い始める頃。漆黒の闇がうつろい、ようやく明らかになってゆく空と山のあわいに、ほんのかすかに曙光《しょこう》が射して、定子様、あなたという紫雲が光を浴びてそこにいらっしゃるとき）

清少納言は、私たち千年後の読者に向けてこの章段を書いたのではない。今ここで苦しみを抱える定子のために、あるいはその魂のために書いたのだ。だからこそ、初段に続く第二段も心に響く。

ころは、正月。三月、四月、五月。七、八、九月。十一、二月。
すべて折につけつつ、一年《ひととせ》ながらをかし。
（時節は、正月。三月、四月、五月。七、八、九月。十一、十二月。
すべて、折々につけて、一年中素敵）

（『枕草子』第二段「ころは」）

定子の気持ちになって読んでほしい。
人の世は、「一年中素敵」。そう言う第二段を確かめるように、第三段は「正月一日は」で始まり、「空のけしきもうらうらと」あらたまってのどかに始まる年中行事の数々が並べられる。「世にありとある人」が皆、装いも新たに「君をも我をも祝ひなどしたる」新年の様子。正月十五日には、七種の穀物を炊いた焚《た》き木の燃え残り「粥杖《かゆづえ》」でお尻を叩き合う楽しい行事。叩かれた女性には男子が授かるという言い伝えがあったのだ。「三月三日は、うららうらとのどかに照りたる。桃の花の今咲き始むる」。桃は中国ではめでたい花の代表だ。やがて桜の時期が来れば、「おもしろく咲きたる桜を、長く折りて、大きなる瓶《かめ》に差したるこそをかしけれ」。清少納言が定子に「君をし見れば　物思ひもなし」と歌を捧げたあの日、清涼殿にはまさしく大きな瓶に挿した満開の桜の大枝があった。清少納言は、そうした折々の場面を定子に捧げたのだ。

人生は美しい。たとえどんな時にでも。『枕草子』冒頭諸段はそう言っているのだと考える。

【第二章】 新風・定子との出会い

初出仕の頃

清少納言が今をときめく中宮定子《ちゅうぐうていし》のもとで女房《にょうぼう》仕えを始めたのは、正暦《しょうりゃく》四（九九三）年冬のことと考えられている。定子は十七歳。一条《いちじょう》天皇の后《きさき》となってから既に三年が経ち、天皇も十四歳になったというのに、後宮《こうきゅう》のキサキはいまだに彼女ひとりきりだった。定子の父・関白道隆《かんぱくみちたか》の威光に気おされ、また何よりも一条天皇の定子一筋の寵愛《ちょうあい》に対抗心を削がれて、他の貴族たちは娘を入内《じゅだい》させなかったのだ。だが定子は慢心することなく、我が後宮の雅びの研鑽《けんさん》に努めていたとおぼしい。推定年齢二十八歳にして宮仕え未経験の清少納言を女房として招き入れたのもその一環だろう。なにぶん清少納言は、曽祖父・清原深養父《きよはらのふかやぶ》は『古今和歌集《こきんわかしゅう》』に二十首近くもの歌が選ばれ、父・清原元輔《もとすけ》は『古今和歌集』に次ぐ勅撰《ちょくせん》和歌集である『後撰和歌集《ごせんわかしゅう》』の撰者という、歌人の家系である。加えて清少納言自身も、かつて京中の法華経《ほけきょう》講義を聴きに出かけ、同じく聴衆として集まった道隆はじめ公卿《くぎょう》たちの見る前で、当時政治の中心にいて破竹の勢いと見えた権中納言《ごんちゅうなごん》・藤原義懐《ふじわらのよしちか》からまさに法華経の文言《もんごん》を使った言葉を投げかけられ、鮮やかに切り返したこともあった（『枕草子』第三三段「小白川《こしらかは》といふ所は」）。家譲りの歌の血と才気が定子後宮の女房にぴったりと期待され、清少納言は勤め始めたのだろう。だが最初は、気後れと戸惑いの連続だったという。その頃のことを懐かしさを込めて振り返った日記的章段の一つを読むことにしよう。

宮に初めて参りたるころ、ものの恥づかしきことの数知らず、涙も落ちぬべければ、夜々《よるよる》参りて、三尺の御几帳《みきちやう》のうしろに候《さぶら》ふに、絵など取り出《い》でて見せさせ給ふを、手にてもえさし出づまじうわりなし。

（中宮様に初めてお仕えした頃、私は恥ずかしいことだらけでべそまでかきそうだったので、御前には夜に参上し、三尺の御几帳のうしろに隠れていた。だが中宮様は、絵など取り出して私にお見せになる。私は手を差し出すこともできず、どうしたらいいかわからない）

（『枕草子』第一七七段「宮に初めて参りたるころ」）

何と、あの清少納言が半べそをかいていたという。この年にして宮仕え未経験であったとは、ここから察せられることである。当時、貴族の姫君や妻たちは、家の奥深くで家人《かじん》以外の誰ともほとんど顔を合わせることなく過ごす生活を送った。地位が高貴であればあるほど、他人に顔を見られるなど、あってはならないことだった。清少納言も、末端ながら貴族社会に属するものとして、家でかしずかれてきたのである。だが自分自身が女房となれば、生き方は全く変わる。まずは自宅を離れ、定子の御所《ごしょ》に移ること。定子が内裏《だいり》にいる時は内裏のその殿舎《でんしゃ》に、定子が里に下がる時には平安京内のその邸宅に付き従う。女房は勤め先に局《つぼね》を与えられて、住み込みで働くのが基本である。さらには定子やその女房たちを訪ねてくる不特定多数の人物に顔をさらすこと。女房の業務は、第一に応接だからだ。恥ずかしいからと言って逃げていては仕事にならず、朝廷の政務にまで支障が生じかねない。とはいえ、慣れない環境で、知らない人々と顔を合わせる日々。清少納言は緊張のため萎縮してしまった。勤務時間が自由であることに甘えて、辺りが暗くなって目立たずに済む頃を見計らってようやく出動。しかも御前でも几帳の陰に身を潜める始末とは、のちの清少納言からは想像もつかない。

だが、その新人の窮状を、定子は見逃さなかった。隠れていた清少納言に、近くに来るようにと声をかけたのである。さらには、手ずから絵まで取り出して見せてくれた。一国の中宮が、一《いち》女房のために、である。即座に受け取り、自分で持って見るのが当然の礼儀ではないか。だが清少納言は、それさえできない。完全に体が固まってしまっていたに違いない。

「これは、とあり、かかり。それか、かれか」などのたまはす。高坏《たかつき》に参らせたる御殿油《おんとなぶら》なれば、髪の筋《すぢ》なども、なかなか昼よりも顕証《けそう》に見えてまばゆけれど、念じて見などす。

(「これはね、ああなのよ、こうなのよ。そうかしら? こうかしら?」。中宮様はお言葉まで下さる。灯《あか》りがいつもより低い位置にあるので、自信がない髪の毛なども、逆に昼よりはっきり見られ

て恥ずかしい。でも私は我慢して、その絵を見ていた）

（『枕草子』第一七七段「宮に初めて参りたるころ」）

親しく声までかけてくれた定子。萎縮している清少納言から、何とか言葉を引き出そうという思いがあったのだろう。才気があると聞いてせっかく雇った新入り女房がちっとも実力を発揮できずに怯《おび》えているのを、見るに見かねたのだろう。

このように『枕草子』は定子の、女房たちをしっかりと見守っていた姿を記す。そしてするべきことができていない女房がいれば、それができるようにと自ら働きかけてくれた姿を記す。叱るのではなく、あくまでも優しく、だが見逃すことなく。定子は甘いのではない。女房たちに、それぞれの持つ最大の力を発揮させたいのだ。それによって定子後宮の雅びを一層大きく花開かせたいと考えているからだ。大きな目標のもと、一人一人の女房の状態を気遣い導くリーダー、それが定子であった。

そして清少納言は、それに応えた。

いと冷たきころなれば、差し出でさせ給へる御手のはつかに見ゆるが、いみじうにほひたる薄紅梅《うすこうばい》なるは、限りなくめでたしと、見知らぬ里人心地《さとびとごこち》には、「かかる人こそは、世におはしましけれ」と、驚かるるまでぞまもり参らする。

（とても寒い時期なので、差し出された袖から僅かに覗く中宮様のお指の先が、ほんのり薄紅梅色に染まっている。なんてきれいなんだろう。「こんな人が、この世にいらっしゃったんだ」。世間知らずの主婦感覚では驚き入って、私はその指をじっと見つめたまま眼が離せなかった)

(『枕草子』第一七七段「宮に初めて参りたるころ」)

絵を見る目がふととらえた、定子の指先。折からの寒さのため、白い肌を透かしてほんのりと色づいた血色が、まるで薄紅梅の色のようだったという。指先を表すこれほどに美しい描写を、私は他に知らない。この美は、誰あろう清少納言が発見したのだ。定子に声をかけられ、萎縮していた心がほぐれたおかげだ。定子が狙ったとおり、清少納言の実力が頭をもたげだしたのだ。『枕草子』の各所に見られる、日常のささやかな物事にきらめく美を発見するまなざしは、初宮仕えの時、この場で定子によって拓《ひら》かれた。言わばこのエピソードは、「『枕草子』作家・清少納言の誕生秘話」なのだ。

人生に出会いは数限りなくあるが、この相手になら自分を委ねてもよいと思うような出会いは、滅多《めった》にない。この寒い夜、内裏の揺らめく灯火《ともしび》の中で、清少納言はその出会いを得たのだった。

機知のレッスン

まだ十七歳の若さにして、推定年齢二十八歳の清少納言に自ら親しく声をかけて心を解きほぐし、本来の力を発揮させた定子。しかし彼女は決して優しさだけの人ではなかった。同じ章段「宮に初めて参りたるころ」の次のエピソードからは、定子の別の面でのリーダーシップを見て取ることができる。

ものなど仰せられて、「我をば思ふや」と問はせ給ふ。御いらへに、「いかがは」と啓《けい》するに合はせて、台盤所《だいばんどころ》の方《かた》に、鼻をいと高うひたれば、「あな、心憂《こころう》。空言《そらごと》を言ふなりけり。よし、よし」とて、奥へ入《い》らせ給ひぬ。

（中宮定子様が、お話のついでに「私が好きか？」とお聞きになる。ご返事に「嫌いなんてこと絶対に」と申し上げたその瞬間、御殿の台所のほうから「はくしょん」と大きなくしゃみの声がした。くしゃみは悪い事のしるし。中宮様は「まあ嫌だ。さては少納言、嘘をついたのね。もう結構よ」と奥へお入りになってしまった）

（『枕草子』第一七七段「宮に初めて参りたるころ」）

まだ緊張感の拭《ぬぐ》えない清少納言に向かって、「我をば思ふや（私が好きか？）」と聞く。もちろん、清少納言が自分に心酔していると分かって聞いているのだ。清少納言としては、うろたえながら「まさか嫌いなんて」と答えるしかない。ここからは定子の、圧倒的な自信を持ち、しかも自分の影響力をよく知って人に接する人物像が見て取れる。一方の清少納言からは、そんな人にしもべとして仕える凡人のたじろぎと喜びが感じられる。もちろんこの場面での清少納言の不器用さには、新人の初々しさも手伝っていよう。だが『枕草子』を読む限り、二人は生涯基本的には、このような言わば星とそれを見上げる人の関係にあって、定子が苦境に陥ってからもそれは揺るがない。

さて、雑談をする二人に想定外の事態が起こった。誰かがくしゃみをしたのである。「鼻ひて誦文《ずもん》する（くしゃみをして呪文を唱える）」という言葉が『枕草子』第二六段「にくきもの」に見えるとおり、当時くしゃみは縁起の悪いものと考えられていた。その音が、清少納言の定子への答えにかぶさるように「いと高う」聞こえたのだ。定子の反応は「まあ嫌だ」。このくしゃみは、清少納言の答えが嘘であることの「物のさとし」だというわけだ。もちろん、本気ではない。新人・清少納言が、咄嗟《とっさ》の事態にどう対応するか。それを見極め、鍛えようとしているのだ。

つまりこれは「機知」のレッスンである。機知こそは、定子サロンが女房において最も重要視した能力であった。『枕草子』には清少納言が機知を発揮して人々を沸かせる場面が幾度も現れるが、それらはサロンの女房たちが定子の機知推奨路線にしたがって切磋琢磨していたことの結実に他ならない。また機知は清少納言個人の持って生まれた才能だと考えられがちだが、清少納言が女房として定子後宮《こうきゅう》で能力を発揮できるようになったのは、実はこうした定子の指導があってこそだった。同じ第一七七段、清少納言は前半に、自分が定子の指先を見て「いみじうにほひたる薄紅梅」と感じたことを記した。それは鋭い美意識と独創的な表現力を持った『枕草子』エッセイスト・清少納言誕生の瞬間だった。そして後半のこの場面が記し留めているのは、当意即妙の名人・清少納言が産声をあげるまでの過程なのである。

レッスン開始時の清少納言には、定子の真意を酌《く》み取る余裕がまだない。立ち去る定子をなすすべもなく見送り、自分の気持ちがくしゃみに邪魔されたと思い込んで悔しがるばかりだ。

「いかでか空言にはあらむ。よろしうだに思ひきこえさすべきことかは。あさましう、鼻こそ空言はしけれ」と思ふ。「さても誰《たれ》か、かく憎きわざはしつらむ。大方心づきなしとおぼゆれば、さる折も押しひしぎつつあるものを、まいていみじ、にくし」

（「どうして嘘なんか。私の気持ちは並でさえなくて、心からお慕いしているのに。あきれたわ、あのくしゃみのほうが嘘つきなのよ」と思う。「それにしても誰があんな憎らしいことをしたのかしら。大体くしゃみは嫌がられるもの、だからしたくてもかみ殺すのが当然なのに。ましてあんな大事な場面で、ひどい、憎らしい」）

（『枕草子』第一七七段「宮に初めて参りたるころ」）

もどかしさを何とかして定子に訴えたい。だがまだ新米のこと、一言も口に出せずに夜を明かして局《つぼね》に下がると、追いかけるように定子から和歌が届く。浅緑の薄様紙《うすようがみ》で、いかにもお洒落《しゃれ》な体裁の文《ふみ》である。

いかにして　いかに知らまし　いつはりを　空にただすの　神なかりせば

（わからなかったでしょうね、あなたの嘘は。もしも、偽りをはっきり見極める天の神様がいなかったならば）

（『枕草子』第一七七段「宮に初めて参りたるころ」）

くしゃみで清少納言の嘘が明らかになったということの、繰り返しだ。この試験はまだ終わらない、さあどう答えるのか、気の利いたことを言ってみせなさいという、定子から清少納言への挑発である。
定子は清少納言にチャンスを与え続けているのだ。だが清少納言は、まだそれに気づかない。定子様は誤解なさったままだ、手紙を頂いたは嬉しいが、それにしてもくしゃみの犯人が恨めしい。おろおろと心乱れながら、やっとのことで返歌をひねり出した。

薄さ濃さ　それにもよらぬ　鼻ゆゑに　憂き身のほどを　見るぞわびしき

（薄さ濃さ……中宮様を思う私の心の浅さ深さは、くしゃみとは関わりございません。だって「花」なら色の薄さ濃さがありますが、くしゃみは「鼻」ですから。だのに中宮様に、くしゃみで私の心を測られるなんて、つらくて悲しくてたまりません）

（『枕草子』第一七七段「宮に初めて参りたるころ」）

これをおくってからも気が収まらず、「がっかりだ、ちょうどあのタイミングで、なんでくしゃみなんか」とため息をつくばかりの清少納言だったという。結局彼女は最後まで、これが定子の授業であることに気がついていなかった。だが気づかぬままに、定子の和歌に歌を返すことができた。いや、贈答《ぞうとう》であるからには、返歌には贈歌と同じ言葉を使うなど一定のルールを守らなければならず、その意味では清少納言の歌は失格である。期待された有名歌人の末裔《まつえい》の実力がこうとは。しかしそれはそれとして、清少納言の返歌は「花」と「鼻」のおかしな掛詞《かけことば》を用いるなど、そこそこ工夫している。作者の真剣さが伝わるがゆえに笑える歌に仕上がっている。定子に手を引かれて、新人・清少納言はまた一段、階段を上ることができたのだ。このように定子は、女房を薫陶《くんとう》する指導者であった。

型破りな中宮

実は定子は、時に型破りと評されることがある。当時の上流階級の女性の常識を打破するような行動がしばしば見て取れるからだ。例えば、清涼殿《せいりょうでん》内に設けられた定子の控室《ひかえしつ》である上《うえ》の御局《みつぼね》で、女房たちに「今思いついた古歌を書く」という指導をした折（第二一段「清涼殿の丑寅《うしとら》の隅の」）のことは前にも記した。が、その時定子は何と几帳《きちょう》を押しのけ、隣室との境の下長押《しもなげし》（敷居）辺りまで出て座っていた。これでは御簾《みす》のすぐ近くである。簀子《すのこ》辺りからなら姿さえ見られかねない。

当時、室内でも外に近い位置は「端近《はしぢか》」と呼ばれ、通常は嗜《たしな》みのある女主《おんなあるじ》が居るべき場所ではなかった。ちなみに『源氏物語《げんじものがたり》』「若菜上」では、光源氏《ひかるげんじ》の若妻・女三《おんなさん》の宮《みや》が端近に立っていたため男たちに姿を見られてしまう。光源氏の息子・夕霧《ゆうぎり》は彼女の振る舞いを「軽々しくてはらはらする」と批判し、一方その親友・柏木《かしわぎ》は彼女に心を奪われて、それが後の密通につながった。端近は危うい場所なのだ。

しかし清少納言は端近に座る定子を「何となくただ最高」と評し、「仕える女房たちも満ち足りた心地だった」と記している。定子の行動が意識的なものであることを、皆分かっていたからだ。中宮という地位にして、常識をものともせず端近に出る。その積極果敢な中宮像の新しさが、清少納言たち女房をうっとりさせたのだ。

　定子のこうした行動は、『枕草子』の他の段にも散見される。例えば有名な「香炉峰《こうろほう》の雪」の段（第二八〇段「雪のいと高う降りたるを、例ならず御格子《みかうし》まゐりて」）。清少納言が高々と御簾を上げて外の雪景色を見せると、定子はにっこりと笑った。もしも庭に誰かがいたら定子の顔は丸見えなのに、お構いなしなのだ。また先と同じ清涼殿の上の御局で、殿上人《てんじょうびと》たちが日一日管絃を合奏した時のこと（第九〇段「上の御局の御簾の前にて」）。灯火が点《とも》されて、開いた戸から中が見えてしまうので、定子は琵《び》琶《わ》の柄《え》を前に立てて顔を隠した。だがその脇からは白い額がくっきりと覗《のぞ》いていた。清少納言がその様を称賛すると、定子は笑ったという。

　端近以外にも、例えば同じ部屋にいる清少納言にちょっとした手紙を書いて渡すのに、「投げ給はせたり」（第九五段「五月《さつき》の御精進《さうじ》のほど」）ということもあった。手紙を投げ渡す行為は、『源氏物語』では光源氏が内裏の女房に対して行っている。つまり定子の行動には、マニッシュで恰好《かっこう》いいところがあるのだ。マニッシュと言えば、漢詩文の素養を持っていたことがまさにそれに当たる。当時、漢詩文は男性のみが嗜む教養と考えられていたからだ。だが定子は軽々とそのバーを超え、日常生活の中で漢詩文を楽しんだ。女房に対するリーダーシップといい、一体このような「男前」な性質はどこからやってきたものなのか。それは実家・中関白家《なかのかんぱくけ》の教育にほかならない。

後宮に新風を

『栄花物語《えいがものがたり》』は、定子が十四歳で一条《いちじょう》天皇に入内《じゅだい》した時のことを記す記事で、定子サロンの気風を次のように述べている。

殿《との》の有様、北の方など宮仕へにならひ給へれば、いたう奥ぶかなる事をばいとわろきものにおぼして、今めかしう気近《けぢか》き御有様なり。

（入内した定子様の御殿は、母君などが宮仕えに慣れていて、あまり引っ込みがちなのは感心しないというお考えのため、今風で打ち解けた雰囲気になっている）

（『栄花物語』巻三）

定子サロンの方針を決めたのは、定子の母であったという。その名は高階貴子《たかしなのきし》。結婚前は円融《えんゆう》天皇（九五九〜九九一）の内裏で内侍司《ないしのつかさ》に勤め、女官の管理職第三位にあたる「掌侍《ないしのじょう》」の地位にあったという。摂関《せっかん》家の正妻にしては異例の人物だ。つまり彼女は、平安のキャリアウーマンだった。そしてその経験を踏まえて、過剰な奥深さを悪と見る価値観を持っていたという。「奥深《おくぶか》」には深みがあって奥ゆかしいという面もあるが、彼女はそれを嫌った。だから娘の後宮を、奥深とは対極の「気近き」、親しみやすいくだけた雰囲気に仕立てた。それは従来の伝統重視のやり方とは違う、まさに後宮に新風を吹き込むものだった。

なぜ定子の母・高階貴子は、このような斬新な考えを実行することができたのか。それは彼女自身の人生に起きた、驚くような成功体験に基づく。これも『栄花物語』（巻三）が記すことだ。貴子の父・高階成忠《なりただ》は、貴子をことのほか可愛がっていた。そして娘の将来を考え、普通ならば結婚相手を探すところを、あえて宮仕えさせた。男心など信頼できぬと思ったからである。

女なれど真字《まな》などいとよく書きければ、内侍《ないし》になさせ給ひて、高内侍《かうのないし》とぞ言ひける、この中納言《ちゅうなごん》殿《どの》、よろづにたはれ給ひける中に、人よりことに心ざしありておぼされければ、これをやがて北の方にておはしけるほどに

（『栄花物語』巻三）

（女性だが彼女は漢学の素養に長《た》けていたので、帝は掌侍にお取り立てになり、彼女は「高内侍」と名乗った。そこで出会ったのが当時中納言の藤原道隆《みちたか》殿である。多情な彼だったが高内侍への思いは格別で、彼女をすぐさま本妻に迎えたのだった）

まさに瓢簞《ひょうたん》から駒である。結婚ではなく自立の道を生きるためにやってきた内裏で、貴子は藤原氏九条《くじょう》流の御曹司を射止めた。姫君として部屋の奥深く暮らすのでなく、女房として御簾もとに出て積極的に応対をする生き方が、彼女を玉《たま》の輿《こし》に乗せたのだ。その鍵は知性だ。彼女が女官中でも指折りの「掌侍」となることができたのも、道隆のあまたの思い人の中で異彩を放ち本妻の地位を得ることができたのも、父が鍛えた漢学素養のおかげだった。実は道隆はこの時、やがて天皇に入内させる魅力的な

娘を産んでくれる本妻を探しており、貴子に自分の持っていない魅力、つまり知性を見出して白羽の矢を立てたと考えられている。

結婚した貴子は、三人の息子と四人の娘を産んだ。子どもたちは貴子の血をうけて、男女を問わず漢学の力に長けていた。その長女が定子である。いかにしてこの娘を、天皇の心を魅了するキサキへと仕立てあげるか。貴子がそこに用いたのは自分の成功体験だった。引っ込んでいるのではなく、前に出て。お高くとまるのではなく、親しみやすく。知性と教養は常に忘れてはならない。こうして、おそらく平安の皇室史上初めての、女房の行動原理を生活信条とするキサキが誕生した。そして目論見《もくろみ》は当たり前のように的中し、定子は天皇に愛され中宮となった。定子のあふれる自信は、母と自分との二代にわたる成功に根差していたのである。

今や定子の目指すところは、後宮に吹き込んだ新風をより確固たるものにし、後代からも崇《あが》められる後宮文化を築きあげることである。定子はそのために女房たちを指導し、清少納言はじめ女房たちはこれによく応えた。こうして、積極性、自己主張、優雅な機知、そして庶民性を特徴とした最先端の後宮文化が、ここ定子後宮サロンを舞台に花開くことになったのである。

それにしても、定子の死後に『枕草子』が流布した時、貴族社会の人々はどのような思いでこの章段を読んだのだろうか。まして一条天皇は。「日記的章段」が描く定子の姿が彼らの心に惹き起こしたであろう様々な感情を、私たちは想像しなくてはならない。

清少納言の素顔

ところで清少納言と言えば、橋本治『桃尻語訳枕草子』の「春って曙よ！」を思い出す読者もいるだろう。同書は『枕草子』全編を一九八〇年代当時の女子高生の話し言葉で訳し切り、刊行されるやベストセラーとなった。「こんにちは♡　あたし清少納言でーす」などと言う清少納言像が、読者層の潜在的に抱いていたそれにぴったりはまったのだ。古典の教科書は彼女を「才気煥発《かんぱつ》」などと呼んでいたが、むしろ橋本治が「解説」で言う「ミーハー」のほうが的確だと、多くの読者がうなずいたのだ。が、それは『枕草子』の描く清少納言像でしかない。

清少納言には、死後、彼女に近い人物によって編まれたと思われる『清少納言集』という家集《かしゅう》がある。その冒頭にはこうある。

ありとも知らぬに、紙三十枚に文《ふみ》を書きて
忘らるる　身のことわりと　知りながら　思ひあへぬは　涙なりけり

（『清少納言集』冒頭歌）

（消息もわからないのに、紙三十枚に恋文を書いて
あなたに忘れられるのが我が身の当然とは、わかっています。でもそうして心では思い切ろうとしながらも、涙には思い切ることができないのですね）

また、おそらくは晩年の作なのだろう、こうした歌もある。

山のあなたなる月を見て

月見れば　老いぬる身こそ　悲しけれ　つひには山の　端《は》に隠れつつ

（山の彼方にかかる月を見て

月を見れば、老いてしまった我が身が悲しく感じられる。月が最後には山の向こうに隠れてゆくように、この身も結局は人の世から姿を隠しつつあるのだ）

（『清少納言集』二六）

同集には、『枕草子』の清少納言を彷彿《ほうふつ》させるような才走った歌も、もちろんある。だがこれらのように心の弱みを見せた歌や、『枕草子』では全く触れられなかった、母としての息子への思いを詠んだ歌もある。ここから分かるのは、人には誰しも多様な面があるのだという当然のことである。ところが、橋本治訳が一本調子であることが示すように、『枕草子』の清少納言像には性格の振れ幅がほとんどない。『枕草子』は、多面性を持つ実際の清少納言を、その中の一つである快活で情感豊かな女房「清少納言」のキャラクターに固定して記したものと推測される。「ミーハー」は清少納言の素顔というより、作品の要請による、作品用の顔と考えるべきである。

父祖のサバイバル感覚

このように場に応じて顔を使い分ける能力は、清少納言が父祖から受け継いだものであったかもしれない。先に触れたように、清少納言の父・清原元輔は村上朝《むらかみちょう》の大歌人であった。しかし一方で彼が、折につけて「ものをかしく言ひて人笑はする」人間だったと評されていることも、よく知られている。『今昔物語集《こんじゃくものがたりしゅう》』（巻二八第六話）によれば、彼は賀茂祭の行列に朝廷の使いとして参加した折、馬がつまずいた拍子に落馬し、冠が脱げてしまった。成人男性の頭に何もかぶっていない姿は「裸頭」と呼ばれ、貴賤を問わず、現代ならばズボンをはいていない状態に相当する恥ずかしい姿である。しかも、露《あら》わになった元輔の頭は鍋底のような禿頭で、夕日を浴びてきらきらと光っていたと『今昔物語集』は言う。当然、祭の満座の見物客は大声で笑った。だが元輔は慌てることなく、裸頭のまま「公達《きんだち》よ、笑うでない」と一席ぶって、その後おもむろに大路《おおじ》の真ん中に立ち冠をかぶったという。その瞬間、また人々は爆笑した。

つまり彼は道化を演じたのだが、それは彼によれば「後々いつまでも笑われないため」だったという。落馬して禿《は》げ頭をさらした瞬間に、彼は素早く計算し、人々に思う存分「笑わせ」たのである。犬養廉はこれを「観衆を十分に意識した演技派」であり「枕草子の随所に見られる清少納言の姿に通うものがあろう」（『枕草子講座』一）と言う。犬養がこう書いた一九七〇年代の『枕草子』研究状況に照らせば、これは清少納言が『枕草子』の随所で、定子や天皇や殿上人という観衆を十分に意識しつつ才知を振りまいた姿に通うという意味であろう。しかし私は、むしろ清少納言は『枕草子』を著した時にこそ、観衆を十分に意識した行動をとったと考える。つまり日記的章段において、才はあるが直情径行的で定子を心から敬愛したキャラクターを、我が身の分身である作品内の「清少納言」に演じ切らせたのだ。もちろんそれは定子のため、あるいは定子死後の読者の心に働きかけるためである。

目的のために身を挺《てい》するこうした方法は、プライドが高くてはできない。例えば紫式部には、到底まねのできないことだったのではないか。彼女は、醍醐《だいご》・朱雀《すざく》天皇（九二三〜九五二）の時代に曽祖父・藤原定方《さだかた》が右大臣、もう一人の曽祖父・藤原兼輔《かねすけ》が中納言《ちゅうなごん》だったという栄光が決して忘れられない人物であった。だが清少納言が持っていた父祖の記憶は、違うものだった。それは卑官ながら和歌という一芸にすがり、高貴な人物と知己を得、その交誼《こうぎ》によって貴族社会を渡り歩いてゆくという生き方だった。

例えば清少納言の曽祖父・清原深養父は、紫式部の曽祖父・兼輔の邸宅に呼ばれて琴を弾いている。

夏の夜、深養父が琴ひくを聞きて　　藤原兼輔朝臣

短夜《みじかよ》の　ふけゆくままに　高砂《たかさご》の　峰の松風　吹くかとぞ聞く

（夏の夜、清原深養父が琴を弾くのを聴いて

夏の短夜が更けゆくにつれて、この琴の音は、漢詩に言われるとおり、まるで峰の松風の音のように響いてくることよ）

（『後撰和歌集』夏　一六七）

兼輔は、和歌の世界のパトロンであった。紀貫之《きのつらゆき》はじめ歌人たちに和歌を詠ませては報酬を与え、作品の流布と経済の両面で支えていたのである。右の詞書《ことばがき》によれば、深養父も援助を受けた一人と見える。こうした芸によって、勤続二十年にしてようやく従五位下《じゅごいのげ》、つまり貴族の最末端の地位を得たのが深養父の人生であった。

元輔は『後撰和歌集』の撰者であったから、右の兼輔歌の詞書に特に必要でもない深養父の名を入れたのは、あるいは彼だったかもしれない。そしてこの祖父の姿は、元輔自身のものでもあった。家集の『元輔集』によれば、彼は村上朝から冷泉《れいぜい》朝にかけて最高の地位にいた藤原実頼《さねより》にしばしば召され、花見に嵯峨《さが》野《の》散策にと歌を献上した。安和《あんな》二（九六九）年、実頼の七十歳の祝いにも依頼されて屛風《びょうぶ》歌を奉った。いっぽう同じ年、時に権大納言《ごんだいなごん》であった藤原伊尹《これまさ》宅の若菜《わかな》の宴にも呼ばれて、歌を詠んでいる。伊尹は、翌天禄《てんろく》元（九七〇）年、実頼の薨去《こうきょ》した後を受けて摂政《せっしょう》となった人物である。元輔は先を読んでいたと言えるかもしれない。こうしたなかで彼は従五位下に辿《たど》り着き、やがて念願の「国守《こくしゅ》」の地位を得たのだった。

揺れ動く権力社会のなか、芸とバランス感覚を味方に、貴族になれるかなれないかというぎりぎりの線から一つでも上を目指し生きてゆく。清少納言が父祖から受け継いだのはそうしたサバイバル感覚であった。それは歌語《うたがた》りなどの記憶を通じても、成育環境からも、彼女に沁《し》みついていたことだろう。

宮仕えまで

とりあえずここで、清少納言の宮仕えに至るまでの半生について、わかる所を記しておく。推定出生年は九六六年。延喜《えんぎ》八（九〇八）年生まれの父・元輔が何と五十九歳、大蔵少丞《しょうじょう》の時の子であった。天延《てんえん》二（九七四）年、待ち望んだ国守の地位を元輔が初めて得て周防守《すおうのかみ》となった時には、清少納言は九歳頃で、父に伴われて下向《げこう》したと考えられている。それを示すかのように、『枕草子』第二八六段「うちとくまじきもの」には船旅の怖さがリアルに記されている。

最初の結婚相手は、奈良時代には大臣まで出した橘《たちばな》氏の氏長者《うじのちょうじゃ》の長男、則光《のりみつ》だった。『枕草子』に藤原定家《ていか》らしき後人《こうじん》の付けた注によれば、彼が十八歳の天元《てんげん》五（九八二）年に、二人の間に則長《のりなが》という息子が生まれている。ここから、清少納言は夫より少し若く出産の時十七歳程度であったかと想像され、先の九六六年誕生説となった。則光は『枕草子』にも登場するが、そこでは二人が「妹兄《いもうとせうと》」と通称されたとある。二人の間でそう呼び合っていたのが殿上人《てんじょうびと》にまで広まったものと思われるが、「妻夫《めをと》」ではないので既に夫婦の関係は終わっていたとおぼしい。則光と別れたあとで清少納言は宮仕えに出、その職場で「元夫」と再会したということになる。

いっぽう「清原氏系図」には清少納言に「摂津守藤原棟世妻《せっつのかみふじわらのむねよのつま》」と記すものがあるので、やがてはこの人物と結婚したと知られる。棟世は天暦《てんりゃく》元（九四七）年以前の生まれだから、清少納言よりも二十歳ほどの年長となる。藤原氏ではあるが、主流の北家《ほっけ》の出ではない受領《ずりょう》（国司《こくし》）階級の人物である。

しかし定子の死後、清少納言を任国の摂津に伴ったり月輪《つきのわ》の別荘に住まわせたりしてくれた、優しさも財力もある夫だった。結婚の時期は、宮仕え前とも、定子が亡くなり宮仕えから退いた後とも考えられている。彼との間にはのちに彰子《しょうし》に出仕し「小馬命婦《こまのみょうぶ》」と呼ばれる女房になる娘が生まれた。もし結婚が宮仕え前のことであったとすれば清少納言が二十代半ばで産んだ子ども、結婚が宮仕え後であったなら三十五歳以降の子どもとなる。

第一七七段「宮に初めて参りたるころ」の中で、清少納言は宮仕え前の自分を「見知らぬ里人心地」と断じた。世間知らずの主婦感覚という意味である。少女時代に鄙《ひな》へも行き、結婚して母にもなってそれなりの人生経験は経ていたはずだが、宮仕えは彼女に予想だにしなかった世界を見せてくれた。定子の悲惨と死を目の当たりにした後でも、宮仕え経験を悔いる気持ちは清少納言には無かったに違いない。

【第三章】　笛は

横笛への偏愛

父も元夫も朝廷に仕える官人ではあったが、五位《ごい》以上の位を持つ者だけに限られた貴族には頑張ってようやく手が届く程度。そんな下級貴族層の一員として生きてきた清少納言に、宮仕えは息をのむような世界を見せてくれた。これこそが貴族文化の粋という、宮廷の雅びの数々である。物語でしか知らなかった洗練美の世界に目を瞠《みは》りながら、さて清少納言が『枕草子』に記したのは、ほとんどが貴族文化のなかでも生活文化というべきものであった。例えば、雅びを彩る重要な道具である、楽器について。

笛は、横笛《よこぶえ》、いみじうをかし。遠《とほ》うより聞こゆるが、やうやう近うなりゆくも、をかし。近かりつるが遥かになりて、いとほのかに聞こゆるも、いとをかし。車にても、徒歩《かち》よりも、馬にても、すべて、ふところに挿し入れて持《も》たるも、何とも見えず、さばかりをかしき物はなし。まして聞き知りたる調子などは、いみじうめでたし。

暁《あかつき》などに忘れて、をかしげなる、枕のもとにありける見つけたるも、なほをかし。人の取りにおこせたるをおし包みてやるも、立文《たてぶみ》のやうに見えたり。

（笛は、横笛が、とてもすてき。遠くから聞こえていたのがだんだん近づいてくるのもいい。近くの音が遥かに遠ざかってかすかに聞こえるだけなのも、とてもすてき。車でも、歩いていても、馬に乗っていても、いつも、ふところに携えていても何とも見えなくて、これほどおしゃれな楽器はない。まして知っている旋律が流れてくると、本当に心がときめく。彼が夜明けに忘れていって、ふと見ると、恰好《かっこう》いい姿で笛が枕元に置かれている、それを見つけた時にも、やっぱりいいなあと思ってしまう。彼は忘れ物に気づいて、取りに使いをよこす。それで紙に包んで渡す時にも、しゃきっとした立て文のように見えた）（『枕草子』第二〇五段「笛は」）

平安貴族は楽《がく》に親しみ、宴においても日常生活でも腕前を披露し合った。楽器には太鼓など打楽器、「琴《こと》」と総称される絃楽器、「笛」と総称される管楽器があったが、右の章段「笛は」の書き出しのように、清少納言が特に心を寄せたのは管楽器、なかでも横笛だった。

平安京の大路《おおじ》か小路《こうじ》を歩きながら誰かが横笛を吹いている。その音色が、邸内の清少納言の耳に次第に近づき、また遠のく。音が消えてしまうまで、ほれぼれしながら聞き耳をたてている清少納言の姿が見えるようだ。そして男が部屋に忘れていった笛。夕べの逢瀬《おうせ》では清少納言のために吹いて聞かせてくれたのだろう。その名残もあり、清少納言は真っ白な紙で包み、大切な封書のようにして返す。そのスタイリッシュな形が、これまたありありと見えるようだ。定子《ていし》もこの段を読んだ時、我が耳に笛の音が聞こえ、目に笛の形が見える思いがしただろう。

定子にとって横笛は、夫である一条《いちじょう》天皇の愛した楽器であった。幼いころから笛を嗜《たしな》んだ彼は、十一歳だった正暦《しょうりゃく》元（九九〇）年正月、元服《げんぷく》式を受けた後の宴でも、名手たちにまじって自ら笛を吹いた（『御遊抄《ぎょゆうしょう》』）。元服式の報告に父の円融《えんゆう》法皇の住む寺に行幸《ぎょうこう》した折にも父のために横笛を吹き、法皇は息子に「赤笛」と号する天皇家伝来の名器を贈った（『朝覲行幸部類《ちょうきんぎょうこうぶるい》』）。大人になった息子と、出家して離れて見守る父との、心の触れ合う場面だったことだろう。

定子が彼のもとに入内《じゅだい》したのは、この元服式の二十日後のことである（『日本紀略《にほんきりゃく》』同年同月二十五日）。それからの生活の中、やがては笛の名手と讃《たた》えられるようになる彼が日常的に笛を吹き定子に聞かせていたことは、『枕草子』の随所に窺《うかが》われる。例えば、内裏《だいり》でふと耳に入る様々な音を挙げた随想的章段のこの一節もそうだ。

夜中ばかりに御笛の声の聞こえたる、またいとめでたし。

（夜半頃、帝《みかど》のお吹きになる笛の音が聞こえてきた、それもまた本当に素晴らしいこと）

（『枕草子』第二七三段「日のうららとある昼つ方」）

真夜中、清少納言の耳がふと笛の音をとらえる。天皇が吹いているのだ。これこそが内裏の雅びだと、清少納言は至福のため息をつく。この章段に定子の姿は描かれないが、定子の付き人である清少納言が天皇の笛の音の届く場所にいるからには、定子も間違いなく天皇の傍らにいる。この夜半、天皇は定子のためにこそ吹き、定子は多分その音色に聴き入っているのだろう。そんな睦まじい二人が想像できるからこそ、清少納言は「めでたし」という最高級の賛辞でこれを記したのだ。『枕草子』の横笛の記事は、定子にとって一条天皇との数々の思い出を呼び覚ますものであったはずである。

楽《がく》の意味

ところで、天皇が幼少から楽器を嗜んだのはなぜなのか。それは大方、ただの娯楽ではなかった。特に一条天皇はそれを強く自覚していて、横笛ではないが琴を題材として、演奏の意味を彼自身が漢詩にしたためている。

撫《ひ》くこと民《たみ》を養ふに似たり　声更に理《ととの》へり
張ること政《まつりごと》を布《し》くが如し　操《こころざし》相邀《あひむか》ふ
楽府《がふ》の清絃の上に施《し》くに従《よ》り
至徳深仁《しとくしんじん》は　幾《いくばく》の聖朝ぞ

（琴を弾くことは民を養うに似て　人民の声を落ち着かせてゆく
絃を張ることは政治を行き渡らせるに似て　民の志を受け止める

私が楽府の曲を清らかな絃に乗せることで
至徳深仁の治世よ、幾聖朝も続いておくれ）

（『本朝麗藻《ほんちょうれいそう》』帝徳部「瑶琴《えうきん》は治世の音《こゑ》」後半部）

定子の死から二年半が過ぎた長保《ちょうほう》五（一〇〇三）年六月二日、内裏の作文会《さくもんかい》で作られた詩である（『権記《ごんき》』同日）。ここには、儒教の教えのもと古代から続いてきた「至徳深仁」の治世に、音楽によって自らの治世をつなげようという、真摯《しんし》な思いが見て取れる。「礼楽《れいがく》」という言葉があるように、社会の秩序を定める「礼」と並び、「楽」は人心を感化するものとして、古代より中国の儒家に尊重されてきた。一条天皇はその思想にしたがい、誰よりも君子たるべき国の主《あるじ》の嗜みとして、幼い時から音楽を学んできたのである。楽とは本来こうした政教的な意味を持つものであったのだ。

だが、『枕草子』の楽には儒教的思想は見受けられない。『枕草子』を幾度読み返してみても、音楽とは生活を彩る美しい娯楽だという意識しか見えてこない。しかつめらしい政治哲学を先に立てるのではなく、音楽そのものを楽しもう。生活の雅びやかな飾りとしよう。政教性は音楽に殊更に求めるものというよりも、それに自然に付いてくるものだ。つまりはそれが、中関白家《なかのかんぱくけ》、ひいては清少納言の考え方だったとおぼしい。

実は彼らのこうした考え方は、楽に限らず漢詩など文化一般に至るものであった。一条朝は二十五年の長きにわたるが、その前半を彩ったのは、この享楽性に満ちた中関白家・定子文化だった。幼少より儒学の修養を積んだ一条天皇もまだ十代と若く、妻の定子や義兄の伊周《これちか》との語らいの中にあった。公卿《くぎょう》はじめ貴族たちは、関白道隆《みちたか》の権力に追従していた。世は中関白家一流の、バブル的な豪奢《ごうしゃ》と愉楽の感覚に満ちていたのだ。

これを浅薄《せんぱく》と嘆くこともできよう。例えば紫式部《むらさきしきぶ》の父・藤原為時《ふじわらのためとき》などは、一条天皇が即位したばかりの頃、儒学がなおざりにされる世相を憂いて詩を詠んでいる（『本朝麗藻』懐旧部「去年春、中書大王桃花閣にて……」）。その為時の詩や、先に触れた定子死後の一条天皇の詩は、貴族文化の中でも多分に深い思想性を含むものである。『源氏物語』も、物語という、当時は仮名文学でも最も軽いと見なされたジャンルの作品ながら、それに連なる。一方の『枕草子』は、観念的な思想性とは対極にあると言っても過言ではない。だが、それこそが『枕草子』の世界なのである。

堅苦しさの打破

生活の中の文化を、自由に感覚的に批評する。そんな『枕草子』には、本音によって堅苦しさを吹き飛ばす場面が幾度もある。何せ「笛は」の数段前の章段になど、こうあるのだ。

遊びは、夜。人の顔見えぬほど。

（管絃の演奏は、夜。演奏者の顔が見えない時間）

（『枕草子』第二〇一段「遊びは」）

音楽も見た目重視。邪魔になる面相はむしろ暗くて見えないほうがよいとは、あまりにストレートだ。

次の章段もよく似た発想で、これには弁解もついている。

説経《せきやう》の講師《かうじ》は、顔よき。講師の顔をつとまもらへたるこそ、その説くことのたふとさもおぼゆれ。ひが目しつれば、ふと忘るるに、にくげなるは、罪や得《う》らむとおぼゆ。

（説経の講師役のお坊様は、ハンサムがいい。講師の顔をじっと見つめていてこそ、お話の有難さも感じられるというもの。よそ見をしていたら話なんてすぐ忘れてしまうから、不細工なお坊様では、こちらも聞く気になれなくて罰当たりなことになりそうだもの）

（『枕草子』第三一段「説経の講師は」）

本来、美醜や色恋などの世界とは別物であるはずの仏教僧にまで、ハンサムを求める。つい笑ってしまうが、見た目から入って講演に集中できるからと聞けば、確かにうなずけもする。これが『枕草子』の破壊力なのだ。そしておそらく、定子後宮《こうきゅう》ではいつも女房《にょうぼう》たちがこうした話題におしゃべりをはずませ、笑い合っていたのだ。

「笛は」にもどろう。

笙《さう》の笛は、月の明かきに、車などにて聞き得たる、いとをかし。所せく、持て扱ひにくくぞ見ゆる。さて、吹く顔やいかにぞ。それは横笛も、吹きなしなめりかし。篳篥《ひちりき》は、いとかしがましく、秋の虫をいはば、轡虫《くつわむし》などの心地して、うたてけ近く聞かまほしからず。

（笙《しょう》の笛は、明るい月夜に車などに乗っていてふと耳にすると、とても幻想的でいい。でも場所をとって、取り扱いが大変そうに見える。そして、吹く顔といったらどう？　まあそれは横笛だって、吹き方ひとつでおかしな顔になってしまうのですけれどね。篳篥は、とてもうるさくて、秋の虫に例えればクツワムシのような感じで、おおいやだ、近くでは聞きたくない）

（『枕草子』第二〇五段「笛は」）

笙は、パイプオルガンと似た音色のもの。その形から、羽を畳んだ鳳凰《ほうおう》に見立てて「鳳笙《ほうしょう》」とも呼ばれる。胴の部分を両手で持って息を吹き入れ、胴の上に立つ十七本の竹管の和音を響かせる。雅楽家の東儀秀樹はその音色を「天から差しこむ光」に喩《たと》える（『雅楽』）。ただ、吹くときは頬をいっぱいに膨らませるので、その点は確かにいただけないと言わざるを得ない。そして篳篥は、雅楽でいちばん音のはっきりした楽器。主旋律を大きく高く奏でるが、何とその音を「クツワムシ」とは。

こんな清少納言の感覚に心を委ねて笑いながら、しかし私たちは気づかなければならない。既に幾度も記してきたように、『枕草子』が集中的に書かれたのは、道隆が世を去り伊周が流罪《るざい》となり、文化の基盤たる中関白家が凋落《ちょうらく》した時であった。定子の文化は今や崩壊の危機にあった。清少納言には、軽《けい》佻浮薄《ちょうふはく》さも含めてその文化の一つ一つが、むしろ切なくいとおしく、貴重に思えていたに違いない。それならば小難しく批評して何になろうか。喪《うしな》われゆくものであるならば、今こそ胸を張って、自由闊《かっ》達《たつ》な定子文化サロンを書いて遺さなくては。清少納言が『枕草子』に自分たちの生活文化を記したということには、そうした意味があったのだ。

だからだろう、清少納言の筆は、たとえ貶《おとし》める書き方をしていてさえ、親しみと愛情に満ちている。確信犯として他愛《たわい》なさを纏《まと》う章段たちは、悲しみに暮れていた定子の心を、温かく励ましたに違いない。

【第四章】　貴公子伊周

雪の日の応酬

清少納言は宮仕えの世界で定子《ていし》という理想の女性と出会ったが、一方では理想の男性とも出会っている。定子の同腹の兄・伊周《これちか》である。初対面は正暦《しょうりゃく》四（九九三）年、あの、定子の指の美しさを薄紅梅《うすこうばい》に喩《たと》えて「こんな人が世の中にいたとは」と感じ入った日の翌日。時に二十歳にして権大納言《ごんだいなごん》、公卿《くぎょう》中の席次では叔父の道長《みちなが》に次ぐ七番目という高位を占める彼は、先を払う付き人たちの声も高らかに、颯爽《さっそう》と定子の登華殿《とうかでん》にやって来た。直衣《のうし》と指貫《さしぬき》、上下ともにそろえた紫色が雪に映えて美しい。

柱もとにゐ給ひて、「昨日今日、物忌《ものいみ》に侍《はべ》りつれど、雪のいたく降りはべりつれば、おぼつかなさになむ」と申し給ふ。「『道もなし』と思ひつるに、いかで」とぞ御いらへある。うち笑ひ給ひて、「『あはれと』もや御覧ずるとて」などのたまふ御ありさまども、これより何事かはまさらむ。物語にいみじう口にまかせて言ひたるに、たがはざめりとおぼゆ。

（柱のもとで居住まいを正され、「昨日と今日は私にとって陰陽道《おんようどう》で慎むべき日でございましたが、ずいぶん雪が降りましたので、宮が気がかりで雪見舞いに」と申される。定子様は「『道もなし』と思っていたのに、どのようにしておいでになりました？」とお答えになる。お笑いになって、「今日参れば『あはれと』もご覧いただけるかと存じまして」とおっしゃる大納言《だいなごん》殿のご様子、これ以上の雅びなど何事があろうか。物語で語り手が言いたい放題に言っているのと寸分たがわぬ有り様だ）

（『枕草子』第一七七段「宮に初めて参りたるころ」）

雪見舞いを言上《ごんじょう》した伊周に定子が応じ、それに伊周が笑って答える。このやりとりは、次の和歌によったものだ。

山里は　雪降り積みて　道もなし　今日来《こ》む人を　あはれとは見む

（山里には雪が降り積もって道も閉ざされた。こんな今日訪《おとな》ってくれる人こそ、真心のある人。そう思って歓待しよう）

（『拾遺和歌集《しゅういわかしゅう》』冬　二五一）

和歌を会話や文章に引用することを「引き歌」という。この二人の会話は日常生活でそれが行われた典型例である。伊周が降り積もった雪のことを口にした瞬間、定子はこの和歌を脳裏に浮かべ、即座に第三句を引いて「（あの和歌のように）『道もなし』だったでしょうに」と仕掛けた。すると当然至極《しごく》のように伊周は「(はい、あの和歌のように)『あはれと』見ていただけるかと」とすんなり受けて立った。清少納言は舌を巻く。何にといって、彼女にも本歌のことは分かったので、二人の和歌教養に驚いたのではない。話題に合わせ当意即妙の和歌を持ちだし、それによって言葉を切り結ぶ、二人の会話の洗練度に驚いたのである。ちなみに、元歌の作者は平兼盛《たいらのかねもり》。最初の勅撰《ちょくせん》和歌集である『古今和歌集《こきんわかしゅう》』を作らせた醍醐《だいご》天皇に次ぎ、第二の勅撰和歌集『後撰集《ごせんしゅう》』を作らせた村上《むらかみ》天皇(九二六〜九六七)の時代に活躍した歌人である。村上天皇の時代は一条《いちじょう》天皇と定子にとって見習うべき直近の手本で、こうした日常会話の端々にもそれが現れる。

それにしてもこの記事でおもしろいのは、清少納言が二人の会話を物語のようだと思ったことだ。現代の私たちは、まさに『源氏物語』などの引き歌の場面を通して、当時の貴族は実際に誰もがそうした風流な生活を送っていたと思いがちだ。しかしそうではなかった。清少納言は、引き歌は物語の世界のものだと思っていた。歌人の家に生まれ育った彼女にして、現実に引き歌で会話をする人間を知らなかったということだ。つまり伊周と定子は、基本的に雅びな平安貴族社会にあってさえ現実離れして見えたほどに雅びだったのである。雅びの理想郷。語り合う伊周と定子の周囲に清少納言がそれを見て取ったとしても無理はない。定子がそうであったように、伊周もまたこの時代の文化の旗手だったのだ。

鶏の声に朗詠

雅びと言えば、朗詠《ろうえい》もまた伊周が得意中の得意とするところだった。やはり彼が権大納言だった正暦五（九九四）年夏頃のことと思われるエピソードが、『枕草子』に書き留められている。場所は天皇の住まいである清涼殿《せいりょうでん》。伊周は天皇に請われて漢籍《かんせき》の話をしに参上した。時に天皇は十五歳、伊周は六歳年上で若いながら漢籍の知識を豊富に持っている。天皇には侍読《じどく》など公的な御学問担当も置かれていたが、くつろいだ場では一条天皇はこの義兄からの手ほどきを求めたのである。話は例によって深夜にまで及んだ。

上《うへ》の御前《おまへ》の柱に寄りかからせ給ひて、すこし眠《ねぶ》らせ給ふを、「かれ見奉らせ給へ。今は明けぬるに、かう大殿籠《おほとのごも》るべきかは」と申させ給へば、「げに」など、宮の御前にも笑ひ聞こえさせ給ふも知らせ給はぬほどに、長女《をさめ》が童《わらは》の、鶏《にはとり》を捕《とら》へ持て来て、「あしたに里へ持て行かむ」と言ひて隠し置きたりける、いかがしけむ、犬見つけて追ひければ、廊《らう》の間木《まぎ》に逃げ入りて、おそろしう鳴きののしるに、みな人起きなどしぬなり。

（帝《みかど》が柱にもたれてうとうとなさっているので、「あれをご覧よ。もう日付が変わったのに、あんな風にお休みになっていいのかな」と伊周殿がおっしゃると、「そうね」など中宮《ちゅうぐう》様もお笑いになる。それにも気づかず帝は眠りの中だ。ところがそこへ、雑用係に仕えている童女が鶏を捕まえて持ち込み「あした家に持って帰ろう」と隠してあったのを、何のはずみか犬が見つけて追い回し、鶏は廊の棚に逃げ込んでけたたましい鳴き声をあげたものだから、寝ていた誰もが起き出してしまった）

（『枕草子』第二九三段「大納言殿参り給ひて」）

自分から伊周を召しておきながら眠り込む一条天皇の、何と無防備なことだろうか。彼は伊周と定子に完全に心を許しているのだ。またその寝顔を見て憎まれ口をきく伊周は、いかにも弟分が可愛くてならない兄貴といった様子である。笑って応ずる定子も含めて、ここには気心の知れた若い三人だけの世界がある。『大鏡《おおかがみ》』「道長」は一条天皇の母の藤原詮子《ふじわらのせんし》が三人のこうした睦まじさに疎外感を覚えたと記すが、さもありなんである。伊周には、盛家に生まれて苦労を知らない者にありがちな、我が物顔で人の心を察しない部分があったのだ。ところがこの楽しい団欒《だんらん》に、思ってもみなかったものが闖入《ちんにゅう》した。「コケコッコー」とばかりに、いるはずのない鶏が時の声を上げたのだ。

上もうちおどろかせ給ひて、「いかでありつる鶏《とり》ぞ」など尋ねさせ給ふに、大納言殿の、「声、明王《めいわう》の眠《ねぶ》りを驚かす」といふことを、高ううち出だし給へる、めでたうをかしきに、ただ人の眠たかりつる目もいと大きになりぬ。「いみじき折のことかな」と、上も宮も興《きよう》ぜさせ給ふ。なほ、かかることこそめでたけれ。

（帝も目を覚まされ、「どうして鶏がここに？」などお尋ねになった、その時だ。大納言殿が「声、明王《めいおう》の眠りを驚かす」という詩句を高らかに朗誦されたのだ。何と素晴らしいこと、王ならぬ私の眠たい目もぱっちり開いてしまった。「まさに時宜《じぎ》にかなった詩句」と、帝も中宮様も大喝采《かっさい》だ。やっぱり、伊周様はこんなところが最高なのだ）　（『枕草子』第二九三段「大納言殿参り給ひて」）

伊周はここぞとばかり本領を発揮した。歌で皆を沸かせたのだ。彼が朗々と歌い上げた「声、明王の眠りを驚かす」は、『和漢朗詠集《わかんろうえいしゅう》』に次のように載る詩句の一部である。

鶏人《けいじん》暁に唱《とな》ふ　声明王の眠りを驚かす
鳧鐘《ふしょう》夜鳴る　響き暗天の聴《き》きを徹《てつ》す
（時を知らせる役人が暁を告げる　その声は賢帝の眠りを覚ます
時を知らせる鐘が深夜に鳴る　その響きは暗い空を貫いて人々の耳に達する）

（『和漢朗詠集』禁中　五二四）

漢詩や和歌の一節にメロディーをつけて歌うことは朗詠と呼ばれ、主に男性貴族の間で、高尚な嗜《たしな》みとしてもてはやされた。『和漢朗詠集』はその歌詞集で、よく歌われた漢詩句や和歌を集めたものである。逆に言えば、『和漢朗詠集』に載っているからには周知の詩句であって、それを知っていること自体は大したことでもない。だからここでの伊周の手柄は漢詩に対する知識ではなく、天皇の言葉どおり「いみじき折のこと」、つまりタイミングの良さに尽きる。

鶏の声が響き渡った時、伊周の脳裏にはこの詩句がぱっと浮かんだのだ。詩句の「鶏人」は宮中に時刻を告げて回る役人を鶏になぞらえてそう呼んだものだが、この場面では人間ならぬ本物の鶏が時を告げた。その思いがけなさ。そしてその声が、詩でもこの場でも同じく天皇を眠りから目覚めさせたという、偶然の一致。天皇を「明王」と持ち上げる賛美の言葉も付いているから、気が利いているとはこのことである。彼は片鱗《へんりん》も臆せず高らかに歌った。そして喝采をあびたのだ。

これが彼の機知である。定子が女房《にょうぼう》に機知を求め、清少納言を特訓したことは前に記した。機知を重視する定子の価値観は、やはり実家・中関白家《なかのかんぱくけ》で培ったものだったのだ。同じ機知という文化を、伊周は内裏《だいり》で披露し、定子は自分のサロン全体の特技としようとしている。二人は中関白家による文化改革戦略の実働隊なのである。いやなに、文化改革などといっても深謀遠慮など何もない。ただ貴族社会に、それまでになかった知的にして軽くしなやかな、楽しい風を吹かせようということだ。

この夢はやがて潰《つい》えた。だがこの時までは、何もかも順調にいっていたのだ。それにしても中関白家没落の後にこの章段を読んだ時、人々は何を思っただろうか。確かに言えるのは、ここには一つの「時代の青春」があったということである。

『枕草子』の伊周

伊周は『枕草子』に、「跋文《ばつぶん》」も含めると九段にわたって登場する。それらの章段を時系列に従って並べ直し、『枕草子』の描く彼の姿をざっと見渡してみたい。

まず、時期として最初の登場は、正暦四（九九三）年の雪の頃、前にも記した清少納言との出会いの時（第一七七段「宮に初めて参りたるころ」）。定子と優雅な会話を交わした後、伊周は新入りの清少納言を目ざとく見つけた。「御帳《みちやう》のうしろなるは、誰《たれ》ぞ」。近寄って差し向かい、清少納言の出仕前の噂《うわさ》について尋ねたり、清少納言は筆跡鑑定の名手だと冗談をとばしたりした。清少納言は緊張で汗だくとなり、顔を隠す袖に白粉がついて顔がまだらになる始末。彼は新人をからかう華麗なるお坊ちゃまだった。

次のエピソードはこの年十二月のこと、第七七段「御仏名《みぶつみやう》のまたの日」である。清少納言は清涼殿で地獄絵を見せられ、その怖さに小部屋に逃げ込む。ところがやがて殿上人《てんじょうびと》たちが管絃《かんげん》の演奏を始め、その音が止《や》んだ瞬間、伊周が「琵琶、声やんで、物語せむとする事おそし」と朗詠した。白居易《はくきょい》「琵琶行」の有名な一節である。清少納言は感動の余り隠れ部屋から這《は》い出て、笑われる。まさに彼らしい朗詠で、機知の人・伊周の面目躍如《やくじょ》だった。

明けて正暦五（九九四）年の春、中関白家最盛期の大イベントを記す第二六〇段「関白殿《かんぱくどの》、二月二十一日に」。一家総出の法要で、伊周は家の継承者として、かいがいしく振る舞った。大はしゃぎの家主《いえあるじ》道隆《みちたか》が清少納言に冗談を言いかけた時には、すかさず助け船を出して彼らしいところを見せた。また彼は、まだ三歳だった息子・松君《まつぎみ》（のちの道雅《みちまさ》）を法要に連れてきていた。親子三代そろって、中関白家の末永きを祈ったのだ。幼児のこととて松君は大泣きしたが、その声すら賑《にぎ》やかに場を盛り上げているように清少納言には感じられたことだった。

同じ頃、爛漫《らんまん》たる桜の頃の宮廷での日常風景を記した第二一段「清涼殿の丑寅《うしとら》の隅の」にも伊周は登場する。定子が清少納言はじめ女房たちを薫陶《くんとう》し、天皇も彼女の話に聴き入る。定子が語るのは、一条天皇の父である円融《えんゆう》天皇の御代《みよ》に定子の父・道隆が披露した機知や、一条天皇が憧れる村上天皇の後宮《こうきゅう》で一人の女御《にょうご》が見せた驚くべき教養などの逸話だ。伊周はこうした妹の様子を御簾《みす》の外で見守り、やはり朗詠する。ゆったりと歌ったのは、「月も日も変はりゆけども」宮中は変わらぬという和歌だ。清少納言は心の中で「げに、千歳《ちとせ》も」と思った。永遠にこうあり続けてほしいと願ったのだ。後になってみればその思いは叶わず、皮肉にも伊周自身の過ちから皆の運命が変わることになったのだが。

その次が、季節が巡って正暦五年夏頃に起こったあの鶏の事件、第二九三段「大納言殿参り給ひて」。章段の後半には、深夜に清少納言を局《つぼね》まで送る彼が記されている。「つまずくな」と清少納言の袖に手を添えつつ「遊子《いうし》なほ残りの月に行く（旅人はなおも残月の下をゆく）」と漢詩句を朗詠。これを気障《きざ》と言わずして何と言おうか。だがやはり、ほれぼれする清少納言なのだった。

月を特定できないがこの年前半のこととおぼしい彼が登場するのが、第一二四段「関白殿、黒戸《くろど》より」。この段で伊周は、清涼殿から退出する道隆に沓《くつ》を履かせる。その姿は堂々として他を圧し、清少納言は「大納言ほどの方に沓を履かせるとは」と道隆の宿世《すくせ》を仰ぎ見た。その時同じ場には道長《みちなが》もいて、長兄にあたる道隆に敬意を表していた。道長ファンを公言していた清少納言は早速、定子に彼の恭順な態度を報告し、「いつもの道長びいきね」と笑われた。伊周と道隆、そして道長。この関係がまもなく逆転すると、この時誰が思ったことだろうか。

そしてこの年の秋よりも後のこととなる、跋文。伊周は「内大臣」と呼ばれている。左右大臣の下位にあたりながら、時によっては二大臣を飛び越えて摂政・関白を狙える役職だ。正暦五年八月、身びいきな父関白に引き上げられて、彼は僅か二十一歳の若さでこの職に就任したのだ。跋文が記すのは、彼が天皇と定子に紙を献上したことである。そう、『枕草子』はここから始まったのだった。

年が変わり、翌長徳元《ちょうとく》（九九五）年二月の彼を描くのが、第一〇〇段「淑景舎《しげいさ》、春宮《とうぐう》に参り給ふほどの事など」である。定子の妹・原子《げんし》が東宮妃となり内裏の淑景舎《しげいしゃ》（桐壺《きりつぼ》）に御殿《ごてん》を与えられて、登華殿の定子を訪った一日のことが華やかに記される。登華殿には道隆も妻の貴子《きし》もやって来て、一家は喜びに沸いた。伊周はこの場にまたもや松君を連れて来ていて、道隆はいそいそと抱き取り膝に座らせた。だが実はこの時、既に一家には不安の影が差し始めていた。道隆は重い病にかかっており、地位を伊周に譲るべく辞表を提出するまでに至っていたのだ。清少納言たち女房がそれを知らなかったはずはない。しかしやはり『枕草子』は、冗談を言う道隆、重々しく頼もしげな伊周を描くのみである。

ところが、ここから不意に伊周は記されなくなる。次に彼が『枕草子』に姿を見せるのは、三年後のことだ。第九五段「五月《さつき》の御精進《さうじ》のほど」、これが『枕草子』中に書き留められる、彼と特定できる人物の最後の姿となる。伊周は定子の住まいで「庚申《こうしん》待ち」を開催する。一晩寝ずに和歌などに興じる楽しい行事で、彼は準備段階から念を入れ、その場では清少納言に和歌の披露を促しているので、やはり彼らしい風流な姿だ。だがこの時、定子の居場所は内裏ではなかった。この段のエピソードは長徳の政変後、長徳四（九九八）年五月の出来事なのだ。定子は紆余曲折を経て、今や中宮職《ちゅうぐうしき》の役所である「職《しき》の御曹司《みぞうし》」にいる。そして伊周は、大罪の罰として内大臣《ないだいじん》職を解かれ大宰府《だざいふ》に流され、特別に許されて帰京してから半年。いまだ政務への復帰はならず、世からは「大宰権帥《だざいのごんのそち》」と呼ばれる立場だった。だが『枕草子』は、その彼を「内《うち》の大臣殿《おほいどの》」、内大臣と呼んでいる。

これは誤記ではない。現在の『枕草子』研究はそう考えるところまで来ている。『枕草子』は登場人物の官職名を事実と違《たが》えて記すことがしばしばあって、書写段階の誤り以外にも、清少納言の記憶違いとされたり、そもそも作者に政治意識が薄いから官職名もいい加減なのだろうなどと片付けられたりすることすらあった。しかし『枕草子』には『枕草子』の論理があって、時には意図的に違った官職名を記すことがあると、今では考えられている。

この「内の大臣殿」は、その典型例である。『枕草子』にとって、伊周が「大宰権帥」ということはありえなかった。定子のために書いている『枕草子』において、他ならぬ定子の兄を、長徳の政変を思い出させる忌まわしい名で呼べるはずがない。この作品の世界では内大臣は内大臣のまま、変わることなどない。清少納言はその思いから、伊周のことを「内の大臣殿」と記したに違いない。

思えばこの記事のほんの四年前、第二一段「清涼殿の丑寅の隅の」の描く宮中で、伊周は「月も日も変はりゆけども」と歌いあげ、世の泰平の幾久しきを言祝《ことほ》いでいた。清少納言はその時、「本当に、千歳も続いてほしい」と心に念じたものだった。現実は大きく変わってしまったが、彼女はその願いを、『枕草子』の世界ではささやかに実現させたのだ。清少納言にとって伊周は、まさに永遠の貴公子だった。

伊周の現実

現実の伊周は、もちろん永遠の貴公子とはいかなかった。彼が三位《さんみ》の位を復されて官人としての資格を取り戻したのは、長保《ちょうほう》二(一〇〇〇)年十二月に定子が崩御《ほうぎょ》したさらに一年後の、長保三(一〇〇一)年十二月のこと。定子は死ぬまで兄の復権を見ることができなかったのである。公卿として実質的な活動を許されたのは、さらに四年後の寛弘《かんこう》二(一〇〇五)年。この時彼の席次は、大臣の下、大納言の上であった。寛弘五年には「准大臣」とされて、伊周は中国の職名で「准大臣」を意味する「儀同三司《ぎどうさんし》」と自ら号した(『公卿補任《くぎょうぶにん》』長徳二年　藤原伊周)。が、貴族たちの日記にこの呼び名は現れない。藤原実資《さねすけ》も道長も行成《ゆきなり》も、伊周のことは死ぬまで、いや死後も、大宰府に流された折の職名で「帥」と呼び続けている。彼は結局、貴族社会における立場を取り戻せなかったのだ。

伊周の望みの綱は、定子が遺した敦康親王《あつやすしんのう》だった。天皇の唯一の男子であり後継第一候補であった親王は、定子の死後、彰子《しょうし》のもとに引き取られて道長が後見にあたった。とはいえ伊周はやはり実の伯父である。この甥《おい》の即位の日が来れば、伊周もそれなりの存在感をもって世から尊重されていたに違いなかった。ところが、長く懐妊を見なかった彰子が、寛弘五(一〇〇八)年には初めて出産。その前日、貴族たちが大勢道長邸に詰めかけるなか、伊周が訪れても道長は応対しなかった。道長は伊周を警戒していたのだ。生まれたのは天皇の二男・敦成《あつひら》親王だった。この血を分けた孫をこそ天皇後継としたい道長の思いは、誰の目にも明らかだった。伊周は存在感を誇示したかったのだろう、敦成親王の誕生祝いの席に出席し、満座の顰蹙《ひんしゅく》を買った。誕生百日の祝いの席で、藤原行成から筆を乞《こ》い取ってまで和歌序を書いたのである。その冒頭は「第二皇子」。また文中には一条天皇の子だくさんを言祝ぎ、ことさらに第一皇子の存在と定子の功績を強調した(『本朝文粋《ほんちょうもんずい》』巻一一)。

しかし彼が気を吐いたのもここまでだった。寛弘六（一〇〇九）年、伊周の母方の高階《たかしな》一族など彼の縁者が道長・彰子・敦成親王を呪詛《じゅそ》する事件が発生したのである。伊周を阻む三人を抹殺し彼の不遇を解くのが目的だった。伊周は自ら手を下したわけではなかったが、勤務停止となった。やがて父・道隆と同じ飲水病《いんすいびょう》（糖尿病）を発症、明くる寛弘七（一〇一〇）年、失意の中で伊周は亡くなる。享年わずか三十七だった。

鎌倉時代の勅撰集に、定子が崩御した時に彼の詠んだ一首が収められている。

誰《たれ》も皆　消え残るべき　身ならねど　ゆき隠れぬる　君ぞ悲しき

（人は誰も皆、決して永遠に生きられはしない身だが、今は我が身をさておき、雪のなか葬儀が行われ逝き隠れてしまった宮のことが悲しいのだ）

（『続古今和歌集』哀傷　一四〇二）

かつての栄華の日、彼は雪のなか、内裏の定子を優雅に訪《おとな》った。そしてこの日、鳥辺野《とりべの》の葬地で定子を見送ったのも、また雪のなかだった。

定子と伊周は、中関白家を体現する戦士だった。二人は文化の世界でも政治の世界でも戦い、命尽きた。それを思う時、『枕草子』の書きとどめる貴公子伊周はあまりに切ない。

【第五章】 季節に寄せる思い

『枕草子』が愛した月

定子後宮《ていしこうきゅう》は時代の最先端を走っていたが、だからといって平安人《びと》の伝統的な価値観を忘れたわけではもちろんなかった。その代表が、『枕草子』全体を彩る繊細な季節感である。『古今和歌集』に見られるように、平安の雅びは季節の移り変わりをこよなく愛した。『枕草子』もそれを受け継いで、季節を愛《め》でることに作品の大きな比重を置いている。

そこで、調べてみた。正月から十二月までのそれぞれの月で、『枕草子』に最も多くの回数登場し、愛でられているのは何月か。やはり行事が多い正月だろう、いや桜の季節に違いない、いやそういえば清少納言は真冬の寒さも好きだった……などと推測するのも面白いが、答えは、五月である。

五月《さつき》ばかりなどに山里にありく、いとをかし。草葉も水もいと青く見えわたりたるに、上《うへ》はつれなくて草生《お》ひ茂りたるを、ながながとたたざまに行けば、下《した》はえならざりける水の、深くはあらねど、人などの歩むに走り上がりたる、いとをかし。

左右《ひだりみぎ》にある垣にある、物の枝などの、車の屋形などにさし入るを、急ぎてとらへて折らんとするほどに、ふと過ぎてはづれたるこそ、いとくちをしけれ。

蓬《よもぎ》の、車に押しひしがれたりけるが、輪の廻《まは》りたるに、近ううちかかりたるもをかし。

（五月頃などに山里を散策するのは、とても素敵だ。草の葉も水も区別なく青々と見渡せるので、ただ草が生い茂っているとしか見えない所に牛車《ぎっしゃ》をまっすぐ乗り込ませてゆくと、思いがけなくも足元は美しい水で、そう深くもないが人や牛が歩むとはねを上げるのが、とても素敵だ。

左右の垣根から伸びた木の枝などが牛車の屋形に差し込んで来る。急いでつかまえて折り取ろうとしたのに、すっと動いて手を逸《そ》れてしまって、ああ残念。

蓬の葉が車輪に押しつぶされてくっつき、車輪が回る度にふわりと薫《かお》りかかってくるのも素敵だ）

（『枕草子』第二〇七段「五月ばかりなどに山里にありく」）


私たちは現代の感覚で、五月を風薫る初夏と考えがちだが、そうではない。日本は長らくいわゆる「旧暦」を使っていて、明治五（一八七二）年になって西欧文明の導入のため、欧米に日付を合わせた。明治五年は十二月二日で終わり、翌日の十二月三日が、ひと月はしょって明治六年一月一日とされたのだ。こうして新暦は旧暦よりもひと月先を行くことになった。つまり旧暦の五月とは今の六月、梅雨の季節なのである。「五月雨《さみだれ》」は梅雨の雨、「五月晴れ」とは梅雨の晴れ間を指す言葉で、この段で山里の草原が水をたたえているのも梅雨時だからだ。

清少納言は、意外性に心を躍らせる人だ。梅雨時の野は思いがけないもので満ちている。足元の水、その飛沫《しぶき》の動き、牛車の屋形に飛び込む木の枝、そして車輪についた蓬の香り。どれも予想もしなかった物たちで、また生命力にあふれている。それらにつられて、ときめいたり悔しがったりうっとりしたりと、清少納言自身の心も生き生きと動く。平安時代の貴族女性は滅多に外出することがなかった。まして山里歩きとは、普段の宮中での暮らしを離れ、心はどれだけ解放感に満ちていたことだろう。『枕草子』には所々に、この段のような野趣《やしゅ》あふれる外出の記事がちりばめられている。定子をはじめ読者たちに、外の世界を束の間でも感じてもらいたい。そんな清少納言の思いが垣間見《かいまみ》えるようである。

節句の愉しみ

季節感を味わわせてくれるのは自然だけではない。年中行事もまた楽しい。清少納言はやはり五月の、端午《たんご》の節句《せっく》がことのほか好きだった。章段「節《せち》は」に記されるのは、その節句に沸く平安人の姿である。

節は、五月にしく月はなし。菖蒲《さうぶ》、蓬《よもぎ》などの香り合ひたる、いみじうをかし。九重《ここのへ》の御殿《ごてん》の上を始めて、言ひ知らぬ民の住家《すみか》まで、「いかで我がもとにしげく葺《ふ》かむ」と葺き渡したる、なほいとめづらし。いつかは異折《ことをり》に、さはしたりし。

（節句は、五月の節句に勝る月はない。菖蒲や蓬がかぐわしく香り合って、本当に素敵。宮中の御殿の屋根をはじめ、下々の庶民の住家まで「我が家にこそ、たくさん挿してやるぞ」とばかりに、どこもみな見渡す限り、菖蒲や蓬を軒に挿している。その様子はいつみてもやはり新鮮だ。だって他の節句にそんなことはしないでしょう？）

（『枕草子』第三七段「節は」）

節とは、元日（のち正月七日）、三月三日、五月五日、七月七日、九月九日の五節句をいい、宮廷行事と民間の風習が融け合って年中行事化したものである。五月五日の端午の節句、平安人たちは貴族から庶民に至るまで、澄んだ芳香を放つ菖蒲や蓬を装束に付けたり家の軒先に挿したりした。香りが邪気を祓《はら》うと信じたからである。実際、梅雨時のこと、これらの植物がアロマ効果を発揮することもあったかもしれない。だから五日の朝、京中に出ると、家々はどこもかしこも昨日とは一転して鮮やかな緑に彩られ香《かぐわ》しさに満ちていた。そこに清少納言は都人《みやこびと》の心意気を読み取る。自然だけではなく、こうした人々の営みが清少納言の心を浮き立たせたのである。

別の段には、節句を前に青草を運ぶ庶民の姿が活写されている。五月四日の夕刻、明日に備えてきちんと切った青草を大束にして男が担い、都の路《みち》を歩いてゆく。たまたま赤い装束を着ていて、葉の青色がひときわ映えている。ああ明日は節句なのだ、という期待感に清少納言の胸はふくらむ（『枕草子』第二〇九段「五月四日の夕つ方」）。

この草は薬玉《くすだま》にも使った。薬玉とは麝香《じゃこう》や丁子《ちょうじ》などを錦《にしき》の袋に入れて菖蒲や蓬を結び付け、色とりどりの飾り糸を長く垂らしたものである。これを室内に掛けたりアクセサリーのように身に着けたりして楽しむのだ。「節は」の続きには、その様子が記されている。宮中の裁縫を司《つかさど》る縫殿寮《ぬいどのりょう》から定子のために献上された薬玉を、女房《にょうぼう》たちは室内の柱に掛ける。柱には、昨年九月九日の重陽《ちょうよう》の節句から八カ月間、「茱萸袋《ぐみぶくろ》」が結び付けられていたのだが、それを外して、この薬玉に取り換えるのだ。茱萸袋は重陽の菊の花を入れたものなので、アロマとしての働きは薬玉と同じだ。だが、茱萸袋が八カ月もつのに対して、薬玉は四カ月後の重陽の時期までもたず、しばらくの間にきれいに無くなってしまう。美しい飾り糸を、折々に解《ほど》き取っては物を結ぶのに使ったからだという。現代にも参考になりそうな楽しみ方ではないか。

菖蒲は殊に、根まで使った。長い根が長寿を連想させることによる。組み紐《ひも》で根を飾って袂《たもと》に結んだり、それを自慢したり比べ合ったり。あるいは人への手紙を根で結わえたり、手紙の中に長い根を挟み込んだり。そのように様々な趣向を凝らして節句に沸く人々を見る思いを、清少納言は「艶《えん》なり」と記している。心が華やぐという意味だ。年中行事は自然そのものではなく、それを人間が取り入れて楽しむ、生活のお洒落《しゃれ》である。そして、どんな時もそのお洒落を忘れないことが雅びなのだ。その雅びこそが定子サロンの標榜《ひょうぼう》する王朝文化の旗印《はたじるし》であったからには、年中行事を書くことは、実は重大な責任を伴うことでもあったはずである。『枕草子』は軽いタッチで書いているようだが、底にはそうした真剣勝負の切実さが秘められていることも忘れてはならない。なお『枕草子』の中で、定子の登場する最後の場面は五月の節句である。そこには、どのような状況でも雅びを怠るまいとする定子や周りの女房たちの姿がある。定子たちにとって節句とは、プライドをかけて行い愉《たの》しむべき季節行事であったのだ。

分かち合う雪景色

『枕草子』は、「冬は、いみじう寒き。夏は、世に知らず暑き」（第一一四段「冬は」）と言っているように、厳寒と酷暑がお気に入りだった。このうち冬についての諸段は『源氏物語《げんじものがたり》』に影響を与えたとされている。光源氏が元斎院《さいいん》・朝顔の姫君への積年の思いを終わらせる「朝顔」巻、光源氏は自邸にいて、庭の雪景色を見るために「御簾《みす》巻き上げさせ給ふ」。南北朝期の『源氏物語』注釈書『河海抄《かかいしょう》』はここに注を付け、参考とすべき例として、いわゆる「香炉峰《こうろほう》の雪」の場面（第二八〇段「雪のいと高う降りたるを、例ならず御格子《みかうし》まゐりて」）で清少納言が御簾を掲げたことを挙げている。

それだけではない。この場面で光源氏は冬の夜の澄みきった月と雪の光り合う様子を愛で、それを「すさまじき例《ためし》に言ひおきけむ人の心浅さよ（雪と月を不釣り合いなものの例と言い残した人の浅はかさよ）」と言っている。誰かさんは雪と月を合わないと言ったが、そのセンスはうすっぺらいと批判したのである。ここにまた『河海抄』は注を付け、「清少納言枕草子」と記している。さらに『河海抄』から遡《さかのぼ》り鎌倉時代の『源氏物語』注釈書である『紫明抄《しめいしょう》』は、「清少納言枕草子云《い》はく、すさまじき物、師走《しはす》の月夜」と記している。つまり、雪と月が合わないと言ったのは『枕草子』であり、紫式部《むらさきしきぶ》は清少納言のセンスの底の浅さを、光源氏の科白《せりふ》によって批判しているのだと言うのである。残念なことに、現存する『枕草子』諸本の「すさまじきもの」には「師走の月夜」に触れた本文が見当たらない。が、『枕草子』には様々な本があったと伝えられているので、中世頃にはそうした本文を携えた本が存在したのかもしれない。とすれば注釈書たちが示唆するとおり、紫式部は『枕草子』を熟読し、その美意識を超えようとして「朝顔」巻の場面を作ったのかもしれない。

ただ、もしそれが当たっていたとするならば、『枕草子』の次の章段をどう理解すればよいのだろうか。雪と月を不釣り合いと言っているはずの『枕草子』が、ここでは月夜の雪景色をことのほか美しいものとして記しているのである。

屋《や》の上はただおしなべて白きに、あやしき賤《しづ》の屋も雪にみな面隠《おもがく》しして、有明の月の隈《くま》なきに、いみじうをかし。白銀《しろがね》などを葺《ふ》きたるやうなるに、水晶の瀧《たき》など言はましやうにて、長く短く、ことさらにかけ渡したると見えて、言ふにも余りてめでたきに、下簾《したすだれ》もかけぬ車の、簾をいと高う上げたれば、奥までさし入《い》りたる月に、薄色《うすいろ》、白き、紅梅など、七つ八つばかり着たる上に、濃き衣《きぬ》のいと鮮やかなるつやなど月に映えてをかしう見ゆる傍らに、葡萄染《えびぞめ》の固紋《かたもん》の指貫《さしぬき》、白き衣どもあまた、山吹《やまぶき》、紅《くれなゐ》など着こぼして、直衣《なほし》のいと白き、紐を解《と》きたれば ぬぎ垂れられていみじうこぼれ出でたり。

（建物の上は一面真っ白で、粗末な家々もみな雪化粧に隠れ、有明の月に皓皓《こうこう》と照らされて息をのむほど素敵だ。銀の瓦で葺いたような屋根から、水晶の滝とでも言いたくなる氷柱《つらら》が長く短く、まるで技巧を凝らして並べ下げたようで言葉にもできない美しさだ。そこへ下簾も掛けない牛車が一台、御簾《みす》をうんと高く上げてあるので奥まで差し込んだ月光に、中の女の装束が照らされている。

薄紫、白、紅梅など七、八枚ほども重ねた上に、濃紫の鮮やかな光沢が月に映えて素敵だ。そして彼女の傍らには男が、葡萄染めの固紋の指貫に何枚もの白い単衣《ひとえ》を着こみ、山吹や紅の衣を直衣《のうし》の裾から着こぼして、真っ白な直衣は紐をほどいているのでしどけなく肩に掛かり、下の衣が覗いている）

（『枕草子』第二八三段「十二月二十四日、宮の御仏名《ぶつみやう》の」）

雪の明け方、牛車でのデート風景である。屋根も氷柱も月光も白一色の世界。そこへ恋人たちを乗せた車が一台、大胆にも車内のカーテンにあたる下簾も掛けず、御簾も「いと高う上げ」ていて、中の男女の装束の色が白銀の世界に映える。

紫式部はこの章段を見落としていたのだろうか。ならば『枕草子』を批判したのは早計で、紫式部のミスだったことになる。あるいはこうした章段もあると知ってはいたが無視を決め込んだのだろうか。とすればそれは、あまりに不当で、むしろ不自然なことではないだろうか。

ここには、全く別の可能性が考えられないか。『枕草子』と『源氏物語』では、『枕草子』のほうが時代的に先行する作品だと見られがちだが、詳細にはどうだろう。『枕草子』の当の第二八三段について見れば、執筆の時期を特定する手がかりはなく、『枕草子』全体の成立について言われる長徳《ちょうとく》二（九九六）年から寛弘《かんこう》年間（一〇一二年まで）頃までの間に書かれたという以外、わからない。一方『源氏物語』も、寛弘二（一〇〇五）年に紫式部が中宮彰子《しょうし》に出仕する少し前から世に出回り始め、その後も書き継がれたと知られるばかりで、「朝顔」巻の執筆の時期はわからない。むしろ確実なのは、二つの作品には、両方が並んで書かれた時期があったということだ。またどちらも、断続的に書いては公表するかたちをとっていた可能性がすこぶる高い。とすれば、『枕草子』を受けて『源氏物語』が書かれただけではなく、『源氏物語』の言葉に触発されて『枕草子』が応えたという可能性も否定できない。

順序立てて推測してみよう。まず『河海抄』や『紫明抄』の言うとおり、清少納言が『枕草子』のある本の「すさまじきもの」に「師走の月夜」と記していたとする。それを見た紫式部は、『源氏物語』「朝顔」巻で光源氏に反論を吐かせた。清少納言はそれを読み、なるほどと納得して『枕草子』第二八三段を書いた。二人は互いの作品を読み合い、美意識のやりとりをしていたという推測である。

これには、あながち推測ばかりではないと思わせる要素もある。一つには、第二八三段が『枕草子』の中でも特に物語めいた随想的章段であることだ。『源氏物語』に触発されて着想したと言えはしないか。また一つには、この段が自然と人とを対比させ、雪と月光が白一色であるのに対して登場人物たちは彩り豊かな装束を着込んでいること、自然の無彩色の中でそんな装束がひときわ鮮やかに映える美しさを示していることである。実は『源氏物語』「朝顔」巻の場面、先に述べた光源氏による批判のくだりの続きにも、同じ色の対比がある。月光輝く雪の庭に下《お》りて、雪玉遊びに興じる童女たちの描写である。

月は隈《くま》なくさし出でて、一つ色に見えわたされたるに、萎《しを》れたる前栽《せんざい》の陰《かげ》心苦しう、遣水《やりみづ》もいといたうむせびて、池の氷もえも言はずすごきに、童《わらは》べ下ろして、雪まろばしせさせ給ふ。をかしげなる姿、頭《かしら》つきども、月に映えて、大きやかに馴《な》れたるが、さまざまの衵《あこめ》乱れ着《き》、帯しどけなき宿直《とのゐ》姿なまめいたるに、こよなうあまれる髪の末、白きにはましてもてはやしたる、いとけざやかなり。

（月はくまなく輝きどこもかしこも光一色で、雪に枝をたわませた植え込みの姿は痛ましく、遣水も滞って音を立て、池の氷も何とも言えず荒涼とした風情をたたえている。光源氏様は、そんな庭の中に童女たちを下ろし、雪玉作りをおさせになる。かわいらしげな背恰好《かっこう》の童女たちは、子どもらしい髪形が月に映える。いっぽう大人びて馴れた童女たちは、色とりどりの童装束を乱れ着て帯をしどけなく結び、まるで寝乱れたように着崩した姿が若々しいうえ、装束の裾から長々とこぼれ出た髪の裾が、白い世界にひと際ひきたてられて鮮やかだ）

（『源氏物語』「朝顔」）

雪と月で一面真っ白な庭に、少女たちが着こむ装束の色が生き生きとした優雅さを添える。黒髪がまた、くっきりと鮮やかに目を射る。自然と人との色の対比という点で、この場面は『枕草子』第二八三段と美意識を共有していると言ってよい。

紫式部と清少納言といえば、『紫式部日記』の記す感情的な記事がどうしても表に立ってしまう。しかし作品の中では、対抗し高め合う、いわば切磋琢磨の関係もあったのではないだろうか。月下の雪景色という美景を、『源氏物語』は『枕草子』を超えようとして考案し、『枕草子』はその『源氏物語』を受け入れて、新しい美の境地に至った。その考えは、二人の才女と二つの作品の関係について、これまでにない新しい見方を拓《ひら》くことだろう。そしてこの見方こそが豊かな発見を秘めているように思うのだが、どうだろうか。

【第六章】 変転

中関白道隆の病

定子《ていし》の父・中関白藤原道隆《なかのかんぱくふじわらのみちたか》は重い持病を患《わずら》っていた。飲水病《いんすいびょう》、つまり現代では生活習慣病と呼ばれる糖尿病である。父の兼家《かねいえ》が患い、また後に伊周《これちか》や道長《みちなが》も同じ病に苦しむのだから家系的な理由があったとおぼしく、加えて道隆が全く「生活習慣」に頓着しなかったことが病の進行を招いた。無類の酒好きで、一度飲むと止まらなくなる大酒を繰り返したという（『大鏡《おおかがみ》』「道隆」）。

『枕草子』が描く道隆の最後の姿は、第一〇〇段「淑景舎《しげいさ》、春宮《とうぐう》に参り給ふほどの事など」に見ることができる。定子の妹で、道隆と貴子《きし》の二女にあたる原子《げんし》が、めでたく東宮妃となって定子と同じ内裏《だいり》の後宮《こうきゅう》内に住むようになった頃の一コマを記したもので、内容は長徳《ちょうとく》元（九九五）年二月十日過ぎのことというから、道隆の死まで二カ月を残すのみ。しかし例によって清少納言は、原子が姉・定子の登華殿《とうかでん》を訪問する機会をとらえて一家が一堂に会した、晴れ姿を綴るばかりである。道隆は、物陰から興味津々で一家の様子を覗く清少納言を目ざとく見つけてふざける。「あな恥づかし（ああ、見られて恥ずかしい）」「いとにくさげなるむすめども持たりともこそ見侍れ（わしのことを、本当に憎たらしげな娘たちを持っているなんて思って見ているとしたら嫌だなあ）」とはいつもの冗談で、彼は天皇家に入内《じゅだい》した二人の娘が誇らしくてたまらなかったのだ。一家をよく理解している『枕草子』は、彼の様子を「いとしたり顔なり」、得意満面であったと記している。

だがこの頃、道隆ははっきりと我が死期を悟っていた。そして政界には「ポスト道隆」にむけての動きが始まっていた。事は前年、正暦《しょうりゃく》五（九九四）年八月の人事に発する。前任者の死によって空席となっていた左大臣《さだいじん》職に、もと右大臣《うだいじん》・源重信《みなもとのしげのぶ》が就任。彼は藤原氏ではなく七十歳を超える高齢でもあったので、次期関白《かんぱく》候補ではない。これによって空いた右大臣の職に就いた、もと内大臣《ないだいじん》で道隆の次弟である藤原道兼《みちかね》こそが、次期関白の最有力候補であった。ここまでは誰の目にも順当な人事である。ところが、道兼の異動によって空いた内大臣職に道隆が就けたのは、息子の伊周であった。伊周は権大納《ごんだいな》言《ごん》だったが、同じ権大納言である道長と、一つ上席である大納言の藤原朝光《あさてる》・済時《なりとき》の三人を飛び越えることとなった。内大臣は常置の職ではなく、左右大臣を超えて摂政《せっしょう》・関白に就任する可能性のある者のために設けられる職である。道隆はこの抜擢《ばってき》により、伊周をこそ自らの後継とする意志を露骨に表明したのである。次期関白を期する道兼には、目障《ざわ》りな敵の登場と思えたことだろう。伊周に頭を超えられた三人の不快も想像がつく。何といっても伊周は、まだわずか二十一歳という若輩である。本来ならば道隆は、伊周が政治家として経験を積み人望も獲得し、名実ともに関白の器となった暁《あかつき》にこの人事を行うべきであった。しかし、それを待つ時間がなかったのだ。

十一月、道隆は病を公表するとともに、それを次弟の道兼の呪詛《じゅそ》によるものと決めつけ、検非違使《けびいし》を派遣して、呪詛を実行した僧を逮捕した（『小記目録《しょうきもくろく》』同年同月十三日）。我が病を利用して、先手を打って次弟・道兼を陥れようとしたのである。しかし道兼の呪詛は「疑」（『百練抄《ひゃくれんしょう》』「一条天皇《いちじょう》」）にとどまり、政界は道隆・伊周の中関白家と道兼の不協和音を抱える事態となった。これ以後は誰もが固《かた》唾《ず》をのみながら、道隆の死後という新時代を具体的に考え始めた。

年が明けて正月二日、道隆は病のため、一条天皇が行う恒例の行幸《ぎょうこう》にも参加できなかった。彼はそれを「夢想紛紜《ふんてん》」、夢見が悪くてなどとごまかしたが、これを許さなかったのは一条天皇の母で道隆の妹である東三条院詮子《ひがしさんじょういんせんし》であった。一条天皇の行幸先は詮子宅で、道隆の不参加によって行幸が中止になれば、彼女は愛息子に会う機会を奪われることになってしまう。中止か否かをめぐり四時間ものやりとりを経て、行幸は挙行された。この日、夜には中宮定子のもとでも「大饗《だいきょう》」と呼ばれる正月恒例の儀式が催され、内大臣である伊周は左右大臣とともに参加して定子に正月の挨拶を行っている。だがそこに道隆の姿はもちろんなかった（以上、『小右記《しょうゆうき》』同日）。そんななかで正月十九日、原子は東宮の女御《にょうご》となったのだった（『日本紀略《にほんきりゃく》』同日）。

また正月二十八日、伊周は内大臣として「大饗」を執り行ったが、儀式の座には左右大臣はおろか道隆の姿もなかった。それぞれの理由は当然察しがつく。主賓の座には道隆の別腹の息子で伊周には異母兄にあたる道頼《みちより》が就いたが、彼はまだ権大納言であった。同じ権大納言や大納言には、先に伊周に地位を超えられた道長・朝光・済時の三人がいたが、出席しなかった。結局伊周の、大臣としてたった一度だけ執り行った大饗は、身内感覚のこぢんまりしたものに終わった。それでも伊周は鼻息の荒いところを示そうとしたのだろう、主賓が大納言である時は出さないことになっている引出物の馬一頭を道頼に贈った。その際の作法は、通常なら大臣が大臣に贈る時のものであったという。伊周は、自分が父を継げばこの異母兄も出世し大臣相当となることを示したかったのではあるまいか。しかし当日出席した藤原実資《さねすけ》は「ただ兄だからという理由だけで作法を破るのか」とげんなりした様子である（『小右記』同日）。

道隆が文字通り「死に体」となった今、中関白家を見る貴族社会の目は冷たく、一家は孤立しつつあった。こうした史実を背景として読む時、この年の二月半ばを記す『枕草子』第一〇〇段「淑景舎、春宮に参り給ふほどの事など」は、道隆が病をこらえて必死に執り行った家族一同の会食であったことが分かる。なお、この章段の末近くに、清少納言は一条天皇の姿を記している。伊周の息子・松君《まつぎみ》（のちの道雅《みちまさ》）を皆が可愛がり、なぜ定子にはまだ懐妊のことがないのかと口にした矢先に、露払いの者どもが高らかにお成りを告げる間もなく衣擦《きぬず》れの音とともに天皇がやってきて、そのまま御帳台《みちょうだい》に入る、つまり定子とベッドインするのである。歴史研究者の倉本一宏はこれを「なかなか皇子を儲けられない一条の、中宮の父を前にしての精一杯のパフォーマンス」（『一条天皇』）と見る。確かに事実としては、その要素はあったかもしれない。だが『枕草子』がここにこれを書いた意図は、やはり一条天皇の定子への寵愛《ちょうあい》を示すためだろう。

また、天皇が立ち去って後、その夜にも清涼殿《せいりょうでん》に参って再び天皇と過ごすようにという使いがやって来た時、定子が「今宵はえなむ（今宵は到底できません）」と一旦断ったことを、倉本は「懐妊の『可能性』を達せられない一条との『交歓』は、定子には苦痛だったのであろう」（同）と見ているが、そうだろうか。定子はこの夜を、明らかに余命わずかな父とともに、家族で過ごしたかったのではないか。だから彼女は、「いとあしき事。はやのぼらせ給へ」という道隆の言葉にこそ、渋りながらうなずいたのである。表面は華やかだが、心には死にゆく父への悲しみと不安が渦巻いている。そんな家族の心が切に分かるから、清少納言は父娘のこのやりとりを書き留め、また章段の末尾には道隆のお伴《とも》で清涼殿に上る定子を描いたのだ。

清涼殿への道中も、道隆は冗談を言い続け、清少納言ら女房《にょうぼう》たちは大いに笑って、殿舎《でんしゃ》をつなぐ打ち橋から転げ落ちんばかりであったという。事実としては、女房ならぬ道隆自身がもう足元のおぼつかない状態であっただろうに。もし定子がこの章段を読んだとすれば、その父の姿が目に浮かんだに違いない。『枕草子』を読むとは、そうした当事者の目になって読まなければならない、少なくとも当事者の心を想像しながら読む努力をしなくては真実が読みきれないということなのである。

疫禍

長徳元（九九五）年四月十日、中関白藤原道隆は死んだ。享年四十三の若さだった。

道隆の薨去《こうきょ》後、最終的に権力を手中にしたのは、果たして大方が第一候補と見ていた次弟・道兼であったか、中関白家悲願の対抗馬・伊周であったか。答えは、どちらでもなかった。

最終的な人事権を持っていたのは天皇である。道隆が四月十日に亡くなった後、彼は考えあぐねたようだ。半月以上を経た四月二十七日、ようやく出した結論は「道兼を関白として万機を任せる」であった（『日本紀略』同日）。伊周は天皇にとって義兄でもあり漢文の師でもあって、その前でなら心を許して眠り込んでしまうこともできる家族である。しかし数え年十六歳になっていた一条天皇は、伊周の二十二歳に対して道兼の三十五歳という年齢、これまでの朝廷における実績、公卿《くぎょう》たちの伊周への反感などを冷静に鑑みて、世の大勢に付いたものとおぼしい。二十八日には、道兼は藤原氏一門を統括する「氏長者《うじのちょうじゃ》」にもなった（『公卿補任《くぎょうぶにん》』）。さぞ得意満面であったことだろう。

しかしその絶頂は十日と続かなかった。何と彼は、五月八日にあっけなく亡くなってしまうのである。死因は、前年より日本全土で猛勢を振るっていた疫病であった。正暦五（九九四）年の四月から七月にかけて、平安京の人口の過半数を死に至らしめた（『日本紀略』同年七月末）という疫禍が、この年になって遂に貴族の上層部にも襲いかかった。左大臣だった源重信は、道兼と同じ日に亡くなった。前の年に伊周に地位を超された大納言・藤原朝光は、三月二十日、公卿中最初の犠牲者となっていた。同じく大納言だった藤原済時は、四月二十三日、道隆の葬儀の前日に亡くなった。正月に伊周が催した大饗で彼の数少ない味方として主賓になってくれた、異母兄で権大納言の藤原道頼も、六月十一日、僅か二十五歳の若さで世を去る（『日本紀略』同日）。結局この疫病で、朝廷は納言以上の重職者七人を失ってしまうことになったのだ。

だが伊周は病にかからなかった。では道兼亡き後、政権が伊周のもとに渡ったかと言えば、そうではなかった。最初に道兼を選んだ時点で、天皇の方針は、道隆の息子ではなく弟へという流れに定まっている。こうして、道隆兄弟のなかでは末弟の道長が、次兄・道兼の死の三日後には朝廷で最大の権限を与えられた。通常なら関白が行う、すべての文書に最初に目を通して執行する「内覧《ないらん》」という業務を任されたのである。道長は六月十九日には右大臣に任ぜられ、名実ともに伊周を超えた。道長の権力者としての道はここに始まったのだ。

なお、この時代から数十年後の院政期《いんせいき》に成立した歴史物語『大鏡』は、道長内覧の決定に一条天皇の母の東三条院詮子が動いたと記している。それによれば、もとより詮子は道長が気に入りである一方、伊周が定子の兄という縁にかこつけて、明け暮れ一条天皇の前に侍《はべ》ることを不愉快に感じており、敵対する道長や詮子の悪口を天皇に吹き込んでいると勘付いてもいた。そこで天皇を呼び付けて、道長を選ぶよう強く諭した。煩わしく思った天皇が母の呼び出しに応じなくなると、今度は清涼殿に乗り込み天皇の「夜の御殿《おとど》」、つまり寝室にまで入って涙ながらに訴えたという(『大鏡』「道長」)。ただ、天皇が詮子に呼び出されて内裏から外出したとするならば、それは行幸にあたるので、記録として遺されるはずである。しかし道兼の発病から道長の内覧就任が決まるまでの間に行幸があったという史料は確認できない。また、詮子が内裏に参上した記録も確認できない。この一件は、政治に絡む劇的な場面を演出することが得意な『大鏡』一流の虚構ではあるまいか。とはいえ、伊周が傍《はた》からは一条天皇に取り入っているように見え、詮子の不興《ふきょう》を買っていたことは大いにあり得よう。細部の具体的事実はさておき、詮子・道長ラインと中関白家の確執という点においては『大鏡』は正鵠《せいこく》を射ていたと考える。

『大鏡』は、伊周が無思慮であったから権力の座に就けなかったのだと断定し、流布本系の本文はさらに次の言葉を記す。「瓜《ふり》を請《こ》はば、器物《うつはもの》をまうけよ」（『大鏡』「道長」）。おそらくは当時のことわざだろう。地位がほしければ、まず自らそれに相応しい器となれ。現代にも通用する至言《しげん》ではないか。『枕草子』が華やかな貴公子とのみ記す伊周は、『大鏡』が生まれた院政期という実力社会から見れば、「嬰《みどり》児《こ》のやうなる殿」（『大鏡』同）だったのだ。

気を吐く女房たち

だが、『大鏡』のような政治向きのことは『枕草子』は記さない。幾度も言うが、それは第一の読者である定子をはじめ当事者にとって今さら説明するまでもなく記憶に刻まれた事実だからであり、またそうした世間的な事実を記すことが『枕草子』の目的ではないからである。道隆死後間もなくのこととして『枕草子』が記すのは、例えば次のような、清少納言たち定子付き女房の気を吐く姿である。

故《こ》殿《との》の御服《おんぶく》のころ、六月のつごもりの日、大祓《おほはらへ》といふ事にて、宮の出《い》でさせ給ふべきを、職《しき》の御《み》曹司《ざうし》を方《かた》あしとて、官《くわん》の司《つかさ》の朝所《あいたどころ》にわたらせ給へり。その夜さり、暑くわりなき闇にて、何ともおぼえず、せばくおぼつかなくて明かしつ。

つとめて見れば、屋のさまいとひらに短く、瓦葺《かはらぶ》きにて、唐《から》めき、さまことなり。例のやうに格《かう》子《し》などもなく、巡りて御簾《みす》ばかりをぞ掛けたる、なかなかめづらしくてをかしければ、女房、庭に下《お》りなどして遊ぶ。

（関白様の喪中の頃。六月末日恒例の大祓の祭祀《さいし》に際し、喪中の中宮様は内裏から出ることになった。こんな時いつも使う中宮事務所「職《しき》の御曹司《みぞうし》」は方角が悪くて、太政《だいじょう》官庁の朝所なる建物に移られる。移動の夜は暑くて闇夜で、勝手もわからず窮屈で不安なまま明かした。ところが朝起きて見ると、建物は平たくて軒が低く、瓦葺きが唐風な、一風変わった雰囲気だ。普通の御殿にあるような頑丈な雨戸なども無くて、御簾だけを掛けめぐらしてある。かえって新鮮でいい感じで、女房たちは庭に下りたりして遊ぶ）

（『枕草子』第一五五段「故殿の御服のころ」）

道隆の死から二カ月余りが過ぎた晩夏のことである。恒例の神事の期間となり、定子は喪中の身で内裏にいてはその妨げになるため、内裏の敷地外の場所に仮住まいすることになった。そこで清少納言ら女房みなで移ったのが、内裏を出て真南に四〇〇メートルほどの場所にある太政官朝所《あいたどころ》だった。もともとは官吏が朝食をとる施設として作られたもので、当時も宴会場や行事の会場として利用されてはいたが、人が住むようにはできていない。『枕草子』によれば外壁代わりの格子戸もなく、外と内を隔てるのは簾《すだれ》だけ。しかしこのような場所でも、清少納言たちは物珍しさに興じ、探検を始める。

時司《ときづかさ》などは、ただかたはらにて、鼓《つづみ》の音も例のには似ずぞ聞こゆるをゆかしがりて、若き人々二十人ばかりそなたにいきて、階《はし》より高き屋《や》にのぼりたるを、これより見あぐれば、ある限り薄鈍《うすにび》の裳《も》、唐衣《からぎぬ》、同じ色の単襲《ひとへがさね》、紅《くれなゐ》の袴《はかま》どもを着てのぼりたるは、いと天人などこそえ言ふまじけれど、空よりおりたるにやとぞ見ゆる。同じ若きなれど、おしあげたる人はえまじらで、うらやましげに見あげたるも、いとをかし。

（陰陽寮《おんようりょう》の水時計の施設などはすぐ隣で、時を知らせる鼓の音も普段とは違って聞こえるので、実物を見たいと若い女房たちが二十人ほどで押しかける。彼女たちが階段を伝《つた》って高い楼閣《ろうかく》に登った様子ときたら、ここから見上げると、全員が喪服姿で薄鈍色の裳、唐衣、同じ色の単衣《ひとえ》、そして紅の袴で高い所に集まり、天人とまでは言えないものの空から降りてきたように見える。同じ若い女房でも押し上げる役の人は一緒に行けなくて、羨《うらや》ましそうに見上げているのがこれまた面白い）

（『枕草子』第一五五段「故殿の御服のころ」）

陰陽寮は南に正門があり、中に入ると正面に正庁、奥に「漏刻《ろうこく》」と呼ばれる大規模な水時計があって、その東側に楼閣がある。漏刻で時を計り、定刻になるとここで鼓や鐘を鳴らして大内裏《だいだいり》中に知らせたのだ。若い女房たちはこの鐘楼《しょうろう》に登ったのだろう。高さがどのくらいかは不明だが、単衣に袴、上着、唐衣、そして裳を着けた女房装束フル装備の正装である。階段伝いでも一人では登れず、下にいて押し上げる係が必要だった。滅多《めった》に登れない高い所である、登った女房たちはさぞ爽快な気分を味わったことだろう。しかもたまたま喪中の折柄、おそろいの装束で楼閣を占領するような風情となった。彼女たちが天から降りてきたものめいて見えたと『枕草子』は言うが、高楼に天女が大勢降臨する光景は漢文学の定番で、日ごろから漢詩文素養を看板とする定子の女房にぴったりでもある。こんな時こんな所でも、定子の女房たちは活気ある存在感を示したのだ。

ではこの時、清少納言はどこにいたのだろう。楼上の女房たちの大はしゃぎも、皆を上に押し上げ、自分は下に残って羨ましそうな女房の姿も見ているのだから、陰陽寮の外ではない。築地塀《ついじべい》から入って、楼閣の近くまで来ていないと見えない。そろそろ三十歳、決して若いとは言えない清少納言だが、若い女房たちの後を追って朝所から出てきたのだ。

さらに一部の女房たちは、もっと先まで出かけて大暴れをしでかした。

左衛門《さゑもん》の陣まで行きて、倒《たふ》れ騒ぎたるもあめりしを、「かくはせぬ事なり。上達部《かんだちめ》のつき給ふ倚子《いし》などに女房どものぼり、上官などのゐる床子《さうじ》どもを、みなうち倒しそこなひたり」などくすしがる者どもあれど、聞きも入れず。

(左衛門の陣まで行って大騒ぎした女房たちもいたらしい。「前代未聞だ。公卿方がお座りになる椅子に女房たちがのぼり、役人たちが座る腰かけを全部ひっくり返して壊してしまった！」と大まじめに怒る者もいたが、耳も貸しやしない)

(『枕草子』第一五五段「故殿の御服のころ」)

この折のことは記録にも残されていた。『枕草子』の宮内庁図書寮本に書き込まれた傍注には「小野《おのの》右府《うふき》記七月五日、中宮女房、昨日陰陽寮の楼に登る。又侍従所《じじゆうしよ》に向かひ巡見す。四位《しゐ》の少将明理《せうしやうあきまさ》、直衣《なほし》烏帽子《えぼし》にて陪従《べいじゆう》。左衛門《さゑもん》の陣官《じんくわん》等、これを見て奇《き》とす」とある。「小野右府記」は『小右記』のこと。現在伝わる本にはこの七月五日の項は見えないが、この注が書かれたころには伝わっていたのだろう。これによれば、女房たちは陰陽寮の次には「侍従所」に向かい、辺りを回った。「侍従所」は中宮定子の事務所として女房たちにもおなじみの「職の御曹司」のすぐ南の区画にあった、宴会場である。『枕草子』が、女房たちが左衛門の陣まで行って腰かけを壊したと言っているのは、この時のことだろう。「左衛門の陣」は侍従所のすぐ西、内裏外郭《がいかく》の建春門《けんしゅんもん》内に設けられていた武官たちの詰め所である。はしゃぐ女房たちに声をあげたのはここに控えていた武官かもしれない。『枕草子』には書かれていないが記録から知ることができる重要なことは、女房たちにお付きの男性がいたことだ。記録に「四位の少将明理」とある人物、本名は源明理《あきまさ》である。記録を読めば、むしろ彼が直衣烏帽子姿という私服だったことのほうが、陣の役人の顰蹙《ひんしゅく》を買ったらしい。明理は伊周の岳父・源重光《しげみつ》の息子なので、伊周にとって義理の兄弟にあたる。定子の女房たちのほとんど傍若無人ともいえる騒ぎ方と、まるで伊周の威勢を借りたかのようにラフな服装で陣辺りをうろつく縁者とは、少し前に中関白家が道長との政争に敗れたこととあいまって、あるいは過剰に示威的な印象を周囲に与えたかもしれない。なお明理はこの翌年、伊周たちが起こす事件に連座することになる。

この朝所に、清少納言たちは七月八日まで十日ほど滞在した。

屋のいと古くて、瓦葺きなればにやあらむ、暑さの世に知らねば、御簾の外《と》にぞ、夜も出で来《いでき》、臥《ふ》したる。古き所なれば、蜈蚣《むかで》といふもの、日《ひ》一日《ひとひ》落ちかかり、蜂《はち》の巣の大きにて、つきあつまりたるなどぞ、いとおそろしき。

殿上人《てんじやうびと》日ごとに参り、夜もゐ明かして、物言ふを聞きて、「あにはかりきや、太政官の地の、いまやかうの庭とならむことを」と誦《ず》じ出でたりしこそ、をかしかりしか。

（建物がとても古くて瓦葺きだからか、どうしようもなく暑くて、夜も御簾の外に出て寝るという行儀の悪さだ。古いといえば「ムカデ」などというものが四六時中天井から落ちてくるは、大きな蜂の巣に蜂がいっぱいたかっているはで、ぞっとする。

でもこんなところでも、私たちがいると聞けば、殿上人たちは毎日やって来て、座り込んで夜を明かしおしゃべりする。それを聞いた人が「まさか思ってもみたものか、太政官の地が今や、夜勤ならぬ夜遊びの場になろうとは」なんて歌い出して、面白かった）

（『枕草子』第一五五段「故殿の御服のころ」）

ムカデが落ち蜂が飛び回るとは、なんとおぞましい御殿であろうか。だがそれも清少納言はさらりと書くだけだ。むしろ、そのような場所でも自分たちがいるとなれば風流の拠点となったと振り返るのである。清少納言たちの力は殿上人たちをひきつけた。毎日やって来ては長居する彼らのため、殺風景だった朝所はたちまちサロンと化し、これを驚く朗詠《ろうえい》まで生み出してしまった。どんな状況に置かれても、定子を中心とした文化発信装置であった定子付き女房たち。『枕草子』はその気概を記したのである。

【第七章】女房という生き方

幸運のありか

最盛期の定子《ていし》の知的で華やかな後宮《こうきゅう》、賑《にぎ》やかな毎日。宮仕えは清少納言の性に合っていた。次の章段を読めば、彼女がどれだけ女房《にょうぼう》という職に肩入れしていたかがよく分かる。

生《お》ひさきなく、まめやかに、えせ幸《ざいは》ひなど見てゐたらむ人は、いぶせくあなづらはしく思ひやられて、なほ、さりぬべからむ人のむすめなどは、さしまじらはせ、世のありさまも見せならはさまほしう、内侍《ないし》のすけなどにてしばしもあらせばやとこそおぼゆれ。

(将来性もなく、現実的に、偽物の幸運などを夢見ている人は、鬱陶《うっとう》しいし馬鹿にしたくなってしまう。やっぱりそれなりの家の娘さんなどは、宮仕えに出して、世の中の様子も見慣れさせてやりたいし、できれば内裏《だいり》の女官を取り締まる内侍司《ないしのつかさ》の次長・典侍《ないしのすけ》なんかの仕事に、しばらくでも就かせてやりたいものだ)

(『枕草子』第二二段「生ひさきなく、まめやかに」)

「生ひさきなく、まめやかに、えせ幸ひなど見てゐたらむ人」。将来の見込みもなく地道に生きている人たちのことを、清少納言は「馬鹿にしたい」と言い放っている。これが娘や妻として家に籠《こも》っている女たち、平安文学用語で言う「里の女」を指すことは、この反対の望ましい在りようとして掲げるのが同僚に立ち交じって働き社会を知る生き方であることから、明らかである。「里の女」を見下し、女房になることを勧める内容。そのことから、この章段は長い間、清少納言が同時代の女性たちに向けて「社会進出」を促したものと解釈されてきた。専業主婦にはニセの幸福しかない。社会に出て努力し、自分の力を発揮して認められる、そこにこそ女性の真の幸福があるのだと。フェミニズムの側からは「千年前に、なんと開けた考え方をしたもの」と称賛される一方で、専業主婦という生き方が否定されたように感じ、むっとする向きもあったのではないか。

だがこの章段は、そうした「仕事か、結婚か」の二者択一を迫る内容などではない。清少納言が読者に促すのは二つ。一つは「女子たちよ、女房になって『出会い』をつかもう」。目指すのは仕事と結婚、両方の獲得なのだ。そしてもう一つは「男子たちよ、女房だって結婚相手として悪くないわよ」。男性の意識改革である。

それはなぜ分かるか。問題は、清少納言が「里の女」に対して使っている「えせ幸ひ」という言葉である。実は「幸ひ」という言葉は「幸福」を意味するのではないことが、研究によって明らかになってきた。「幸ひ」は「幸運」、それも地位や富など外見的なものであって、個人が心の奥深くでしみじみとかみしめる充足感などといったものではない。さらにいえば、「幸ひ」は個人の意志や能力によらず、人知を超えたところから降ってくるもの。だから「幸福」ではなく「幸運」なのである。それは初め『源氏物語』研究で明らかにされ、やがて『栄花物語』など他の平安時代の諸作品でも検証された。例えば、『源氏物語』で幾度も人々から「幸ひ」と称されるのが、宇治の中《なか》の君《きみ》だ。彼女は光源氏の弟ながら零落《れいらく》しきった宇治の八《はち》の宮《みや》の娘で鄙《ひな》びた山里に住んでいたが、次代の東宮《とうぐう》と目される匂宮《におうみや》に見初められ、都に迎え取られたばかりか御子まで産んだ。いっぽう『栄花物語』が最も「幸ひ」と認めるのは藤原道長《ふじわらのみちなが》である。彼は兄弟の中では末弟であったにもかかわらず、長兄・道隆《みちたか》や次兄・道兼《みちかね》の死によって、棚からぼたもち的に権力を得た。その後も娘の彰子が皇子《みこ》を産み、その皇子が即位したことにより、摂政《せっしょう》という人臣最高の地位を我が物とした。どちらも稀有《けう》な「幸運」と言えよう。

さらに興味深いのは、中の君と藤原道長に典型的なように、この言葉が高い比率で、女性の場合には玉《たま》の輿《こし》、男性の場合には大出世を意味することである。ならば『枕草子』第二二段はどうだろう。家にいてくすぶっているばかりの女性にも、親の用意する縁談はやってこよう。だがそれは所詮、親の地位相応のものにすぎず、想定外の玉の輿であることなど、まずない。それを清少納言は「えせ幸ひ《ざいは》」、本物ではない幸運と言ったのである。翻《ひるがえ》って、宮仕えに出て内裏の女官などになればどうか。その何よりの好例が、定子の母だ。彼女は高階《たかしな》家というぱっとしない家の娘だった。だが宮仕えに出て内裏の掌侍《ないしのじょう》になることで摂関家《せっかんけ》の嫡男《ちゃくなん》・藤原道隆に出会い、彼を射止めたのである。これをこそ、夢のような玉の輿、真の幸運と言わずして何と言おうか。

女房の生き方

『枕草子』は宮仕えを推奨しているが、では当時女性の誰もが女房になりたがったかというと、そうではない。『栄花物語』には貴顕《きけん》の父を亡くして宮仕えに出る姫君のことがしばしば記されていて、宮仕えが決まると一家中で泣くばかりか、死んだ父が物《もの》の怪《け》になって出て来たり、当人は尼になりたがったりまでしている。高家《こうけ》の娘にとって女房となることは転落を意味したのだ。紫《むらさき》式部《しきぶ》は父こそ下級貴族だったが曽祖父は公卿《くぎょう》だったので貴顕意識が強く、宮仕えが嫌で仕方がなかった。そしてその理由は、人に雇われるか否かというプライドの問題ばかりではなかった。

当時、女房となることは、「里の女」たちとは全く違うライフスタイルを生きることを意味した。「里の女」たちは家族以外の男性に顔を見せることがほとんどないが、女房の業務の中心は応接である。そのため女房となると、不特定多数の人に顔をさらすことになる。宮仕え初期の清少納言が緊張していたのも、このことに不慣れだったせいだ。しかしやがては清少納言も応接に慣れた。そうなると、どんな出来事が待っているか。恋である。深窓《しんそう》にいて自分の存在すら世の中にアピールできない姫君とは違い、手軽に男性と出会える女房は、恋の機会に恵まれた「恋愛環境」にある。おのずといろいろなことが起きることになる。だがこのことは、必ずしも女房自身にとって良い結果を生むとは限らない。遊ばれるだけの恋もある。むしろその方が多いのだ。女房だからと軽く扱われ、かりそめの恋の挙げ句に捨てられる。シングルマザーとなる率も高い。「里の女」たちとは全く違うライフスタイルとは、そうした生き方のことである。

『枕草子』第二二段は、続く部分でそのことを端的に言っている。

宮仕へする人を、あはあはしうわるき事に言ひ思ひたる男などこそ、いとにくけれ。げに、そもまたさる事ぞかし。かけまくもかしこき御前《おまへ》をはじめたてまつりて、上達部《かんだちめ》、殿上人《てんじやうびと》、五位《ごゐ》、四位《しゐ》はさらにもいはず、見ぬ人はすくなくこそあらめ。女房の従者《ずさ》、その里より来る者、長女《をさめ》、御厠人《みかはや》人の従者《うど》、たびしかはらといふまで、いつかはそれを恥ぢ隠れたりし。

(宮仕えする女房を、尻軽でよくないと言ったり思ったりする彼氏なんかときたら、本当に憎らしい。でもそれもまた一理あるのよね。口にするのも畏れ多い帝《みかど》をはじめとして、公卿、殿上人《てんじょうびと》、五位《ごい》、四位《しい》といった貴族の方々はいうまでもなく、女房が顔を合わせない人は稀《まれ》だろうから。女房の召使、女房の自宅から来る者、下女やトイレ掃除の従者、有象無象《うぞうむぞう》の類いまで、女房たる者がいつ応対を恥ずかしがって隠れたって? そんなこと一度だってありはしない)

(『枕草子』第二二段「生ひさきなく、まめやかに」)

上は帝から下は有象無象にまで、女房は顔をさらすことを拒めない。いきおい、「出会い」が多い。しかしそのことが、当の恋の相手である男たちにまで偏見を抱かせる。女房など所詮は尻軽なもの、大切に扱うには及ばないという蔑視である。清少納言は憤慨するものの、もっともだと認めざるを得ない。

実際、清少納言自身も女房として幾人もの男性と付き合ったのだ。もちろんそれは結婚と名のつく関係ではない。結局大方の男たちにとって、女房は戯《たわむ》れの相手でしかない。つまり女房になるとは、そうしたことが織り込み済みである人生を生きるということなのだ。

とはいえ、たくましく生きる女房たちもいる。例えば十世紀初頭に活躍した歌人《かじん》である伊勢《いせ》は、宇多《うだ》天皇（八六七〜九三一）の女御《にょうご》・藤原温子《おんし》に仕える女房だった。当初、藤原摂関家の貴公子・仲平《なかひら》と恋に落ちたが、破綻。だがその後、何と宇多天皇の目にとまり、皇子を産んだ。受領《ずりょう》である伊勢守《いせのかみ》の娘が、天皇の子を産み「御息所《みやすどころ》」となったのである。悲しいことに皇子は若くして亡くなったが、伊勢はやがて宇多天皇の別の皇子・敦慶親王《あつよししんのう》と結ばれ、娘を産んだ。敦慶親王は「容姿美麗、好色絶倫」（『本朝才子伝』）と呼ばれた色好みで、伊勢の十歳ほど年下である。もちろん恋ばかりしていたわけではない。その間、歌人として紀貫之《きのつらゆき》ら男性たちと肩を並べ、高く評価された。娘も歌人・中務《なかつかさ》となり、母とともに三十六歌仙《さんじゅうろっかせん》に選ばれている。和泉式部《いずみしきぶ》の娘である小式部内侍《こしきぶのないし》も、紫式部の娘である大弐三位《だいにのさんみ》も、中宮彰子《ちゅうぐうしょうし》の女房として宮仕えし、仕事に和歌にと自己を鍛える一方、道長の息子や公卿たちと幾つもの恋を繰り返した。清少納言の娘・小馬命婦《こまのみょうぶ》はといえば、「はじめに」に示したように、やはり彰子のもとに仕えつつ、和歌の世界を当時牽引《けんいん》していた歌人・藤原範永《のりなが》と贈答《ぞうとう》歌を交わし、対等に渡り合っていた。彼女の娘も女房だったと思われ、ある時、高階為家《ためいえ》なる人物と恋に落ち、捨てられた。その為家が再び「会おう」と誘ってきた折、娘に代わって母の小馬命婦がぴしゃりとやりこめた歌が残っている（『後拾遺和歌集《ごしゅういわかしゅう》』雑二　九〇八）。勝ち気さは清少納言譲りだったようだ。なお、この高階為家なる人物は、実は大弐三位の息子だ。清少納言と紫式部は、孫の代まで訳ありの仲だったのだ。
それにしても定子の母・高内侍《こうのないし》貴子《きし》は、彼女たちとは次元が違う。貴公子道隆と恋をしただけではない、彼女は何と言っても、正妻「北《きた》の方《かた》」という座をつかんだのだ。

夢は新型「北の方」

『枕草子』第二二段は続ける。

上《うへ》などいひて、かしづきすゑたらむに、心にくからずおぼえむ、ことわりなれど、また内《うち》の内侍のすけなどいひて、をりをり内へ参り祭の使《つかひ》などに出《い》でたるも、面立《おもだ》たしからずやはある。さて籠りゐぬるは、まいてめでたし。受領《ずりやう》の五節《ごせち》出だす折など、いとひなび、言ひ知らぬ事など人に問ひ聞きなどはせじかし。心にくきものなり。

(「奥様」などと呼んで大事に家に置いておくには女房は奥ゆかしさに欠ける、その意見ももっともだ。だが一方で、妻に典侍などの役職があって、時々内裏に参上し、祭りで朝廷の使いなどに立つのも、実に鼻の高いことではないか。その後退職して家に入るのは、さらに理想的だ。夫が国司《こくし》で、宮廷行事の五節の舞姫《まいひめ》を調達しないといけなくなった時なども、宮仕え経験のある妻なら、お話にもならないことを人に聞きまわったりするような野暮ったいことはするまい。それこそ奥ゆかしいというものではないか)

(『枕草子』第二二段「生ひさきなく、まめやかに」)

清少納言が憧れるのは、結婚しても宮仕え経験を活かし続ける女房である。だがそのためには、女房を北の方として迎え大切にしてくれる夫がいなくてはならない。だから清少納言は男性に意識改革を促すのである。深窓の妻ばかりが奥ゆかしいと思いがちだが、内裏で颯爽《さっそう》と活躍する妻もまた、夫にとって自慢の種ではないか、と。

実はこうした、清少納言のお手本となるような女房も、当時実際にいた。一人は清少納言が最初に結婚した橘《たちばな》氏の出身で内裏に宮仕えに出た女官、橘三位徳子《きつさんみとくし》である。彼女は一条天皇の乳母《めのと》として典侍の地位を得、内裏で大きな権力を持っていた。そこへ結婚を申し込んだのが、漢学者・藤原有国《ありくに》である。藤原氏ながら傍流《ぼうりゅう》の彼は、徳子とタッグを組むことで立身出世を図ったのだ。徳子もそれに応じ、内裏の行事で役を務めるなど仕事でも着実に活躍し続けながら、有国の子を産み育てた。彼女の引き立てによって有国は一条天皇の側近・蔵人頭《くろうどのとう》になり、やがて念願の公卿にまで達したのが、清少納言が宮仕えを始める三年前のことだ。

もちろんもう一人のお手本が、定子の母・貴子である。道隆の北の方となり、彼女は家に入った。だが宮仕えのために身に付けた漢詩文の知識をもって子どもたちを教育し、夫とともに新しい文化の家・中関白家《なかのかんぱくけ》をつくり上げた。娘の定子は一条天皇の中宮として、息子の伊周《これちか》は貴族社会の時代の寵児《ちょうじ》として、旋風を巻き起こしている。これも立派な内助の功だ。すべては、藤原道隆が新しい価値観を持って貴子を迎え入れ、彼女の能力を存分に発揮させたからだ。女房の経験を家に活かす妻を奥ゆかしいと見る夫がいてこそ、中関白家は花開いたのだ。この章段は、こうしたお手本を仰ぎながら、宮仕えによって社会性や実務能力を培った女房が、男性の理解を得て妻としても認められてゆく世の実現を夢見たものである。

ただ、思い出してみれば、『枕草子』が集中的に書かれたのは長徳《ちょうとく》二（九九六）年ごろ、つまり貴子の二人の息子が愚かな事件を引き起こし処罰された「長徳の政変」の後である。清少納言がこの章段を書いた時、中関白家は既に没落の憂き目に遭っていた可能性が高い。政変後まもなく、おそらく心労かららだろう、貴子は死んだ。それは悲運ではないのだろうか。貴子の死を知ったうえでこの章段を書いたとすれば、清少納言は一体、本気で貴子を幸運の人と思い続けていたのだろうか。

多分、そうだ。たとえ先にどのような運命が待ち受けていたにせよ、貴子が宮仕えによって一時《いっとき》大運をつかんだこと自体は、紛れもない事実だ。宮仕えには、途方もない夢がある。清少納言はそう信じ続けたと考える。だからこそ、長い時間をかけて『枕草子』を書き続けた果てに今の形にまとめる時、この章段を削除しなかったのだ。清少納言自身の宮仕えについても、「幸ひ」であった、幸運だったと信じていたに違いない。

「女房たちの隠れ家」構想

清少納言には、女房たちのための家を作りたいという楽しい構想もあった。

宮仕へする人々の出《い》であつまりて、おのが君々の御事《おんこと》めできこえ、宮の内《うち》、殿《との》ばらの事ども、かたみに語り合はせたるを、その家主《いへあるじ》にて聞くこそをかしけれ。家広く清《きよ》げにて、わが親族《しぞく》はさらなり、うち語らひなどする人も、宮仕へ人《びと》をかたがたにすゑてこそあらせまほしけれ。

（とある館。女房たちがそれぞれの職場から出てきて寄り合い、自分の勤め先の主人自慢をしたり、御殿の内内《うちうち》や出入りする殿方たちの情報を交わし合ったりするのを、その家の主《あるじ》として聞くことができたら、おもしろい。家は広くてこざっぱりしたのがいい。自分の親族はもちろん、話し相手として、宮仕え女房をあちこちの部屋に住まわせたいものだ）

（『枕草子』第二八四段「宮仕へする人々の出であつまりて」）

女房たちの隠れ家。清少納言は、その経営者兼管理人になりたいと夢見る。女房はセレブの世界に近いからだ。女房たちと交流を続ければ、彼女たちを介してセレブの世界に触れ、情報通であり続けられる。その魂胆から、広い敷地にこぎれいな家を建て気の合う女房たちを住まわせることを思いつく。

さべきをりは、一所《ひとところ》にあつまりゐて、物語し、人のよみたりし歌、なにくれと語り合はせて、人の文《ふみ》など持て来るも、もろともに見、返事《かへりごと》書き、またむつましう来る人もあるは、清げにうちしつらひて、雨など降りてえ帰らぬも、をかしうもてなし、まゐらむをりは、その事見入れ、思はむさまにして、出だしたてなどせばや。

よき人のおはしますありさまなどのいとゆかしきこそ、けしからぬ心にや。

（ちょっとした機会をとらえては、その人たちと一部屋に集まり、おしゃべりを交わし、人の詠んだ和歌だの何だのについて、じっくり語り合う。誰かが手紙などをおくってきた時も、みんなで一緒に見、返事もみんなで考えて書く。また、彼氏などがたずねて来る人がいたら、その部屋はきれいに飾り付けて迎えさせる。雨など降って彼氏が帰れなくなっても、大丈夫、気持ちよく過ごせるようにもてなしてやるのだ。女房たちが宮仕え先に参上する時は、私が世話をして、思いのままにしたてて送り出してやりたい。

女房たちが勤めるようなセレブのことが、知りたくてたまらない。それはいけないことだろうか？）

（『枕草子』第二八四段「宮仕へする人々の出であつまりて」）

語られているのは、女房たちによる横のネットワーク社会である。もちろん勤め先には同僚女房たちがいて、そこにもネットワークはあるのだが、やはり上下関係があるので気を使う。主家を離れた場所での横のネットワークは気軽で、主家の権力関係とは別の交流もできるだろう。それにしても、手紙を皆で見、知恵を出し合って返事を書くならば、そこにはその場なりの文化が発生することになる。清少納言が仕切るのであれば、清少納言風の文化が皆に共有されることになるだろう。となればこれは、主家を持たない清少納言が横のネットワークを利用して女房間に自分の文化を発信し、継承させてゆく一つの方法ではないか。しかしそこまでのたくらみは、この章段の口調からは読み取れない。あくまでも女房という職業の先輩として後輩を支えてやりたいと、清少納言は考えているようである。

話題は当然のように、女房の勲章である恋におよぶ。大方職場にいるときは、隣室との間は壁代《かべしろ》というカーテンや襖障子《ふすましょうじ》（現在の襖にあたる）で隔てられるだけの、プライバシーのない生活だ。勤務先の局《つぼね》は、必ずしも恋人たちにとって寛《くつろ》げる場所ではない。ならば隠れ家では、女房が恋人と楽しく過ごせるように気を利かしてやろう。先輩ならではのきめ細かい気配りなのだ。また、出仕の時は衣装も髪も整えて、これでよし、という感じにしてやりたいとは、これも職場の厳しさを知ったものならではの気遣いだ。『紫式部日記』などを見れば、女房の装束が粗末だと、同僚がつつき合って非難することすらある。

さて、この章段から推測すると、これを書いた時、清少納言は既に女房の世界から引退しているとおぼしい。貴顕の様子が知りたいと頻《しき》りに言っていることが、今はそれができない状況にあることを窺《うかが》わせるからである。定子の死後、清少納言はその遺児たちに仕えたとも想像されているが、裏付ける資料はない。少なくとも『枕草子』からほの見える姿から察するに、どこかの時点で清少納言は女房稼業を辞めた可能性が高い。しかし彼女は、引退後もこうして女房の世界に焦がれ続けていた。やはり根っからの女房だったと言えよう。

【第八章】 政変の中で

乱闘事件

関白道隆《かんぱくみちたか》が薨去《こうきょ》し、道長《みちなが》に権力が移りはじめたその翌年の長徳《ちょうとく》二（九九六）年二月二十五日、春の光もうららうらとのどかな日中のことだった。中宮定子《ちゅうぐうていし》は内裏《だいり》の行事との兼ね合いのため、この前日、女房《にょうぼう》たちを連れて中宮職《ちゅうぐうしき》事務局の建物である職《しき》の御曹司《みぞうし》に行っていた。が、清少納言はなぜか同行せず、この頃の内裏中の定子の御殿《ごてん》・梅壺《うめつぼ》（凝華舎《ぎょうかしゃ》）に残っていて、一人の貴族の来訪を受けた。藤原《ふじわらの》斉信《ただのぶ》――天皇の秘書官長にあたる蔵人頭《くろうどのとう》と近衛中将《このえのちゅうじょう》を兼務する若手のエリートである。彼はこの前日文《ふみ》をよこし、夜明け前に清少納言の局《つぼね》を訪《おとな》うと言ってきた。だが清少納言は別室で眠り、手紙どおりにやって来た彼には会わなかった。すると朝、今度は使いをよこして「話があるから会いたい」という。清少納言は「ならば、梅壺で」と答えた。梅壺には、たまたま定子と同行しなかった妹君の御匣殿《みくしげどの》がいた。清少納言は、局で彼と二人きりで会うことを避けたのである（『枕草子』第七九段「返る年の二月二十余日《よひ》」）。それはなぜか。

これを一カ月程遡《さかのぼ》る正月十六日、定子の兄・伊周《これちか》と弟・隆家《たかいえ》は、愚かな暴力沙汰を起こした。長徳の政変の端緒となった事件である。斉信はその関係者であり、おそらく事件をいち早く道長に知らせた人物だった。つまり、定子一家を窮地に立たせた敵であったのだ。

この乱闘事件を、史料は次のように記している。

右府の消息《せうそこ》に云はく、花山法王《かざんほふわう》、内大臣《うちのおとど》・中納言隆家、故一条太政大臣《いちでうおほきおとど》家にて遭遇し、闘乱の事有り、御童子《どうじ》二人殺害せられ、首を取りて持ち去らると云々。

(右大臣《うだいじん》道長からの連絡によると、花山法皇が内大臣《ないだいじん》藤原伊周および中納言隆家と、故一条太政大臣《だいじょうだいじん》藤原為光《ためみつ》邸の前で出くわし、乱闘事件が発生。法皇の御付きの御童子が二人殺害され、首を斬って持ち去られたとのこと)

(『小右記《しょうゆうき》』逸文、『三條西家重書古文書《さんじょうにしけじゅうしょこもんじょ》』一「諸記録集」内『野略抄《やりゃくしょう》』同日)

伊周と隆家が、前天皇である花山法皇《かざんほうおう》一行と京中で乱闘騒ぎを起こし、法皇の従者《じゅうしゃ》が二人殺されたという。これを書いたのは藤原実資《さねすけ》である。彼は時に、京中警察にあたる検非違使庁《けびいしちょう》の長官、つまり現代の警視総監の職にあったので、通報を受けることは当然だった。ただ実資は、それを道長からの連絡で知ったと記している。では道長はどうして事件を知ったのか。推測するに、道長に情報を流したのは斉信である。事件現場は、故藤原為光の邸宅前であった。そして実は、清少納言を訪った藤原斉信は、為光の息子なのだ。彼は亡父の邸宅前で惨劇が起きた時、家人《かじん》から連絡を受けるやその夜のうちに道長に伝えたのだ。その証拠に斉信は、事件以後大きく出世するのである。

伊周と隆家が法皇一行を襲った動機は、史料からは読み取れない。現在、理由も含めて事の経緯を詳細に記すのは、ただ歴史物語の『栄花物語《えいがものがたり》』（巻四）のみである。それによれば、伊周は件《くだん》の邸宅に住む女性、故藤原為光の三女を自分の愛人としてこっそり通っていた。一方、彼女と同じ家に住む妹の四《し》の君《きみ》に花山法皇が熱を上げ、通うようになった。ところがそれを聞いた伊周は、法皇の相手は四の君ではあるまい、自分の愛人の三《さん》の君《きみ》に違いないと勝手に思い込んだ。そして弟の隆家にもちかけ、花山法皇を脅かそうと、数人の手下を連れて邸宅前で待ち伏せし襲撃した。放たれた矢は法皇の袖を貫通し、法皇はすっかり縮み上がって逃げ帰ったという。これと『小右記』逸文を合わせると、状況がわかってくる。法皇が怯《おび》えて逃げ去り、目的を遂げて満足した伊周と隆家も帰った後、現場には従者同士が残った。その間で乱闘が起こったのだ。そして法皇の従者二人が殺され、伊周と隆家の従者は自らの手柄を主人に示すために首を斬って持ち帰ったというわけだ。

さて、ここからは斉信について考えてみよう。彼は家人から連絡を受け、亡父の邸宅前で惨劇が起きたことを知った。そして彼にとって姉妹である三の君と四の君の話から、首謀者は伊周であり隆家は共犯、標的は花山法皇であったことを知る。この時点で、斉信には事件を握りつぶすことができたはずだ。法皇は既に出家しており、色恋沙汰の絡む事件が発覚すれば恥をかく。斉信の姉妹たちも巻き添えを食う。斉信が事件の全貌を知りながら通報しなかったとしても、それで彼が罪に問われる理由もない。ならば、とりあえず検非違使庁へは従者同士の喧嘩とのみ通報しておき、伊周と法皇の件についてはもとよりただの人違いに過ぎないのだから、内々に穏便に済ませる。そのような処理も不可能ではあるまい。いや、そちらのほうがずっと現実的であったはずだ。だが、彼はその夜のうちに道長に連絡を取り、すべてを話した。中関白家《なかのかんぱくけ》の息子たちの罪は、対立する道長にとって好材料だからだ。たとえ法皇に恥をかかせ我が姉妹を苦しめることになっても、彼は道長に恩を売る道を選んだのである。

斉信のために善意に解釈するなら、彼はここまで事が大きくなるとは思っていなかったのかもしれない。だが、道長は即座に検非違使庁長官の実資に連絡し、事を委ねた。実資が硬骨漢《こうこつかん》であり、仕事を生半可にしないことを知っていたからである。果たして実資は一条《いちじょう》天皇に指示を仰いで捜索を開始し、二十日足らずで伊周の関係者宅から兵や武器を押収した。ここで目を瞠《みは》るべきは、一条天皇の決断だった。実直で政治にひたむきな彼は事をないがしろにせず、二月十一日、伊周と隆家の罪名を法律担当官に諮問《しもん》した。つまり彼らを何らかの罪で処罰することを決めたのである。

それから約半月後の二月二十五日、梅壺で清少納言が会ったのは、こうした事件の発端をつくった斉信であった。彼は、言わば伊周と隆家を道長に売った人間である。清少納言がこのタイミングで彼と二人きりで会えば、自分まで定子を裏切ったように受け取られかねない。実は事件以前、清少納言は斉信とごく親しかった。碁の用語を二人だけに通じる暗号にして秘密の会話を交わしたり（第一五五段「故《こ》殿《との》の御服《おんぷく》のころ」）、「どうして僕と本当に深い仲になってくれないのか」と迫られたり（第一二九段「故殿の御ために、月ごとの十日」）などということすらあったのだ。だがこの期《ご》に及んでは彼との間に距離を置こうと、清少納言は決めたのだった。

魔手と疑惑

陽光が燦々《さんさん》と降り注ぐなか、光沢のある桜襲《さくらがさね》の直衣《のうし》に紫の指貫《さしぬき》という華やかな装束で現れた斉信は、物語の男もかくやという美しさであった。彼は縁《えん》に腰かけ、清少納言のいる御簾《みす》近くにそっと身を傾けた。

「職《しき》へなむ参る。ことづけやある。いつか参る」

(「僕はこれから、中宮様のいらっしゃる職の御曹司に参ります。何かことづけはある？　君はいつ参上するの？」)

(『枕草子』第七九段「返る年の二月二十余日」)

昨夜の文では、彼は「ぜひ言いたいことがある」と書いていた。今朝の使いも「話がある」との彼の言葉を伝えていた。だが梅壺で斉信が清少納言に会って言ったのはこれだった。ほかには、昨夜清少納言の局で応対に出た留守番への悪態しかない。こんなことが「ぜひ言いたいこと」だったのだろうか。それは考えにくい。斉信はおそらく、清少納言に何かほかの重大な話をするつもりだったと思われる。だがそれは、奥に定子の妹君がいる梅壺では口にできないことだった。だから彼は話を変えたのだ。

では、彼が言おうとしていたのはどういった内容のことだったのだろう。道長に事件を通報したことを「少納言、あれはほんの出来心だったのだから」とでも言い訳し、「これからも親しくしてくれないか」とでも迫るつもりだったのか。いや、その程度ならば御匣殿に聞かれても構わないはずだ。定子の妹君がいるとなれば引っ込めなくてはならない話とは、憶測を働かせれば、例えば斉信の一味となって道長側に寝返らないかという誘い。あるいは、伊周や隆家についての、彼らの足をさらにすくえるような情報を漏らしてくれないかという頼み。清少納言は斉信と二人きりにならないことで、彼からそれを聞かされることを回避したのだ。

斉信が去り、日が暮れてから清少納言は定子のいる職の御曹司に参上した。定子の御前《おまえ》には大勢の女房たちが集っていて、中には一条天皇付きの内裏女房たちも見受けられた。天皇が定子を慮《おもんぱか》って遣わしたのだろう。伊周と隆家が罪を犯したからといって、天皇の定子への愛情が損なわれたわけではなかった。女房たちは物語の批評に興じており、清少納言にも人気の物語『宇津保物語《うつほものがたり》』の登場人物のことを話しかけ、清少納言もこれに応えて場は盛り上がったように見えた。だがおそらく女房たちも清少納言も、本当に言いたいのは物語のことなどではなかった。その時、定子が口を開いた。

「この事どもよりは、昼、斉信が参りたりつるを見ましかば、いかにめで惑はましとこそおぼえつれ」と仰せらるるに、「さて、まことに常よりもあらまほしうこそ」などいふ。「まづその事をこそは啓《けい》せむと思ひて参りつるに、物語のことにまぎれて」とて、ありつる事ども聞こえさすれば、「誰《たれ》も見つれど、いとかう、縫ひたる糸、針目《はりめ》までやは見とほしつる」とて笑ふ。

（「物語の人物のことなどよりは、昼に斉信がここに来たのですよ。もしあなたが見たら、どれだけ褒めちぎっただろうかと思われる美しさでした」。中宮様がそうおっしゃると、同僚さんたちは「そうそう、本当にいつにもまして理想的で」など言う。私は「まずそのことを中宮様に申し上げようと思って参りましたのに、物語の話題に紛れて言いそびれました」と言い、梅壺での斉信様の素敵なお姿のことを語ってお聞かせした。すると同僚さんたちは、「私たちだって彼のことはしっかり見たけれど、あなたほどあの方の装束の糸や縫い目まで見通しはしなかったわ」と笑った）

（『枕草子』第七九段「返る年の二月二十余日」）

このとき同僚たちは、既に清少納言を疑い始めていたとおぼしい。以前から斉信と仲が良く、道長のことも素敵だと騒いでいた清少納言だ。定子や皆と職の御曹司へ同行せず、一人で内裏に残って何をしていたのか。この不信が皆の中に渦巻いていたからこそ、清少納言に対して話がしにくく、逆に物語などどうでもよい雑談でうわべを取り繕おうとした。だが定子は、正面から斉信の名を口にした。清少納言を疑うからではない、むしろ弁明の機会を与えようとしたのだろう。それにしても斉信は、あのような裏切りを犯しながらしゃあしゃあと定子たちを訪ねていたのだ。その彼を思い出した女房の「本当にいつにもまして理想的」というあいづちの「いつにもまして」にも「理想的」にも皮肉がにじむ。清少納言は内裏で斉信に会ったことを率直に語った。彼が美しかったことも話した。それ以外に何が言えようか。その場は「清少納言は斉信のことを細かいところまでよく見ている」と皆が笑って終わったというが、それは「本当にお親しいこと」という嫌みではないのか。あるいは「そこまで見ていて彼の裏切りが予測できなかったのか」という、あてこすりではなかったか。

定子の家に黒雲が兆すのと同時に、清少納言の身にも逆境がひたひたと押し寄せつつあった。やがて伊周と隆家は余罪が次々と発覚し、伊周は大宰府《だざいふ》、隆家は出雲《いずも》への流罪《るざい》という勅命《ちょくめい》が出されるに至った。四月二十四日のことである。そして同じ日、斉信は参議《さんぎ》に取り立てられて公卿《くぎょう》の仲間入りを果たした。道長に中関白家を売った論功行賞《ろんこうこうしょう》人事と認めて間違いあるまい。

定子、出家

この四月二十四日を境に、伊周と隆家は大罪人となった。その逮捕劇の様相を、記事の詳しい『小右記』に沿って述べてゆこう。まず当日、一条天皇は公卿たちを招集し、勅命を伝えた。藤原伊周は、内大臣の職を解き大宰権帥《だざいのごんのそち》として大宰府に配流《はいる》。弟・隆家は、中納言の職を解き出雲権守《ごんのかみ》として出雲国に配流。罪は三つ、花山法皇を襲って射た暗殺未遂に、余罪として発覚した、一条天皇の母・東三条院詮子《ひがしさんじょういんせんし》への呪詛《じゅそ》と、天皇家以外には行うことが禁ぜられた仏教の秘法「大元帥法《たいげんのほう》」を私的に行ったことが加えられていた。いずれも、二人が天皇家の一員を標的にするか、天皇家の権威を損なおうとしたものと見なされ、厳重な処罰となったと思われる。一条天皇は天皇家の長として、国家のためにも彼らを見逃すわけにはいかなかったのだ。

同日、検非違使が伊周と隆家の逮捕のため遣わされたが、二人は応じず、二条北宮《にじょうきたのみや》にたてこもる。

たてこもった邸《やしき》の「宮」という名は、折しも定子がこの御殿に滞在していたことによる。二十五日、家族が身を寄せ合う邸宅周辺には、流される伊周を見ようと京中から群衆が押し寄せた。二十八日、伊周と手を携えた定子は、検非違使に兄を逮捕させまいと阻んだ。中宮の体を張った抵抗に検非違使たちは手出しができず、逮捕は難航した。物見高い群衆は邸宅の中にまで乱入したが、邸内から漏れる家人らの慟哭《どうこく》の声に、思わずもらい泣きの涙を流したという。

五月一日、隆家が身柄を確保された。二人が逮捕に応じないため、勅命により家宅捜索が行われたのだ。検非違使庁の者どもは邸内に入り込み、寝室の戸まで破壊して内部を捜索した。隆家はその責めに堪《た》えかね、姿を現したという。だが厳しい捜査にもかかわらず、伊周の姿は家中にはなかった。

二日、伊周が都の西の愛宕山《あたごやま》に潜伏中との情報が入った。行動をともにしていた近習《きんじゅ》が証言したのである。それによれば伊周は四月三十日の夕刻、二条北宮から脱け出し愛宕山に向かったという。近習は麓《ふもと》で別れ帰宅、伊周は馬を乗り捨てて逃亡したといい、言葉通りその馬の鞍が近辺で確認された。一つ一つの捜査に、一条天皇は自ら命令を発し厳しい態度で臨んだ。

そしてこの日、定子付き事務局の長官補佐である源扶義《みなもとのすけよし》が、日記の書き手である実資に語った。彼によれば、昨五月一日の家宅捜索の折、定子はあらかじめ邸内から出され庭の牛車《ぎっしゃ》に乗せられたという。天井も床板も外しての半ば暴力的な捜索である。万が一、中宮の身に何かが起きてはならぬという検非違使の配慮だろうが、一方ではこれ以上定子に捜索を妨げられては困るからでもあろう。長官補佐は「中宮に無限のはずかしめを味わわせてしまった」と感じたという。ついで彼は、「捜索の日に中宮は出家した、嘘ではない」と告げた（以上、『小右記』各日）。

この出家によって、定子は后《きさき》としての正当性を失うこととなった。后という称号はその後も続いたものの、出家した以上、天皇の現役の妻の座からは退いた形になったからである。実はこの時、定子は懐妊していた。一条天皇にとって初めての子どもである。もし男子であれば、天皇の後継第一候補となること間違いない。それが尼となったもと后から生まれてよいものか。キサキが出家した例はあるが、尼となったキサキが天皇の子を出産した前例はない。ましてやその子が皇太子となり即位することには、社会からかなりの疑問が呈されるはずだ。先取りをして明かせば、結局この時定子が産んだのは皇女であったから、母が尼であることはさして大きな問題とならなかった。だがそれは偶然にすぎない。このとき定子は冷静になって政治的な判断力を働かせるべきだった。出家などして自己の地位、ひいては子どもの立場をゆるがせにしてはならなかったのだ。『枕草子』では理想的な中宮としてのキャラクターのみが描かれる定子だが、この出家は軽率であったとしか言えない。だがむしろそれほどに、兄弟の逮捕、一家の凋落《ちょうらく》という事態は定子を動揺させ、思慮分別を失わせたということなのだろう。定子はこの時、おそらく死にたかったのだ。だが自ら命を絶つことは、平安貴族にとってはあまりにも荒々しく、別世界のものともいえる行為であった。だから定子は、せめて自分の世俗の身を死なせたのではなかったか。

伊周は四日、二条北宮に帰宅したところを逮捕された。彼もまた出家したとのことだったが、これは後に虚偽の出家であることが明らかになる。すったもんだの末、兄と弟とがそれぞれの流刑地に送られた後、六月になって、定子の二条北宮は全焼した。おそらくは強盗などが目をつけ、家財を奪って火を放ったものか。定子は牛車も使わず下男に抱かれて避難した。『小右記』は記す。「昨日は内裏におり、今は滅亡。古人は曰《いは》く『禍福《かふく》は糾《あざな》える縄の如《ごと》し』と。まことに所以《ゆえん》のあることよ」(『小右記』長徳二年六月九日)

検非違使庁長官ならではの情報もあり、『小右記』の記載は実にリアルだ。ここから窺《うかが》われるように、長徳の政変で定子を見舞った悲劇は、中関白家ら当事者のみならず、貴族社会や平安京の庶民までをも動揺させた大事件であった。

枕草子の描く長徳の政変

ではこの政変を、『枕草子』はどのように描いているのだろうか。

おそらく清少納言は、このとき中関白家が見舞われた、緊張と抵抗、失意と絶望の一部始終を、定子の傍《そば》にいて見ていたと思われる。だがそれを、『枕草子』は書かない。長徳の政変について清少納言が書くのは、わずかに次の一文である。

殿《との》などのおはしまさで後《のち》、世の中に事出《い》で来《き》、さわがしうなりて、宮《みや》も参らせ給はず、小二条殿《こにでうどの》といふ所におはしますに、何《なに》ともなくうたてありしかば、久しう里に居たり。

(関白道隆殿《かんぱくみちたかどの》などがお亡くなりになった後、世の中で事件が起こり騒動となって、中宮様も帝《みかど》にお

目もじなさらず、小二条殿という場所にいらっしゃった時、何となく嫌なことがあって、私は長く自宅に引きこもっていた）

（『枕草子』第一三七段「殿などのおはしまさで後」）

繰り返し言うが、『枕草子』は定子にとってつらく暗い事実は書かない。この姿勢の徹底ぶりには感心させられるほどだ。とはいえ、この一段においては、清少納言も明らかに「事」に触れている。それには理由がある。右の一文から分かるように、事件の火の粉が清少納言自身の身にまで直接ふりかかったためだ。定子が二条北宮を焼け出されて小二条殿なる場所にいた時、清少納言は御前を退いて自宅に引きこもったという。「何ともなくうたて」などと曖昧《あいまい》に記しているが、あれほど宮仕えを愛していた清少納言が休職し引きこもるのは尋常なことではない。定子が絶望の中にいた時、清少納言もまた自分自身の鬱屈《うっくつ》の中にあったのだ。だがそのことが、やがてはむしろ二人の絆を強くした。闇の中の光。清少納言がこの章段で書こうとしているのは、それなのである。

さて、清少納言が引きこもった理由は、同僚たちから受けた道長側への内通疑惑だった。

候《さぶら》ふ人たちなどの、「左の大殿方《おほとののがた》の人知る筋《すぢ》にてあり」とて、さしつどひ物など言ふも、下《しも》よりまゐる見ては、ふと言ひやみ、はなち出《い》でたるけしきなるが、見ならはずにくければ、「まゐれ」など度々ある仰《おほ》せ言《ごと》をも過ぐして、げに久しくなりにけるを、また宮のへんには、ただあなたがたに言ひなして、空言《そらごと》なども出で来《く》べし。

（定子様に仕える女房たちは「清少納言は道長様方と通じた筋の人なのよ」と言って、皆が集まって話している時でも、私が局から来るのを見ると突然話をやめたりして、私をのけ者にする態度だった。初めてそんな目に遭った私は、嫌になって自宅に帰ってしまった。中宮様からは何度も「出てきなさい」と仰せごとがあったが聞きいれず、長い時が過ぎた。その間にもまた、中宮様の周りの女房たちは、私を完全にあちら側の一味に仕立てて、おそらくは根も葉もない嘘まで言い出していたのだろう）

（『枕草子』第一三七段「殿などのおはしまさで後」）

やはり斉信との関係を疑われたか。いや、実は彼以外にも、清少納言には道長筋で懇意の貴族がいた。源経房《みなもとのつねふさ》や源済政《なりまさ》である。二人は清少納言が引きこもる時、身内以外に居場所を告げた数少ない相手だった。経房は姉の明子《めいし》が道長の第二夫人、済政は叔母の倫子《りんし》が道長の正妻で、いずれもきわめて道長に近い。こうした交友関係が、平時には何の問題にもならなくても、今となっては周囲の勘繰りを招いたのだろう。先々に不安を抱く彼女たちの目には、権力側につてをもっている清少納言が妬《ねた》ましく映ったのかもしれない。苦悩の果てに清少納言が引きこもった期間は諸説あるが、本書は少なくとも伊周の逮捕、定子の出家と暗い事件の続いた長徳二（九九六）年の秋から翌年の春ごろまでの、半年以上と考えている。この間のこととして清少納言が記す話題に、次のように秋の装束と晩春の山吹《やまぶき》の花とがそれぞれ現れるからである。

引きこもりの日々

ある秋の日、清少納言は自宅で源経房の訪問を受けた。引きこもり始めてからまだ間もなかった頃のことと思われる。彼はその日定子を訪ったことを話題にし、定子付き女房たちの毅然《きぜん》とした働きぶりを語った。

「今日、宮にまゐりたりつれば、いみじう物こそあはれなりつれ。女房の装束、裳《も》・唐衣《からぎぬ》をりにあひ、たゆまで候《さぶら》ふかな。御簾《みす》のそばのあきたりつるより見入れつれば、八、九人ばかり朽葉《くちば》の唐衣、薄色《うすいろ》の裳に、紫苑《しをん》、萩《はぎ》などをかしうてゐ並みたりつるかな。御前の草のいとしげきを、『などか。かきはらはせてこそ』と言ひつれば、『ことさら露置かせて御覧ずとて』と、宰相《さいしやう》の君《きみ》の声にていらへつるが、をかしうもおぼえつるかな（以下、左ページへ続く）」

（「今日、中宮様のお住まいに参りましたが、実に風情がありましたよ。女房たちの装束は、裳や唐衣も季節に合わせ、たゆまずお仕えでした。御簾の隙間から覗きますと、八、九人ほど、朽葉の唐衣・薄色の裳に紫苑襲《がさね》や萩襲など素敵な装いでずらりとお並びでした。前庭の草がひどく茂っているので『どうしてこのように。全部刈ってしまえばよろしいのに』と申しますと、『中宮様が、葉におりる露を御覧になるとおっしゃるので、わざとそのようにしてございますのよ』とお答えになったのは、女房の宰相の君さんの声でした。おしゃれでしたね」）

（『枕草子』第一三七段「殿などのおはしまさで後」）

女房たちは気を緩めずに働いていたという。彼はそれを女房たちの装束に見取った。道隆の生前、中関白家が絶頂を極めていた頃、定子サロンは最も華やいでおり、文化の最先端にあった。その心構えを忘れず、たとえ定子が尼となり立場が凋落したといえども、秋にはちゃんと秋の季節に合った襲《かさね》色目《いろめ》の装束で装おう。そこに定子サロンらしい気骨が見て取れたと言うのである。だがこれは、経房が道長に近いことを意識して女房たちが殊更に見せつけた、いわば意気地であったかもしれない。平安文学研究者の赤間恵都子は「女房たちはわざと簾の端を開けて、経房に自分たちの怠りない装束姿をのぞかせた」のだろうとすら想像する（『歴史読み枕草子　清少納言の挑戦状』）。一方、前庭の雑草が伸び放題なのを彼に指摘されて「露を見るため」と答えたのは、事実ではあるまい。実際には下男などに逃げ出されて草の刈り手がいなかったからに違いないが、それを経房に言われたくはなかったし、頷《うなず》くわけにはいかなかった。だからむきになって言葉を返し、風流に言い繕ったのだ。女房たちはさらにこう続けた。

「（右ページから続いて）『御里居《さとゐ》、いと心憂《こころう》し。かかる所に住ませ給はむほどは、いみじき事ありとも、かならず候ふべきものにおぼしめされたるに、かひなく』と、あまた言ひつる、語り聞かせたてまつれとなめりかし。まゐりて見給へ。あはれなりつる所のさまかな。台の前に植ゑられたりける牡丹《ぼうた》などの、をかしき事」などのたまふ。「いさ。人のにくしと思ひたりしが、またにくくおぼえはべりしかば」といらへきこゆ。おいらかにも笑ひ給ふ。

（大意）

（「『清少納言さんがお暇《いとま》を取っているのは大層残念です。中宮様がこうした所にお住まいの折には、清少納言さんこそは何があろうと必ずお側《そば》にお仕えするものと、中宮様もお思いでいらっしゃるのに、そのお気持ちの甲斐もなく』と口々に言ったのは、私からあなたに伝えよということでしょうな。参上してご覧なさいな。しみじみしたお住まいでしたよ。台の前に植えられた牡丹《ぼたん》などのきれいなこと」などおっしゃる。「さあ、参上できますかどうか……。女房さんたちが私を憎いと思っているのが、私のほうでもまた憎らしいものですから」。私がそう答えると、彼はおっとりとお笑いになる）

（『枕草子』第一三七段「殿などのおはしまさで後」）

同僚たちは清少納言のことを口にのぼせ、非難したという。定子様が苦境にある時に、最も信頼の厚い清少納言こそ傍にいるべきなのに、定子様のお気持ちにも応えず引きこもっているとは何事か、と。言った意図は明らかだ。彼女たちは経房と清少納言の親しさを知っている。経房が定子の宮を訪ったこと自体、定子周辺の様子見のために清少納言が寄越したものと踏んだのだろう。ならば「私たちは怒っている」とはっきり言うから、清少納言にその通り伝えてほしい、ということである。経房は素早くそれを感じ取り、伝書鳩のように女房たちの言葉を伝えに来たのである。聞いた清少納言は、いじめられた日々を思い出した。たとえ里居を詰《なじ》られようとも、互いに確執を抱いたままのあの場所へは、今は到底戻れそうにない。定子のことは気に掛かって仕様がないが、同僚たちの疑惑の眼差しには堪えられず、出仕へと足が向かうことはなかった。

晩春の文《ふみ》

引きこもり始めてから長い時が過ぎた。幾度か季節が変わる間にも、定子は文で度々参上を促してきたが、清少納言は応えなかった。そのことがさらに同僚たちの疑惑を招き、すっかり敵側と見なされて根も葉もない噂《うわさ》まで立っているようだが、何も言い返しようがない。そんなある日、清少納言のもとに一通の文が届いた。

例《れい》ならず仰せ言などもなくて、日ごろになれば、心細くてうちながむるほどに、長女《をさめ》、文《ふみ》を持て来たり。

（いつもの「来なさい」という仰せも途絶えて、いよいよ孤独をかみしめていたある日のことだった。雑用係の女官が手紙を持ってきた）（『枕草子』第一三七段「殿などのおはしまさで後」）

それは、中宮からの内密の手紙だった。女官が辺りを憚《はばか》る様子からも特別な手紙であることが察せられ、清少納言は鼓動が激しくなるのを感じた。直々の「お叱りの言葉」かもしれない。いたたまれず、彼女はすぐに封を解いた。

胸つぶれてとくあけたれば、紙にはものも書かせ給はず、山吹《やまぶき》の花びらただ一重《ひとへ》を包ませ給へり。それに、「言はで思ふぞ」と書かせ給へる、いみじう、日ごろの絶え間嘆かれつる、みななぐさめてうれしきに。

（どきどきしてすぐに開けてみると、紙には何もお書きになっていない。山吹の花びらただ一ひらが包んであり、それに「言はで思ふぞ」との文字があった。ああなんて素晴らしいこと。何日もご連絡がなくため息ばかりだった私の心は、すべて癒やされて、嬉しさに満ちあふれた）

（『枕草子』第一三七段「殿などのおはしまさで後」）

山吹の花ひとひらに書いた文字。私たち現代人には謎としか思えない。だが清少納言は即座にその意を解し、喜びに心の晴れるのを感じたという。

定子が清少納言におくった花びらの意味はこうだった。まず、山吹の花ということ。当時、言葉遊びの世界で、山吹はしばしば「口無し」という言葉と対で使われた。染色で山吹色を出す時、クチナシを染料としたからである。「口無し」は無言の意味なので、今の状況では疑惑を受けても申し開きもせず黙っている清少納言を指す。つまり花びらは清少納言その人というわけだ。さらにそれが「ただ一重」であったことは、次の和歌に拠《よ》ると考えられている。

我が宿の　八重《やへ》山吹は　一重だに　散り残らなん　春の形見に
（我が家の八重山吹、ただ一重だけでも散り残ってほしいこと。春を思い出す、よすがとして）
（『拾遺和歌集《しゅういわかしゅう》』春　七二　よみ人知らず）

歌自体は行く春を惜しむだけのものだ。だが定子の状況を重ねる時、この歌は、清少納言に対する定子の思いを込めたものとなる。かつて定子の周囲は、春の盛りのように栄華に満ちていた。だが父が死に、事件があって、人生の春の名残は一つ一つ消えていった。「せめて清少納言、あなただけでもとどまってほしい、あの春の形見として」。定子は清少納言に忠誠を求めているのだ。

そして花びらに書かれた「言はで思ふぞ」の文字。これは次の古歌の一節である。

心には　下《した》ゆく水の　わきかへり　言はで思ふぞ　言ふにまされる
（心の内には秘めた思いが湧き返る。口にできず想《おも》う気持ちは、口に出すよりもずっと強いのだ）
（『古今和歌六帖《こきんわかろくじょう》』五　雑思　いはで思ふ　二六四八）

歌は恋の歌だが、やはり定子の状況を重ねると、下の句は「もの言わぬあなたこそ、かまびすしく言う者より真心が深い」という意味となる。確かに、清少納言が口を固く閉ざす一方、同僚たちはまことしやかに清少納言への疑惑を言い立てていた。それは一見、定子への忠義の行為のように見えながら、それが故に清少納言は引きこもり、定子は心労を余儀なくされた。つまり彼女たちは気遣いを装っているものの逆に職場の結束を弱めており、真に定子を慮っているとは言えない。

一方で、何も言わず耐えている清少納言こそが、定子への深い思いを貫いている。定子はそう判断し、清少納言をこそ信頼している、傍《そば》にいてほしいと告げたのだ。

ただ一枚の小さな花びらによって、定子は思いのたけを清少納言に伝え、清少納言はそれを受け止めて生きる力を取り戻した。悲劇的な状況のなかで、いやむしろだからこそ、純粋に二人の絆は強まったのだ。

原『枕草子』の誕生

政変が起こり定子が出家したのが、長徳二（九九六）年の五月。清少納言の引きこもりが始まったのがその年の秋。そして定子から山吹の花びらが贈られたのは、花の咲く季節からいって春のことだから、翌長徳三（九九七）年になる。引きこもりは半年以上に及んだのだ。

それにしても、定子から信頼されていることを知ったからといって、それだけで清少納言が即座に職場に復帰できたわけではあるまい。引きこもりのもともとの原因は同僚たちからの疑惑の目だったはずだ。第一三七段には、清少納言は定子の文に返事を出してからしばらくして復職したとある。その箇所には、緊張して几帳《きちょう》に体半分隠れる清少納言、それを見つけて「あれは新入りか？」と笑う定子に加え、同僚たちの様子も記されている。だがそこには、特に清少納言を拒んだり嫌ったりする雰囲気はない。推測するに、同僚たちに働きかけて清少納言への疑惑を解き信頼を回復させるような、何かがあったのだ。古典研究者たちは、その「何か」こそ『枕草子』の執筆、そして定子への献上であろうと考えている。

『枕草子』巻末の「跋文《ばつぶん》」は、この作品の成立について、次のように記している。以前に見た時と同様に、情報量の多い能因本《のういんぼん》の跋文で確認しよう。

この草子《さうし》は、目に見え心に思ふ事の、よしなくあやしきも、つれづれなる折に、人やは見むとする に思ひて書き集めたるを、あいなく人のため便《びん》なき言ひ過ごししつべき所々あれば、いとよく隠し おきたりと思ひしを、「涙せきあへず」こそなりにけれ。

(この草子は、私の目に見え心に思うことを、筋も通らずおかしなことも、寂しく家で過ごした折に、「誰も見るものか」と考えて、書き綴ったものだ。あいにく人様にとって不都合な言い過ごしになりそうな所もあるので、きちんと隠しておいたと思ったのに、「涙せきあへず洩《も》らしつるかな」という歌のように世間に洩らしてしまった)

(『枕草子』能因本「跋文」〈長跋〉)

「人やは見むとする(誰も見るものか)」だのと、まるで当初は人に見せるつもりではなかったかのように記しているのは文学作品にありがちな謙辞として、それよりも「つれづれなる折に」書き集めたという部分に注目したい。平安女流文学において「つれづれ」は、ただ暇を持て余しているだけの状態を言うのではない。精神の、孤独で満たされず物思いに沈んでいる状態を言う。疑惑に絡む休職期間、清少納言はまさしくそうした気持ちで自宅にいた。三巻本の「跋文」には、はっきり「里居のほどに」書いたとある。『枕草子』は清少納言の引きこもり中に書かれたのだ。

以前に「序章」でも見たとおり、跋文は『枕草子』の企画を、定子の兄・藤原伊周が定子に草子を献上した時に始まったものと記していた。もういちどそれを振り返ろう。

宮の御前《おまへ》に内《うち》の大殿《おとど》の奉《たてまつ》らせ給へりける草子を、「これに何をか書かまし」と、「上《うへ》の御前には史記《しき》といふ文《ふみ》をなむ、一部書かせ給ふなり。古今《こきん》をや書かまし」などのたまはせしを、「これ給ひて、枕にし侍《はべ》らばや」と啓《けい》せしかば、「さらば得よ」とて給はせたりしを、（以下、左ページへ続く）

（中宮様に内大臣様の献上なさった草子について、中宮様が「これに何を書こうかしら」とおっしゃり、「帝は『史記』という漢籍《かんせき》をお書かせになるということよ。こちらは『古今和歌集』を書こうかしら」とおっしゃったので、「これを頂いて、枕に致したいものですわ」と申したところ、「ならば受け取りなさい」と下さったのだ）

（『枕草子』能因本「跋文」〈長跋〉）

正暦《しょうりゃく》五（九九四）年八月から長徳二（九九六）年四月までの、伊周がまだ内大臣の職にあった時期のことである。『枕』というタイトルはこの時決まった。しかし執筆はすぐに始められたのだろうか。

「跋文」はこう続ける。

（右ページから続いて）持ちて、里にまかり出《い》でて、御前わたりの恋しく思ひ出でらるることあやしきを、故事や何やと、尽きせず多かる料紙《れうし》を書き尽くさむとせしほどに、いとど物おぼえぬことのみぞ多かるや。

（それを持って自宅に戻り、中宮様の御前が恋しく思い出されること狂おしいほどであるなか、故事や何やと書いて使い切れないほど大量の用紙を使い切ろうとしたものだから、訳のわからない記事ばかりでいっぱいになってしまったこと）

（『枕草子』能因本「跋文」〈長跋〉）

清少納言は冊子を持って自宅に帰った。そして定子の御前を恋しく思いながら執筆したという。この情報の限りでは、それ以前にいくらか書き始めていたのか、厳密なことは不明だ。だがいずれにせよ、集中的な執筆を開始したのはやはり引きこもりの時期だったのだ。この時書かれた最初の『枕草子』を、原『枕草子』と呼ぶことにしよう。

再び贈られた紙

『枕草子』には、自宅での引きこもり中に「草子」を作ったことを記す箇所が、他にもある。その第二五九段は、まず引きこもり前のエピソードに始まる。定子の御前で、同僚たちや定子との雑談の折、清少納言は次のように語ったことがあったという。

「世の中の腹立たしうむつかしう、片時あるべき心地《ここち》もせで、ただいづちもいづちも行きもしなばやと思ふに、ただの紙のいと白う清《きよ》げなるに、よき筆、白き色紙《しきし》、みちのくに紙《がみ》など得つれば、こよなうなぐさみて、さはれ、かくてしばしも生きてありぬべかんめりとなむおぼゆる」

(「私、世の中がむかむかするやら、むしゃくしゃするやらで、片時も生きていたくなくて『もう、どこでもいいから行ってしまいたい』と思う時でも、普通の紙の真っ白できれいなのに上質の筆、白い色紙や陸奥紙《みちのくにがみ》などが手に入ったら、すっかり癒やされてしまうんです。『まあいいか。もう少しこのまま生きていてみようかな』なんて気になってしまいます」)

(『枕草子』第二五九段「御前にて人々とも、また物仰せらるるついでなどに」)

どんなに気分が塞いでいても、白い紙やブランド品の紙さえ手に入れば立ち直れる。紙への偏愛を口にした清少納言に、定子は「大層簡単なことで気が休まるのね」と笑い、同僚たちも「お手軽な悩み封じですこと」と言っていた。ところがその冗談が、ある時本当になる。

さて後《のち》ほど経て、心から思ひ乱るる事ありて、里にあるころ、めでたき紙、二十を包みて給はせたり。仰せ言には、「とくまゐれ」などのたまはせて。(中略)まことに、この紙を草子に作りなどもてさわぐに、むつかしき事もまぎるる心地して、をかしと心のうちにもおぼゆ。
（それからしばらく経って、私が心底思い悩むことがあって自宅に引きこもっていた時、中宮様は上等な紙を二十枚包んで、送って下さった。お手紙には「早く出てきなさいね」と仰せになって。〈中略〉本当に、この紙を冊子に仕立てるなどして忙しくしていると、嫌なことも紛れる気がして、内心、我ながら「おかしな私」と思ってしまった）

（『枕草子』第二五九段「御前にて人々とも、また物仰せらるるついでなどに」）

定子と仕事を愛した清少納言が「心から思ひ乱るる事」のために自宅に引きこもるなど滅多《めった》にあったことではないので、これは長徳の政変後の秋、同僚から疑惑を受けて引きこもった折のことを指すと考えられている。定子はかつての清少納言の言葉を覚えていて、極上の紙を贈ってくれた。清少納言はそれを「草子」に仕立てているうちに、本当に気分が晴れたのだった。

「跋文」と第二五九段を合わせると、紙は二度贈られたことが分かる。最初は道隆が関白として構え、伊周も栄えていた定子サロンの全盛期。その時点で『枕草子』を書く命令は受けていた。だが忙しい宮仕えの日々、本格的な執筆にはなかなか取り掛かれない。やがて政変が起き、清少納言は自宅へと引きこもったが、あの草子は忘れず携えていた。定子からの執筆命令は心に固くあったのだ。とはいえ疑惑を受けいじめられた精神状態では、やはり執筆は進まなかっただろう。ところがそこへ二度目の紙が届き、清少納言の胸を熱くした。清少納言に、「今こそ書かなくては」という思いがこみあげる。つまり、この二度目の紙を下賜《かし》された時こそが『枕草子』の本格的執筆の始まりである。一度目に下賜された分厚い冊子は、まだほとんど手つかずのまま手元にある。二度目の紙も清少納言は冊子に仕立て、書き継げるようにした。それらに、定子の御前を恋しく思い出しながら、「目に見え心に思ふ事」を様々に書き付けた。こうして、原『枕草子』は誕生したのである。

第二五九段は、清少納言が定子に紙への返礼の文を書いておくったと記している。ところがそれは、御前の高欄《こうらん》に密《ひそ》かに置かせようとしたものの、まごついた使いが下に落として紛失してしまったという。「書いたものが失せたという記述は、執筆とかかわって述べられることが多い」とは平安文学研究者・松尾聰と永井和子の指摘することだ。故意に発表したのではないという謙辞である。つまり、この「二度目の紙への返礼」こそが、原『枕草子』そのものであったというわけだ。

おそらくこれに呼応するとおぼしい内容が「跋文」にある。「跋文」末尾の、原『枕草子』が世間に流布した経緯を記した箇所である。それによれば、ある貴族が清少納言を訪った際、清少納言が敷物を差し出したところ、上に偶然『枕草子』が載っていて、御簾の外にすっと出てしまった。あわてて取り入れようとしたが、客はそのまま草子を取り上げ、持ち帰ってしまった。それ以後、作品は世の中に知られるようになったという。ところがこの貴族というのが、源経房、つまり先に第一三七段「殿などのおはしまさで後」で清少納言を訪い、職場復帰を促していた人物なのである。

「跋文」は、清少納言が作品を故意に経房に渡したのではなかったように記す。だが、もちろんこれも謙辞である。経房はかつて、まるで伝書鳩のように定子の宮から清少納言の自宅に渡り、御前の女房たちの言葉を清少納言に伝えていた。定子たちの状況も清少納言の気持ちも彼なら理解してくれている。そんな彼にこそ、定子からの下命に応え定子への思いをこめた作品を、清少納言は託したのだ。そしてここからが第二五九段、使いとなった彼は、作品を定子御前のどこかに置いた。女房たちを介するのではなく、密かに必ず定子のもとに渡るような形で献上しおおせたのである。跋文が記す彼の官職から推して、長徳二（九九六）年中のことだった。

想像しよう。長く引きこもっている清少納言。定子は何度か使いを送り、勇気づけようとした。清少納言は裏切ってなどいないと信じていたからだ。ふと思い出し、清少納言の好きな紙を贈った。するとやがて、手元に一冊の冊子が密かに届く。題は『枕草子』。兄が栄華の極みにあった時、『古今和歌集』の向こうを張る意気込みとともに、定子が清少納言に執筆を下命した作品だ。今こそ清少納言は応えたのだ。中関白家が倒れ権威は地に落ち、何もかも失ったかのように思われたこの時に。今度は定子の心に熱いものがこみ上げただろう。かつてのプライドを思い出し、うつむいた顔を上げることができただろう。打ちのめされた定子に生きる力を取り戻させたのは、この作品だったかもしれない。

定子は、原『枕草子』を読み終えると、それを女房たちに見せたに違いない。そして清少納言への疑惑を払拭《ふっしょく》させ、女房たちは清少納言への信頼を取り戻した。原『枕草子』はそうした作用を惹き起こす力を持った作品だったのだ。女房たちが清少納言を再び迎え入れる雰囲気に転じるのを見計らって、定子はあの山吹の文をおくった。暗号めかしたのは、清少納言の原『枕草子』献上が密かな方法だったことへのお返しである。「せめて清少納言、あなただけでもとどまってほしい、あの春の形見として」。

この思いは、定子の人生の春の遺産である原『枕草子』を書きおおせた作家・清少納言に対する、定子の心からのメッセージだったのだ。

なお、定子が清少納言に二度目の紙をおくった時期が特定できないので、原『枕草子』の執筆の厳密な期間ははっきりしない。だが経房が定子の様子を清少納言に報告したのが長徳二（九九六）年の秋、彼が原『枕草子』を清少納言から受け取り定子に届けた下限がその年末であるから、執筆にかけた時間はわずか四、五カ月程度である。強い意欲とよほどの集中力をもって書いたものと推測するが、期間を考えれば分厚い冊子二冊分のすべてを埋めるには至らなかっただろう。この時、原『枕草子』を書き切れずに残った紙が、やがて定子亡き後、五月雨《さみだれ》式に書いては発表された第二期『枕草子』や、その後の現行『枕草子』への編集作業にも役立てられたと考えると、さしたる経済的後ろ盾のない退職後の清少納言が第二期『枕草子』の執筆を継続できたことと辻褄《つじつま》が合う。

原『枕草子』の内容

一読で同僚たちの疑いを晴らしただろう、原『枕草子』。その内容はどのようなものだったのか。能因本跋文には「目に見え心に思ふ事」とあるので随想的章段があったらしいし、また「故事や何やと」ともあるので知識を挙げたりそれについて述べたりした内容もあったとおぼしい。一部、日記的章段もあったかと推測されている。しかし現在私たちはそれを一つの作品として目にすることはできない。『枕草子』はその後も断続的に書き継がれ、最後には清少納言自身によって文章の加筆や手直し、章段の並べ替えなど編集の手が加えられて、今の形になったと考えられるからである。だが、もしもこれが原『枕草子』に書かれていたならば同僚たちの心を動かしたに違いないと思われる章段を、現在の『枕草子』の中から見出すことはできる。まさにその位置も、紙をもらったことを記す第二五九段の直前、第二五八段の「うれしきもの」である。

この章段は、嬉しいこと十七項目を列挙している。その中に次の記述がある。

うれしきもの。（中略）みちのくに紙、ただのも、よき得たる。

〈嬉しいこと。〈中略〉陸奥紙でも、ただの紙でも、上質なのを手に入れたこと〉

（『枕草子』第二五八段「うれしきもの」）

もしこれが引きこもりの時期に執筆した原『枕草子』にあったとするならば、まさしく紙をもらったことへの御礼言上にほかならない。紙の贈り主への返礼として、その紙に書いた文章の中で感謝を告げる。定子がいつも女房たちに指導してきた、状況に応じて趣向を工夫する「当意即妙」の機知が、ここには見て取れる。読んで定子は思わず笑ったことだろう。

「うれしきもの」には、他に次のような嬉しさも挙げられている。

遠きところはさらなり、同じ都のうちながらも隔たりて、身にやむごとなく思ふ人のなやむを聞きて、いかにいかにとおぼつかなき事を嘆くに、おこたりたるよし消息《せうそこ》聞くもいとうれし。
（遠い所はもちろんだが、同じ都の中であっても離れた所で、私の心から大切に思っている人が体に不調を抱えていると聞き、大丈夫か大丈夫かと不安でため息ばかりついていたところ、無事回復したという連絡をうけたのも、本当に嬉しい）

（『枕草子』第二五八段「うれしきもの」）

清少納言が定子のもとを離れて引きこもった時、定子は懐妊していた。初めてのことで、ただですら不安であっただろうに、一家の没落、自宅の火事に加え、母の貴子《きし》を十月に喪《うしな》うという不幸が続き、精神状態は憔悴《しょうすい》を極めていただろう。出産は長徳二（九九六）年十二月十六日、生まれたのは皇女だった。それを記す『日本紀略《にほんきりやく》』（同日）は、「懐孕《くわいよう》十二月と云々」と書き添えている。妊娠十二カ月での出産という意味だ。にわかには信じがたいことだが、ともかく出産は予定日から大幅に遅れたのである。清少納言は同じ都のうちにいながら定子の傍にいられず、何もできないまま、さぞや気を揉《も》んでいたことだろう。それが無事出産と聞き、どんなに嬉しかったか。この記述はそうしたことを想像させる。もしも同僚たちが原『枕草子』でこの一文を目にしたなら、清少納言への不信は揺らぐのではないか。

また、この章段の末尾に清少納言が挙げるのは、次の「うれしきもの」である。

御前《おまへ》に人々所もなくゐたるに、今のぼりたるは、すこし遠き柱もとなどにゐたるを、とく御覧じつけて、「こち」と仰せらるれば、道あけて、いと近う召し入れられたるこそうれしけれ。

（中宮様の御前に、女房さんたちが人ひとり入り込む隙間もなくお控えの時、今しがた局《つぼね》から参上したばかりの私が、少し遠い柱の辺りに座っていると、中宮様がすぐに見つけて「こちらへ」と声をかけて下さる。すると人混みの中にさっと道があき、私は中宮様のすぐ傍でお仕えできてしまう。これこそが私の嬉しいことだ）

（『枕草子』第二五八段「うれしきもの」）

清少納言はここで、定子に仕えることこそが自分の喜びだと明言している。これを同僚たちが読めば、道長への寝返り疑惑は払拭されるに違いない。清少納言が引きこもりの中で書き、定子のもとに贈った原『枕草子』は、この現在の「うれしきもの」に痕跡をとどめているのではないだろうか。

伝書鳩・源経房

さて、定子と清少納言を襲った悲劇から原『枕草子』の誕生までを追ってきたこの長い章の最後に、どうしても記し添えておかなくてはならないことがある。この悲劇のさなかに定子御前と清少納言の自宅とを伝書鳩のように行き来した人物、源経房についてである。

前にも記したように、経房は姉の明子が藤原道長の第二夫人で、その意味では道長に近かった。だがそれだけではない。彼は源高明《たかあきら》の息子なのである。源高明は、醍醐《だいご》天皇の皇子ながら母が身分の低い更衣《こうい》であったため、七歳で源の姓を賜《たまわ》り臣籍《しんせき》に降下した。後に紫式部が『源氏物語』の光源氏を造型した時には、必ずや高明を参考にしたに違いないと考えられている人物である。高い能力を持ち、人望も勝ち得て出世した高明は、左大臣の要職についた。だが安和《あんな》二（九六九）年、いわゆる「安和の変」で、藤原一族が他氏を排斥し権力を独占するための謀略に足をすくわれた。左大臣の職を解かれ、大宰権帥として左遷されたのだ。その時、京中はものものしい気配に包まれ、高明は出家までして恭順の意を示したが、許されなかった。また事件後、高明の家は火事でほとんど全焼した（『日本紀略』同年三月二十五日・二十六日・四月一日）。

経房は安和二年生まれ、つまりまさに変の年に誕生したので、事件を覚えてはいるまい。父が流された時には、まだ母の胎内にいた可能性もある。母が藤原氏だったので、その後は藤原氏の庇護《ひご》を受けて成長した。とはいえ、昨日の栄華が今日は崩れ去る悲哀は、「零落《れいらく》した家の子」として生き続けた彼の心中に刻みこまれていたと想像できる。父は謀略の被害者、伊周は愚かさによる自滅との違いはあれ、経房は長徳の政変で目の当たりにした中関白家の悲劇に自らの一家の悲劇を重ね、定子らに思いを致していたのではないか。だからこそ傷心の定子を見舞い、また清少納言のもとを訪って、優しくも両者を結ぶような働きを見せたのではないか。

記憶のネットワークが人のネットワークになり、それが原『枕草子』の誕生を促した。『枕草子』はこの数年後、定子の崩御《ほうぎょ》を受けて再び動き出すが、実はその時にも、もう一度同じことが起きる。今度はさらに大きく、社会全体を巻き込むことになるのである。

【第九章】　人生の真実

「もの」章段のテクニック

『枕草子』の中でも清少納言の真骨頂というべきは、「〜もの」という形の類聚《るいじゅ》的章段ではないか。「うれしきもの」や「ありがたきもの」など一つのいわば「お題」を設定して、それにあたる物事や状況を挙げる。そう、これはまるで「大喜利《おおぎり》」の言葉遊びなのだ。ひねりがあったり、なるほどと思わせたり、時にはしみじみさせたり。引き込むテクニックも話芸さながらだ。だがそれだけではない。ささやかなものから深いものまで、そこにあるものはすべて真実を言い当てている。

例えば次の段。

はしたなきもの。
こと人を呼ぶに、わがぞとさし出《い》でたる。物など取らする折はいとど。
おのづから人の上《うへ》などうち言ひ、そしりたるに、幼き子どもの聞き取りて、その人のあるに言ひ出でたる。

（きまりがわるいこと。

別の人が呼ばれた時に、自分だと思って出てしまったこと。何か貰える時だったりしたら、特に。

たまたま人の噂《うわさ》などしていて悪口を言った時に、小さな子が聞いていて、後で本人のいる前で口に出したこと）

（『枕草子』第一二三段「はしたなきもの」）

これを読んで思わず顔に笑いの浮かばない読者はいないだろう。私は漫画の「サザエさん」が頭に浮かぶ。いかにもおっちょこちょいな彼女がしそうなことではないか。呼ばれたと思い込んでぱっと出たら間違いだったという、引っ込みのつかなさ、恥ずかしさ。特に物が絡んでいる場合は、いかにも物欲しそうなところを見せてしまったようで、顔から火が出る。人の陰口についての失敗も、現代でもありそうなことだ。こうした日常のありがちな場面を再現して見せてくれるものを「ある、ある」系と名付けよう。


にくきもの。

いそぐ事ある折に来て、長言《ながごと》するまらうど。あなづりやすき人ならば、「後《のち》に」とてもやりつべけれど、心はづかしき人、いとにくくむつかし。

（憎らしいもの。

急用がある時に来て長話をする客。気を使わなくていい人なら「後で」と追い払うこともできるのだが、立派な人の場合は本当に憎らしくて面倒だ)

(『枕草子』第二六段「にくきもの」)

これまた、「ある、ある」系である。千年の時を超えて、いらつく心が手に取るようにわかる。現代ならばさしずめ、取り込み中に鳴る携帯電話か。着信画面で発信者の名を見て、上司だとか姑《しゅうとめ》だとかだったので思わず出てしまい、頭をぺこぺこ下げながら、「早く終わってくれないか」と願う気持ち。

こうした間抜けな失敗や心の中の舌打ちなどは、おそらく誰もが似た記憶を持っている出来事である。それを指し示す「ある、ある」系の手法は、読者の共感を誘って笑わせる方法と言える。共感が醸し出すのは親しみである。「サザエさん」もそうだが、『枕草子』が古典作品ながら小難しく取り澄ました印象を持たないことには、清少納言や定子のキャラクター以外に、類聚的章段にちりばめられたこの親しみやすさも一役買っていよう。

では同じ「にくきもの」から、その真打ちを一つ。

眠《ねぶ》たしと思ひて臥《ふ》したるに、蚊《か》の細声《ほそごゑ》にわびしげに名のりて、顔のほどに飛びありく。羽風《はかぜ》さへその身のほどにあるこそ、いとにくけれ。

(眠いと思って横になっていたら、蚊が小さな声でわびしげに「ぶーん」と名乗って、顔の辺りを飛び回ること。小さな虫なりに羽風まであるのが、本当に憎らしいったら)

（『枕草子』第二六段「にくきもの」）

説明は不要だろう。一つだけ、蚊が名のるというのは駄洒落《だじゃれ》である。「蚊」の字の音読みは？「ブン」。その音のとおり、蚊は「ブーン」と飛んでくるではないか。

緩急と「ひねり」系・「はずし」系

笑いは緊張と緩和から生まれると、昭和の落語家は言ったという。ではこれは？

心ときめきするもの。
雀の子飼《こがひ》。ちご遊ばする所の前わたる。
よき薫物《たきもの》たきて一人臥《ふ》したる。

〈胸がどきどきするもの。
雀の子を飼うこと。〈ちゃんと育つかしら？〉。人が子どもを遊ばせている場所の前を、牛車《ぎっしゃ》などで横切ること。〈ぶつかって怪我をさせたらどうしようと、はらはらしてしまう〉
上等のお香を焚《た》いて、一人で横になっていること〉（『枕草子』第二七段「心ときめきするもの」）

「心ときめき」。心臓がどきどきするといっても、いろいろある。雀を飼う時や、動き回る子どもの近くを牛車で通る時に感じるのは「はらはら、どきどき」の動悸《どうき》だ。一方、香を燻《くゆ》らせて感じるのは、「わくわく、どきどき」の楽しいときめきだ。「はらはら」を二度続けておいて、唐突に「わくわく」に転じる。この緩急の変化が、読者の微笑みを呼ぶ。なお、右の続きには「唐鏡《からかがみ》のすこし暗き、見たる」とある。舶来《はくらい》ながら少し暗く映る鏡を覗き込むことの、どこが心ときめくのか？　女性も男性も中年を過ぎれば、鏡は映りすぎないほうがいいのだ。見たくないものを見せないでくれる優しい鏡を覗き込めば、心はやはり「わくわく」するのである。これなどは、少し考えてからにんまりさせる「ひねり」系と言えるだろう。

では、次はどうだろう。

物のあはれ知らせ顔なるもの。
鼻垂《た》り、間《ま》も無うかみつつ物言ふ声。
眉ぬく。

（「あはれ」ということを教えてくれる様子のもの。
鼻水が垂れ、それをひっきりなしにかみながら話す時の声。
眉を抜くこと）

（『枕草子』第八一段「物のあはれ知らせ顔なるもの」）

「人の、物のあはれを教えてくれる様子」などというお題から、読者は何かしみじみした答えを期待する。ところが作品が言うのは、まずは鼻風邪をひいた時の声だ。鼻水をかみつつ話す声は、確かに涙声と同じ声である。ちっとも「あはれ」ではないが、答えとしては正しい。これは「はずし」系と命名しよう。同じものを「ずらし」や「いなし」と呼ぶ研究者もいる。そして「眉ぬく」は？　これに笑った読者は、実際に眉毛を抜いたことのある人に違いない。もしどうしてもわからなければ、ためしに抜いてみればよい。たちまち眉間に皺《しわ》が寄り、目は涙目に。その表情のまま鏡を見れば、そこには「物のあはれ」をしみじみと感じている時と寸分違《たが》わぬ顔のあなたがいることだろう。「はずし」系は、お題が普通に想像させるものから、遠くひき離してはずすほど面白い。そのギャップが、「やられた」という笑いに読者を誘うのだ。

「なるほど」系と「しみじみ」系

ああ、そのとおりだ。確かに世間って、そして人生って。そううなずかせてくれるのが「なるほど」系、そのうえでやがて心にじんわりと深いものが残るのが「しみじみ」系である。「なるほど」系には辛口のものが多く、教訓も与えてくれる。

人にあなづらるるもの。
築地《ついぢ》のくづれ。
あまり心よしと人に知られぬる人。

（人にばかにされるもの。
土塀の崩れ。
あまりにもお人よしと知れ渡った人）
（『枕草子』第二五段「人にあなづらるるもの」）

これを読んだからには、即座に家の外に出て、土塀ならずとも雨どいの外れた箇所とか、抜くのをサボったためにそこそこ伸びている雑草とか、外観のしょぼくれた箇所がないか、点検しようという気になる。また日常で人に逆らわない生き方をしているならば、その余り人から軽く扱われていないか、少し自分を見直す気になる。「なるほど」系は、世知《せち》の真実のようなものをずばりと突いてみせるのだ。ほかには「ありがたきもの（滅多《めった》にないもの）。舅《しうと》にほめらるる婿。また、姑《しうとめ》に思はるる嫁の君」（第七二段）。基本的に婿取り婚だった当時は、磯野家のマスオさんのように夫が妻の家族と同居した。マスオさんは波平さんとうまくやっているが、実際には平安時代以来、娘の夫をついつい「いけすかない奴」と思ってしまう父親も多いことを、千年前の古典から改めて教えられる。嫁姑問題も同様だ。同じ「ありがたきもの」の段には、「つゆの癖なき（一つの欠点もない人）」も挙がっていて、深くうなずかされる。一つや二つの欠点は誰もが持っている。完璧な人間は存在しない。
「なるほど」系の言い当てる真実が胸を打つ時、私たちは人の世や人間というものについて考えさせられる。例えば、次のように。

遠くて近きもの。
極楽。舟の道。人の仲。
（『枕草子』第一六一段「遠くて近きもの」）

生きていれば、やがて死はやってくる。『伊勢物語《いせものがたり》』最終段の、色好みでならした主人公の男の辞世が思い出される。

つひにゆく　道とはかねて　聞きしかど　きのふけふとは　思はざりしを
（結局逝《ゆ》くことになる道だとは前々から聞いてはいたけれど、昨日今日のこととは、思ってもいなかったよ）
（『伊勢物語』第一二五段）

これら古典たちが言うとおり、極楽はこの世と隣り合わせなのかもしれない。遠いと思っていた場所に、舟に乗ればすぐに着くように。そして人の仲。掲げたのは初稿本とされる三巻本の本文だが、その推敲本とされる能因本《のういんぼん》はこれを「男女の仲」と記す。確かに、ふとしたきっかけで近づき、いつしか結ばれてしまうのが、男と女というものかもしれない。短いながら含蓄のある文章に、読者は様々な思いを掻き立てられる。それは普遍的な真理に触れた時の思いである。これが「しみじみ」系だ。
人の世の真理で、おそらく最も痛切なものは「無常」であろう。『枕草子』はそれを次のように語る。

ただ過ぎに過ぐるもの。
帆《ほ》かけたる舟。
人の齢《よはひ》。
春、夏、秋、冬。

（『枕草子』第二四二段「ただ過ぎに過ぐるもの」）

ただもう、どんどん過ぎてゆくもの。人は最初、その速さに気づかない。だがふと気付くとこんなに過ぎ去っているのだと驚く。最初の「舟」のジャブに油断していると、虚を衝《つ》いて「人の齢」と来て、読者は心をわしづかみにされる。これは真理でしかない。誰も老いからは逃れられない。気が付いたら年をとってしまっている。親も、子も、そして自分自身も、大切な人も。時間とは何とかけがえのないものだろう。そう思う心に、『枕草子』は「春、夏、秋、冬」と畳み掛けるのだ。

人生を、大事に生きよう。一瞬一瞬が、かけがえがない時間なのだ。こんなにささやかな言葉たちでもって読者を深々とした思いに至らせてくれる『枕草子』は、優しい作品でもあるのだ。この読後感を、定子もきっと心に抱いたに違いない。

【第一〇章】 復活

職の御曹司へ

長徳《ちょうとく》二（九九六）年、政変での定子《ていし》の出家により后妃《こうひ》不在となった一条《いちじょう》天皇のもとへは、その年のうちに早くも二人の女御《にょうご》が入内《じゅだい》した。承香殿女御《しょうきょうでんのにょうご》こと右大臣藤原顕光《ふじわらのあきみつ》の娘・元子《げんし》と、弘徽殿女《こきでんのにょう》御《ご》こと大納言《だいなごん》（のち内大臣《ないだいじん》）藤原公季《きんすえ》の娘・義子《ぎし》である。時の最高権力者である左大臣藤原道長《みちなが》の娘・彰子《しょうし》は九歳の幼さで、まだ入内はできなかったが、やがて入内することは目に見えていた。そうなった時には、一条天皇の後宮《こうきゅう》には、公卿《くぎょう》のそれぞれ一番目、二番目、三番目という父を持つ女御が居並ぶことになる。もしも一条天皇が平安時代の通常の天皇と同様に、自らの結婚を政務の一環と考えていたならば、この三人のみをもって十分としたに違いない。離別した定子の人生は、もと中宮であった尼僧《にそう》として、女一宮脩子《おんないちのみやしゅうし》を育てつつ、静かな余生を送るものとなったことだろう。

だが一条天皇はそうさせなかった。彼は定子を忘れることができなかったのだ。長徳三（九九七）年六月二十二日、彼は定子の身柄を「職《しき》の御曹司《みぞうし》」に移した。「職の御曹司」とは、中宮のための事務一切を司《つかさど》る中宮職《ちゅうぐうしき》の庁舎である。通り一つ隔てて内裏《だいり》の外側にあるので、内裏に入る「入内」とは言えない。だがこれは誰の目から見ても、実質的な中宮復帰への予備的措置、有り体に言えば二人の逢瀬《おうせ》への地ならしであった。貴族たちはこれに激しく反発した。

今夜、中宮、職《しき》の宮司《みやづかさ》に参り給ふ。天下《てんか》、甘心《かんしん》せず。彼《か》の宮《みや》の人々、出家し給はずと称すと云々。はなはだ希有《けう》の事なり。

(今夜、中宮が中宮職の御曹司にお入りになる。誰が甘い目で見るものか。中宮付きの者たちは、中宮は実は出家なさっていないなどと言っているとか。実にありえないことよ)(『小右記《しょうゆうき》』同日)

貴族たちが「甘心せず」とした理由は、定子の出家だった。もちろん、定子の実家が罪人を出し零落《れいらく》していることもあるが、その点で突かれないようにと、一条天皇は既に四月には伊周《これちか》と隆家《たかいえ》の二人を恩《おん》赦《しゃ》し、流刑地《るけいち》から呼び戻していた。だがいかんせん、定子自身の出家の事実は払拭《ふっしょく》できなかった。皇室のよって立つ宗教は神道であり、中宮は日常から率先して様々な祭祀《さいし》を行わなくてはならない。だが仏教の専門家である尼は、神から異教の者として嫌われ、祭祀ができない。それが疵《きず》になると分かっていたので、中宮職の職員らは「実は定子様は出家なさっていない」などと口にして、なかったことにしてしまおうという魂胆をちらつかせた。だがそれが姑息《こそく》な嘘であることは明らかだった。

この時から定子は、后《きさき》として第二の人生を歩み始めることとなった。かつて中関白家《なかのかんぱくけ》を後見《うしろみ》とし華々しく輝いていた中宮定子が、今や中宮としての適格性を欠くと世から批判される中宮となったのである。それだけではない。不適格であるにもかかわらず最も天皇の寵愛《ちょうあい》を受け、やがて男子を産み、非業《ひごう》の死を遂げることになる。こう記せば、即座にある物語の登場人物が想起されることだろう。『源氏物語』。その冒頭に登場する、光源氏《ひかるげんじ》の母親・桐壺更衣《きりつぼのこうい》である。彼女は父を亡くし実家も没落して、キサキとしての適格性を欠いていたにもかかわらず帝《みかど》から溺愛され、世間の非難を浴びた挙げ句に光源氏を遺して死んだ。私は、この更衣は定子を準拠《じゅんきょ》としたものと考えている。定子が后復帰以後に歩んだ苦難の道と死に立脚し、結果的には悲劇に終わった一条天皇と定子の愛を見据えて、『源氏物語』冒頭は描かれた。そのテーマは、一つには政治と愛の対立、あるいは愛というもののもつ意図せざる暴力性である。だがここでは、そのことには深くは触れまい。言いたいのは、紫式部《むらさきしきぶ》は一条天皇と定子の純愛事件を、同時代の社会が直面した問題として真正面からとらえた、だが清少納言はそうしなかったということである。

端的に言えば、定子の后復帰に当たって清少納言の取ったスタンスは、さきの『小右記』に書かれた中宮付き職員らと同じであった。復帰を歓迎し、出家の事はなかったことにしようとしたのである。実際『枕草子』は、前にも触れたとおり、定子の出家に一言も触れていないばかりか、政変以降を描くときは尼僧となったはずの定子の髪の長さも装束《しょうぞく》も話題にしない。『枕草子』一つを読んでいる限りにおいては、まさに定子の出家は「なかったこと」なのである。だがそれでよいのだ。何度でも繰り返すが、『枕草子』は清少納言が定子に捧げた作品なのだから。現実主義者の紫式部が嘘と言おうが何と言おうが、清少納言は定子の第二の人生においても、定子は輝き、いつも笑っていたと書き続ける。それが、『枕草子』が『枕草子』であるということなのだ。

いきまく清少納言

定子が職の御曹司に入ったことを記した『枕草子』の章段を読もう。

職の御曹司におはしますころ、木立《こだち》などのはるかにものふり、屋《や》のさまも、高うけ遠けれど、すずろにをかしうおぼゆ。母屋《もや》は鬼ありとて、南へへだて出《い》だして、南の廂《ひさし》に御帳《みちやう》立てて、又廂《またびさし》に女房は候《さぶら》ふ。

近衛《このゑ》の御門《みかど》より左衛門《さゑもん》の陣《ぢん》にまゐり給ふ上達部《かんだちめ》の前駆《さき》ども、殿上人《てんじやうびと》のは短ければ、大前駆《おほさき》・小前駆《こさき》とつけて聞きさわぐ。あまたたびになれば、その声どももみな聞き知りて、「それぞ、かれぞ」など言ふに、また、「あらず」など言へば、人して見せなどするに、言ひ当てたるは、「さればこそ」など言ふも、をかし。

(中宮様が中宮職の御殿《ごてん》にお住まいの頃。木立などが年代物で、建物も屋根が高くて愛想がないけれど、妙におもしろい気がする。母屋には鬼がいるということで、南側に間仕切りを設け、母屋でなく南の縁《えん》に近い間に中宮様の御座所を作って、私たち女房はさらにその南側に陣取る。

この御殿は、すぐ南側が近衛の御門から左衛門の陣へと続く通勤路で、内裏に行かれる公卿《くぎょう》や殿上人の行列が通ってゆく。先頭は先払いで「おーし」「おし」と声をかけて行くのだけれど、公卿様の行列は先払いの声が長く、殿上人のは短い。それで「大先払い」「小先払い」と名前をつけて、聞こえるたびに女房たちは大騒ぎだ。何度も聞くうちに行列ごとの声の聞き分けがつくようになって、「あの方の行列よ」「この方だわ」などわいわい言い合う。それをまた「いいえ違うわ」なんて言う人も出てきて、わざわざ人をやって確かめさせたりし、当たった女房は「やっぱりそうでしょう」と威張《いば》ってみせるなどというのも楽しい）

（『枕草子』第七四段「職の御曹司におはしますころ、木立などの」）

職の御曹司は内裏を二重に取り巻く塀の外側の、官庁街に出た所にある庁舎である。もとより人が住むようには作られていないが、それにしても母屋に鬼がいたとは何ということだろう。ちなみに鬼とは怪物のことではなく、隠れていて姿の見えない邪悪なものの一般の意である。怨霊《おんりょう》など幽鬼《ゆうき》を代表とするが、現代の私たちが病気の原因として菌やウイルスなどと名付けているものも、平安時代には立派な鬼と見なされた。職の御曹司の母屋を占領していた鬼の正体は不明だが、近寄らないに越したことのないものであることは確かだ。そのため定子は南廂《みなみびさし》に住まったという。一般に南廂の間は、南北の幅が柱間《はしらかん》ひとつ分、実測では御殿によるが三メートル前後である。東西の幅は、国文学者・萩谷朴の想定では柱間三つ分の約九メートル。ほんの十七畳ほどの狭さで、かつて定子のものだった内裏後宮の梅壺《うめつぼ》の母屋の三分の一にも満たない。だがこの手狭な場所に、定子はこの後二年以上滞在することになる。

それにしても、清少納言たち女房は元気いっぱいに描かれている。築地塀《ついじべい》の外を公卿や殿上人《てんじょうびと》が通るたびに大騒ぎするのは、セレブや内裏の賑《にぎ》やかな息吹を久しぶりに身近に感じることができたからだろう。やがては誰の行列かあてっこするゲームまで始めるなど、「住めば都」といわんばかりのはしゃぎ方だ。

有明《ありあけ》のいみじう霧《き》りわたりたる庭に下《お》りてありくを聞こしめして、御前《おまへ》にも起きさせ給へり。うへなる人々の限りは出でゐ、下りなどして遊ぶに、やうやう明けもて行く。「左衛門の陣にまかり見む」とて行けば、我も我もと問ひ継ぎて行くに、殿上人あまた声して、「なにがし一声秋《いっせいのあき》」と誦《ず》して参る音すれば、逃げ入り、物など言ふ。「月を見給ひけり」などめでて歌よむもあり。夜も昼も殿上人の絶ゆる折なし。上達部まで参り給ふに、おぼろけに急ぐ事なきは、かならず参り給ふ。

（夜明け前、霧の立ち込めた庭を散策すると、物音を聞きつけて中宮様も目をお覚ましになる。女房がみんな縁に出たり庭に下りたりして遊ぶうちに、やがて辺りは明るくなってくる。「左衛門の陣に行ってみましょう」と私が言えば、聞きつけた女房たちが我も我もと後に続く。と、向こうから大勢の殿上人たち。「なにがし一声の秋」と高らかに朗詠《ろうえい》を吟じながらやって来る声がする。私たち中宮職の女房がお目当てなのだ。私たちはあわてて御殿に逃げ帰り、仕事モードに戻って応対する。「月を見ていらっしゃったのですね」など感心して、歌を詠む殿方もいる。夜も昼も、殿上人の来訪は絶えることがない。公卿方まで、特に急ぎの用がなければ必ず立ち寄って行かれる）

（『枕草子』第七四段「職の御曹司におはしますころ、木立などの」）

この章段は、長徳元（九九五）年に定子の父の道隆《みちたか》が亡くなり、喪中の定子が女房たちを連れて太政《だいじょう》官《かん》の朝所《あいたどころ》に仮住まいした折のことを記した第一五五段「故殿《ことの》の御服《おんぷく》のころ」に、内容がよく似ている。太政官の朝所も職の御曹司と同様に狭く、鬼ならぬムカデや蜂のいる恐ろしい場所だった。だが女房たちは珍しがって庭に下り、この章段と同じく辺りを歩き回った。また殿上人が毎日やって来て夜も居座り、「思ってもみたものか、太政官の地が今や、夜勤ならぬ夜遊びの場になろうとは」と歌った。この段を読んでいると、それが思い出されてならない。清少納言は、明らかに二つの章段をパラレルに描いている。太政官の朝所と職の御曹司、場所は変わったが他は変わらない。二つの章段の間には長徳の政変があり一時期ごたごたしたものの、その後でも女房たちは変わらず絶好調だし、殿上人たちの風流の相手として、やはり文化の最前線にいた。清少納言はそう言いたいのだ。

そのことはあながち作り事ではなかった。いや、後になって振り返ってみれば、むしろ貴族たちの記憶に残る事実であったと思われる。なぜならば、これから十年以上を経た寛弘《かんこう》七（一〇一〇）年、紫式部が『紫式部日記』に、次のように悔しげに記しているからだ。

「朝夕たちまじり、ゆかしげなきわたりに、ただごとをも聞き寄せ、うち言ひ、もしはをかしきことをも言ひかけられて、いらへ恥《はぢ》なからずすべき人なむ、世に難《かた》くなりにたるをぞ、人々は言ひ侍《はべ》るめる。みづからえ見侍らぬことなれば、え知らずかし。
（殿上人の方々は、「朝晩出入りして見飽きた宮中には、ちょっとした会話を小耳に挟んで気の利いた反応をするとか、風流な言葉をかけられて面目ある返答ができる後宮女房はなあ、実に少なくなったものよ」などと言っているようでございます。わたくしには見ることのできない昔のことですから、そんなこと本当かどうか存じませんけれどね）

（『紫式部日記』消息体）

「昔の後宮女房は良かった」。貴族たちはそう思うようになっていたという。そして、彼らの懐かしがる時代の事を紫式部自身は見ていないとも。ならばこれは清少納言ら定子の女房たちのことである。一条天皇の后妃とその女房集団の中で、寛弘二（一〇〇五）年頃に彰子に仕え始めた紫式部がまみえることができなかったのはただ一つ、長保《ちょうほう》二（一〇〇〇）年に定子の死によって解散した定子付き女房たちだからである。清少納言たちは、解散後も存在感を遺した。苦境の定子を支えながら職の御曹司で頑張った彼女たちは、長く忘れられない風流の手本となったのだった。

【第一一章】　男たち

モテ女子だった清少納言

女房《にょうぼう》は職場で手軽に男性と出会え、恋の機会にあふれた〈恋愛環境〉にあると、第七章「女房という生き方」で述べた。それは女房一般について言えたばかりでなく、清少納言にもあてはまることだった。

百人一首《ひゃくにんいっしゅ》などに描かれた清少納言の絵姿には横向きであるものがあり、それは不美人を描くときの方法なのだという。清少納言は『枕草子』の中で自分自身の容貌に自信がないと漏らしているので、それが不美人というレッテルを生んだのだろう。だが美人・不美人はさておき、清少納言は男性によくモテた。藤原道長《ふじわらのみちなが》からも和歌をおくられているし、例の長徳《ちょうとく》の政変の折に伊周《これちか》と隆家《たかいえ》を道長に売った人物・藤原斉信《ただのぶ》も、清少納言に男女の関係を迫っていた。結婚も知られる限り二度しているし、『枕草子』にはほとんど記されないものの『後拾遺和歌集《ごしゅういわかしゅう》』によれば、歌人として知られる藤原実方《さねかた》とは「人には知らせで絶えぬ仲（人知れず長く続いている関係）」であった。

これだけモテながら、不思議なことに清少納言は、男性関係が華やかだったとか、和泉式部《いずみしきぶ》のように魔性の女だったとかいうイメージには程遠い。それはやはり私たちが『枕草子』から受ける印象のせいに違いない。きびきびした文章、断定口調、男性をやりこめるエピソードなど、『枕草子』の清少納言はむしろ〈男前〉な魅力にあふれていて、しっぽりとした情念を感じさせないのである。これはもちろん、一部は清少納言本来の性格によるものでもあろう。だが、それだけだろうか。本章では、清少納言が職場で関わった二人の男性をとりあげて、清少納言が彼らとの間柄を『枕草子』に記したことの意味を考えてみたい。

橘則光

橘則光《たちばなののりみつ》は、清少納言が十代の頃、最初に結婚した相手である。二人の間には息子も生まれたが、やがて破綻。しかしその「元夫」と、清少納言は宮仕え先の内裏《だいり》で再会することになった。ならば多分、気まずい関係であったに違いないという気がするが、そうではなかった。二人は互いに「妹《いもうと》、兄《せうと》」と呼び合い、さばさばした「きょうだい分」という新しい関係をスタートさせたのだ。二人のことは天皇をはじめ皆が承知で、則光は同僚や上司からまでも「兄」というあだ名で呼ばれたという。

定子の父・道隆が病にかかりながらまだ関白《かんぱく》を務めていた長徳元（九九五）年二月の、ある夜のことである。清少納言は例の藤原斉信から難題をおくられた。美しい薄様紙《うすようがみ》にこれまた美しい筆跡で白居易《はくきょい》の詩の一部を書き、「末はいかに、末はいかに」と次の句を問うものである。詩句は「蘭省《らんしやう》の花の時、錦帳《きんちやう》の下《もと》（友人たちは蘭省にいて、花の時期には天子の錦帳の下で働いている）」。清少納言はこの続きが「廬山《ろざん》の雨の夜、草庵の中《うち》（私は遠く廬山の麓《ふもと》にいて、雨の夜には草庵の中にこもっている）」であることを知っていた。だがそれを書くわけにはいかない。当時、漢詩文の素養は最高の教養であったが、漢詩自体を書いたり作ったりするのは男性の世界のことと考えられていたからだ。女性は漢詩文について知っていてもよいが、それを漢字でそのまま書くことは、女だてらに出過ぎたことと責められた。斉信の難問はそこを突いたものだったのだ。

そこで清少納言は、漢詩句を和歌に換えた。しかも自作ではない、藤原公任《きんとう》が当の白居易の句に基づいて詠んだ下の句「草の庵《いほり》を誰《たれ》かたづねむ」を書いて返したのだ。これを殿上《てんじょう》の間で待ち取った斉信ら蔵人《くろうど》たちは、うなった。清少納言の答えは「続きの漢詩句を答えよ」という問いに正しく答えている。また、女性は漢詩そのものを書いてはならないという社会規範をもクリアしている。さらに、この和歌をけなすことは決してできない。そうすれば、和歌や漢詩といった文化の方面で一目も二目も置かれている藤原公任をけなすことになってしまうからだ。唐突な出題であったにもかかわらず、ここまで完璧に切り返した機知のほどに、男たちは騒然となった。「これは将来にわたって語り草にすべきこと」。清少納言は最大級の評価を受けたのである。

その時、則光は斉信らと同じ殿上の間にいた。彼は六位《ろくい》と低い身分だったが天皇の秘書官にあたる蔵人の職にあり、特に昇殿を許されていたのだ。ちなみに斉信は蔵人頭《くろうどのとう》、この職のボスにあたる。さて則光は翌朝、いそいそと清少納言のもとにやって来ると、言った。「お礼を言おうと思って」。清少納言が言葉の意味を測りかねていると、則光は夕べの一部始終を語り、こう付け加えた。

「これは、身のため人のためにも、いみじきよろこびに侍《はべ》らずや。司召《つかさめし》に少々の司得て侍らむは、何ともおぼゆまじくなむ」

(「これは、私のためにも君のためにも、ひどく嬉しいことじゃないか。人事異動で少々の役職をもらうくらい、これに比べたら何とも思えないね」)

(『枕草子』第七八段「頭中将《とうのちゆうじやう》のすずろなる空言《そらごと》を聞きて」)

則光は清少納言の成功が我がこととして嬉しかったのだ。斉信とのやりとりは一見遊びのようだが、女房である清少納言にとっては定子後宮《ていしこうきゆう》の文化の高さを貴族社会にアピールする機会であり、重要な仕事と言える。彼女はそれを見事にしおおせた。そして則光は、仕事で輝く元妻を誇りとする男だったのだ。思い出せば、第七章で見た第二二段「生ひさきなく、まめやかに」で清少納言は、一般に男性が女房を妻とするのを嫌がる風潮を残念がり、「妻が女房として立派に仕事を勤めることは夫にとっても面目の立つことではないか」と言っていた。ここでの則光はまさにそれを地で行っている。夫ならぬ元夫であるとはいえ、清少納言にとって理想的な味方と言ってよいのではないだろうか。

ところがそんな彼を、『枕草子』はちっとも持ち上げない。それどころか、わざわざ彼の次の言葉を記し留めて、まるで軽く扱っている。

「そこらの人のほめ感じて、「せうと、こち来《こ》。これ聞け」とのたまひしかば、下心地はいとうれしけれど、『さやうの方《かた》に、さらにえ候ふまじき身になむ』と申ししかば、『言加《こと》へよ、聞き知れとにはあらず。ただ、人に語れとて聞かするぞ』とのたまひしになむ、すこし口惜しきせうとおぼえに侍りしかども」

(「君の答えを見て大勢の人が褒めちぎり、『おい〈兄貴〉、こっちへ来い。これを聞け』とおっしゃるじゃないか。内心はすごく嬉しかったんだが『そうした教養方面のことは全く不調法な身でして』とお断りしたところ、『お前に何か批評しろとか理解しろとかいうんじゃないよ。ただ、俺たちからの褒め言葉を〈妹〉に伝えろというんで聞かせるんだよ』とおっしゃったのはなあ、ちょっと残念な兄貴評価だったが」)

(『枕草子』第七八段「頭中将のすずろなる空言を聞きて」)

これによれば、則光はその場の斉信はじめ蔵人たちから、清少納言の名答に対して意見を述べることはおろか、その内容を理解する一員とも見なされていなかったことになる。則光自身が言うように彼が和歌や漢詩に疎《うと》かったせいだろうか。いや、そうではない。室町時代に作られた系図集『尊卑分脈《そんぴぶんみゃく》』を見れば、則光には「歌人」という注記がされている。実際、勅撰《ちょくせん》和歌集にも和歌が採られているのだ。後年の作が、たった一首ではあるが、確かに入れられている(『金葉和歌集《きんようわかしゅう》』別　三四九)。橘則光といえば『今昔物語集《こんじゃくものがたりしゅう》』に盗賊三人を次々に斬って捨てた逸話が載り、「身の力などぞ極《きはめ》て強かりける」（巻二三第一五話）とあるせいか剛《ごう》の者のイメージばかりが強いが、実はその逸話にさえ、思慮深かったとか、世から一目置かれていたとかの賛辞が記されている。彼の蔵人時代の武勇伝というから、『枕草子』のエピソードとは時代も重なる。彼は知性もあり聡明でもあった。殿上の間での軽い扱いは、六位という蔵人中で最も低い身分だったことによるものである。そして『枕草子』がその軽い扱いを殊更に書き留めているのは、この作品が作品として、則光のような身分の男は身分なりに扱うという姿勢をとっているからである。特に深く考えるにはあたらない。現代のサラリーマンドラマでも、罪のない笑いを提供してくれるのは平社員か新人と、相場が決まっているではないか。いや、夫婦漫才《めおと》と言えばもっとしっくりくるか。ただし清少納言たちの場合は「もと」夫婦ではあるが。清少納言は、最高の階級の人々の読み物としての『枕草子』の世界を保つために、僅か六位で、元身内の則光には、当然のごとく道化役をあてがったのだ。

ちなみに私的には、橘家の氏長者《うじのちょうじゃ》の息子である彼よりも、清少納言の家格は低く、下の身分である。したがって『枕草子』が、清少納言が清少納言自身のために創った私的な作品だったとしたら、則光の描かれ方はもっと別のものになっていたに違いない。『枕草子』のスタンスは、あくまでも中宮定子の後宮に所属する女房としてのそれなのである。

若布事件《わかめ》

藤原斉信をうならせた「草の庵」から二年たった、長徳三（九九七）年。前に記したように、その前年に長徳の政変があり同僚からあらぬ疑いをかけられることがあって、清少納言は長く引きこもっていた。居場所を知らせた男性はごく僅かだったが、則光はさすがに分かっていて、ある時、清少納言を訪ねてきた。聞けば藤原斉信が清少納言の居所を知りたがっているのだと言う。振り返れば斉信は長徳二年、政変のきっかけとなった暴力事件の際、伊周と隆家の関与を道長に通報し、中関白家離れの姿勢を鮮明にした。だがその一方で、清少納言にしきりに秋波《しゆうは》を送り、彼女の道長派への抱き込みを図っていた（第七九段「返る年の二月二十余日《よひ》」）。しかしこの引きこもりの時期といえば、以後一年近くが経過している。それが今になってなお清少納言と連絡をとりたがるとは。斉信はまだ清少納言の引き抜きを諦めていなかったのだ。清少納言が定子のもとから離れたと聞いて、今度こそ説得の好機到来と見たとおぼしい。既に参議《さんぎ》に昇格し蔵人職から離れていた彼だったが、則光ら蔵人の控える殿上の間にやって来た。そして則光に「妹の居場所を知らぬことはあるまい。言え」としつこく尋ね、無理にでも吐かせようとしたという。則光は清少納言に語った。

「ある事は、あらがふはいとわびしくこそありけれ。ほとほと笑みぬべかりしに、左《ひだり》の中将《ちゆうじやう》のいとつれなく知らず顔にてゐ給へりしを、かの君に見だにあはせば笑ひぬべかりしにわびて、台盤《だいばん》の上に布《め》のありしを、取りて、ただ食ひに食ひまぎらはししかば、中間《ちゆうげん》に、あやしの食ひ物やと、見けむかし。されど、かしこう、それにてなむそことは申さずなりにし」

（「知っているという事実を隠して嘘を言い張るのは大変だったさ。もうほとんど口を割る寸前で、そこには同じように君の居所を知っている左中将の源《みなもとのつねふさ》経房様が知らん顔をして座っていらっしゃったんだが、もしも目が合ったら笑ってしまうところだった。それで困り果てて、机の上に置いてあった若布《わかめ》をつかんでむしゃむしゃ食って紛らわしたんだ。食事時でもないのに何を食べてるんだと思われただろうな。だがうまいことに、それでもって言わずに済んだんだぞ」

（『枕草子』第八〇段「里にまかでたるに」）

その時、殿上の間には源経房もいた。第八章「政変の中で」で見たように、清少納言の引きこもっている間、彼女の自宅と定子の御座所《ござしょ》との間を伝書鳩のように往復し、定子の様子を清少納言に伝え、清少納言の書いた原『枕草子』を定子に届けた重要人物その人である。彼も清少納言の居場所を知っている。それを則光は知っているから、経房の素知らぬふりがおかしくてたまらない。笑い出して全部白状してしまいそうなところを、咄嗟《とっさ》に若布を口いっぱいにほおばることで凌《しの》いだという。想像するとこちらが笑えてくる。則光とはこんな男なのだ。平気で嘘をつけない、人の良さ。無理に嘘をつくためには突飛《とっぴ》な行動で道化を演じることも辞さなかった、朴訥《ぼくとつ》さ。結局この時則光は、経房とグルになって斉信から清少納言を守ったのだった。

だがこの話には続きがある。しばらく経った夜更け、則光から緊急の手紙が届いた。うろたえた文面で、またしても斉信から責め立てられているという。その返事に、清少納言は言葉は何も書かず、一片の若布を包んでやった。「前に若布を食べて凌いだように、今度も頼むわ」という暗号である。ところが則光にはこの暗号が全く通じない。若布のことなどすっかり忘れてしまっていたのだ。清少納言からの返事に首をかしげつつ、斉信をあちこちあらぬ場所に案内して、ともあれ今回も事を凌いだ。そして後日やってくると「あの海藻は何だったのか」と聞いた。「全くわかっちゃいないんだから」。清少納言は彼に腹が立ってならず、即座に紙に歌を書いて差し出した。

かづきする　あまのすみかを　そことだに　ゆめいふなとや　めを食はせけむ
(海に潜る漁師さながら自宅に引きこもる私の住処《すみか》を、どこそこだと決して言わないで、という意味で目くばせした、つまり暗号の若布を食べさせたんじゃないの)
(『枕草子』第八〇段「里にまかでたるに」)

「ワカメ」をカギとして、表には素潜り漁をする漁師を、裏には自宅に潜伏する清少納言を詠んだ、二重の意味の和歌である。「そこ」は「海底」と「其処」、「めを食はす」は「若布を食べさせる」と「目くばせする」の掛詞《かけことば》だ。さらに「あま」「そこ」「め」は縁語と、即興にしてはかなり技巧に満ちている。清少納言は無骨な元夫にあきれ、あてつけとして殊更に技巧的な歌を突きつけたのだ。だが則光は「和歌か？　いやだ」と受け取りもせず、紙を扇であおぎ返して逃げて行った、というのが落ちである。
つまり『枕草子』は、清少納言の居所をめぐる斉信と則光の攻防という出来事を、若布をめぐる笑い話に加え、歌を拒む則光の無粋さという話にすりかえている。実は史料によれば、則光は公務の傍ら斉信の家に出入りし私的な用を務める、家司《けいし》の一人であったとおぼしい。つまり斉信とは主従関係にあったのだ。その主人の求めに応じず、則光は必死で元妻を守った。これは〈いい話〉ではないか。だがその〈いい話〉を、『枕草子』は〈いい話〉として記さない。〈いい話〉は高貴な方々こそが演ずべきであって、自分と則光などという二人に似合いなのは、せいぜい笑い話程度だ。これが『枕草子』の方法なのである。

とはいえ、清少納言はこの頃の二人の在り方を、こう記している。

かう語らひ、かたみのうしろ見などする

（こうして親しく付き合い、お互いの助けとなり合った）

（『枕草子』第八〇段「里にまかでたるに」）

「語らひ」は男女の深い間柄を言う言葉なので、ここから清少納言と則光の仲は内裏で再燃したのだと推測する向きもある。いずれにせよ、清少納言が「草の庵」で則光の面目を上げ、則光が引きこもる清少納言を守ったように、元妻と元夫の心は寄り添っていたし、清少納言はそれを認めていた。清少納言は『枕草子』では則光への個人的な気持ちを抑えている。だが仕事場で触れた元夫の真心は、しみじみと有り難いものであったのだ。

則光との別れ

とはいえ、清少納言と則光には、やがて別れがやってきた。その原因を『枕草子』は明確にしない。ただ「何ともなくて、すこし仲あしうなりたるころ」と言うばかりだ。だが清少納言がこうした奥歯に物の挟まったような書き方をするときには注意しなくてはならないとは、これまで見た章段からも推して知られるところである。果たして、則光がよこした手紙は深刻な色を帯びたものだった。

「便《びん》なき事など侍りとも、なほ契《ちぎ》りきこえし方《かた》は忘れ給はで、よそにてはさぞと見給へとなむ思ふ」
(「不都合な事などがありましても、やっぱり昔のよしみは忘れないで下さい。よそでは今まで通り私を『元夫で今は兄貴の則光だ』と見てほしいと思います」)

(『枕草子』第八〇段「里にまかでたるに」)

則光が「不都合な事」と書いてくるからには、それなりの何かがあったと見なければならない。助け合っていたはずの二人の間に、一体何があったのだろうか。また則光は、「よそでは」これまで同様に見てくれと言っている。では「よそ」でない所ではどうなのか。これは、表面上は変わらぬ付き合いをしてほしいが、内々の関係は切ってほしいという別れの手紙ではないのだろうか。

則光の苦渋に満ちた口調から、私はこれを、斉信と則光との主従関係によるものと読む。この第八〇段を振り返り、定子の動向と合わせて見てみよう。斉信が躍起になって清少納言をさがし則光が彼女を守っていた「若布事件」は、長徳三（九九七）年二月のことと推測される。その頃、清少納言は長期にわたり定子のもとを離れていて、斉信の目からは道長派への引き抜きが可能かと見えた。だが既に定子から二度目の紙を受け取り、原『枕草子』を執筆、献上して定子のもとに残る覚悟を固めていた清少納言は、応じない。そして間もない晩春、清少納言は定子から山吹《やまぶき》の花びらの文《ふみ》を受け取り、意を強くして定子のもとに復帰した。清少納言が定子方女房として復職するまでは、斉信は清少納言を抱き込むことを諦めていなかっただろう。だが、清少納言が再び定子のもとで勤め始めたとなれば、それは望み薄となる。彼は期待を裏切られたのだ。

そして六月二十二日、定子は中宮職《ちゅうぐうしき》の御曹司《みぞうし》に身柄を移し、中宮への実質復帰の準備段階に入った。出家によって一旦は表舞台から消えたと思われていたにもかかわらず、再び政治の場に登場したのである。しかも天皇に深く愛されているという、面倒な存在としてだ。道長の娘である彰子《しょうし》が数年中に入《じゅ》内《だい》することは誰の目にも見えている。道長に付くことで公卿《くぎょう》の仲間入りを果たした斉信にとって、定子は今や邪魔な存在でしかない。清少納言はこの時、斉信にとって明らかな敵側と定位されたのだ。斉信の家司であった則光の肩身が狭くなってきたことは想像に難くない。彼は主人と元妻の板挟みとなったのだ。

実は則光はこの時期、斉信との間にもう一つのトラブルを抱えていた。四月十六日というから、清少納言が定子から山吹の文を受け取った頃のことである。賀茂祭《かものまつり》で、長徳の政変でも世間を騒がせた例の花山法皇《かざんほうおう》の従者《じゅうしゃ》が、またしても乱闘事件を引き起こした。藤原斉信が公任と同車していた牛車《ぎっしゃ》を襲ったのだ。院は犯人である従者をかくまい、一時は検非違使《けびいし》たちが院の御所《ごしょ》を取り囲む騒ぎとなった。則光は検非違使庁の役人なので、院を責める側である。しかし彼は、母が花山法皇の乳母《めのと》で、法皇とは乳母子という関係だった。『小右記《しょうゆうき》』（長徳三年四月十七日）によれば、この時則光は院に内通し、朝廷の動きを漏らしていたという。これによって院は事の重大さに気づき、犯人を差し出したので、則光は事件の解決に一役買ったことにはなる。しかし独自の判断で動いたのは、役人や斉信の家司という立場を逸脱した行為だ。つまり彼は、斉信という主人と花山法皇という乳兄弟の板挟みとなった挙げ句、自らの職務にまで背いて法皇に義理立てしたのである。身内への情に厚い則光らしいと言えばまさに則光らしい。だがこのことがあり、さらに清少納言のことが加わって、斉信に対する彼の立場がいっそう悪化したことは容易に想像がつく。

則光の深刻な手紙を受け取って清少納言は、彼がかつて口癖のように言っていたことを思い出した。「俺が好きなら、和歌をおくってくれるな。今は限りと縁を切るときに詠んでくれ」。後年、人々と和歌を詠み交わし「歌人」と評されるようになる則光が、どのような意味でこうしたことを言ったのかは分からない。だが清少納言は、則光への返事に和歌を書き、おくった。果たして則光はそれを読みもしなかったのか、返歌もよこさず、やがて二人の関係は本当に終わったという。清少納言は彼の苦衷《くちゅう》を察し、自分からはっきり別れてやったのだ。

この時、清少納言が彼に詠んだ和歌は、次の歌を本歌とする。

流れては　妹背《いもせ》の山の　なかに落つる　吉野《よしの》の川の　よしや世中《よのなか》

（つい泣かれてならないね、妹と背、つまり男女の仲は。男と女の間には、たぎり落ちる吉野川のような激しい流れがあって、流されざるを得ないのだ。だがその川の「吉野」という名のように、どうなっても良しとするしかない。それが男女の仲というものなのだ）

（『古今和歌集』恋五　八二八　よみ人しらず）

「男と女のあいだには　深くて暗い河がある」という昭和の歌謡曲を思い出すが、これは平安人の文化のバイブルである『古今和歌集』の、恋歌の掉尾《ちょうび》を飾る一首であり、当時人口に膾炙《かいしゃ》した名歌である。成り行きに流されるように思いがけなくも結ばれ愛し合い、しかしまた一方では、状況に流されて離れざるを得ないこともある、男と女。そうした夫婦というものだった時代が、清少納言と則光にも、かつて確かにあった。だが今や、二人は男女でも何でもない、無関係とならざるを得ないのだ。

清少納言の別れの歌は次の通りだ。

崩れ寄る　妹背の山の　なかなれば　さらに吉野の　川とだに見じ

（腐れ縁の私たち。山崩れでくっついてしまった妹背山の中のような仲だもの、川は堰《せ》かれて流れないわよね。私たちもそう。あの『古今集』の歌のような男女の仲ではもうないのよ。だ

から私は、もう決して「彼」とは見ないわ。よそだって、どこだって）

（『枕草子』第八〇段「里にまかでたるに」）

吉野川の「かは」に「彼は」を掛けて、「彼とは見ない」と清少納言は詠んだ。実にきっぱりとした口調のこの歌を、高慢という人も冷淡という人もいよう。だが私は、むしろ上の句に目を向けたい。二人の関係は崩れたと言いつつも、それは「崩れ去る」のではなく「崩れ寄」ったのだと詠んでいるからだ。この風景によって清少納言は、二人が夫婦としては一旦破綻したものの、内裏では「妹《いもうと》」「兄《せうと》」として助け合ったことを言いたいのではないのか。だがそんな二人だからこそ政治の風にあおられ、最早訣別するしかなくなった、と。単純な言葉遣いとは裏腹に、清少納言のこの歌には、深い意味が込められていたのだ。

とはいえ、『枕草子』は清少納言自身の複雑な胸の内を縷々《るる》綴ったりはしていない。それは、そのことが『枕草子』の主眼ではなかったからだ。則光も清少納言も、『枕草子』の世界では所詮六位と女房、脇役に過ぎない。脇役は身分に似合いの道化をきっちりと務める。それが『枕草子』において清少納言が、則光や自分自身に課した役割だった。だから『枕草子』の則光はただひたすらに滑稽で、清少納言は艶っぽさも湿っぽさも感じさせないのである。

藤原行成

藤原行成《ゆきなり》（九七二〜一〇二七）は、清少納言より六歳ほど年下。「三蹟《さんせき》」の一人に数えられる能書家《のうしょか》で知られる。彼は、藤原道隆《みちたか》や道長の伯父で円融《えんゆう》天皇時代に摂政《せっしょう》を務め絶大な権力をふるった、藤原伊尹《これまさ》の孫である。もしもこの祖父が行成の生まれた年に四十代の若さで亡くならなければ、そしてその二年後に行成の父が将来を嘱望《しょくぼう》されながら僅か二十一歳で疫病死しなければ、行成は間違いなく、藤原氏嫡流《ちゃくりゅう》の貴公子として道隆や道長を抑え出世街道を驀進《ばくしん》していただろう。だが祖父と父を相次いで亡くし、母方の祖父に庇護《ひご》されながら、行成は実務家としての力を伸ばした。それが評価されて一条《いちじょう》天皇の時代に蔵人頭に抜擢《ばってき》されるや、日々独楽鼠《こまねずみ》のように働いて激務を果たし、天皇の厚い信頼を得る。長保《ちょうほう》三（一〇〇一）年には参議に昇進して公卿の一員となり、やがて「一条朝の四納言」として、藤原斉信・公任、源俊賢《としかた》と並び称されるセレブとなる。『枕草子』が記しているのは、二十六歳から三年間の、若い彼の姿である。

定子後宮の政治的立場にしたがって、清少納言は藤原斉信や橘則光とは袂《たもと》を分かつことになった。そして行成は、まるで彼らと入れ替わり、定子の職の御曹司転居以降に清少納言と親しくなったかのように記される。ただ、それは事実ではない。行成はすでに長徳元（九九五）年、藤原斉信と並ぶ蔵人頭となり、仕事柄天皇の命を受けて飛び回るなかで、十月には定子のもとを訪れている（『権記《ごんき》』同七日・十日）。つまり長徳二（九九六）年に起きた政変の前から、定子のもとを訪れていたのだ。しかし『枕草子』は、政変前には蔵人頭といえばもっぱら頭中将《とうのちゅうじょう》・斉信しか登場させていない。そして斉信の作品からの退場と入れ違いに、彼の占めていた「華やかな若手貴族」という位置に行成がやってくる感がある。それはなぜか。

これまで見てきたように、斉信は貴公子ながら、定子の華やかな時期は定子にすり寄り、中関白家《なかのかんぱくけ》が零落《れいらく》すると道長側に翻《ひるがえ》ったばかりか、しつこく清少納言を引き抜こうとした狡猾な風見鶏《かざみどり》のイメージが強い。それに対して、定子の零落以後に足しげく来るようになったかのように描かれる行成は、いかにも硬派で篤実《とくじつ》な印象である。優美な外見ばかりに筆の尽くされる斉信とは対照的な描き方だ。

ここには、『枕草子』の意図があったと考えられる。狙いは二つ。一つは、行成を零落した定子寄りの人物として貴族社会にアピールすることだ。事実として行成は定子のもとに出入りしていたが、一方で彼は道長とも近かった。例えば、長保元（九九九）年二月、彰子が入内を前に天皇から従三位《じゅさんみ》の位を授けられた時、勅使《ちょくし》として道長家に赴いたのは行成だった（『御堂関白記《みどうかんぱくき》』同月十一日）。これは職務とはいえ、やがて彰子が入内し、翌年定子と並び立つ中宮となる時に、事が運ぶよう天皇を強く説得したのも行成だった（『権記』長保二年正月二十八日）。つまり彼は一派に偏せず事柄により立場を変える人物で、客観的には定子側と彰子側との中間的な存在だったと見るのが正しい。だが清少納言はそんな行成を『枕草子』の中で殊更に身近な人として書くことで、定子側の人物だと読者に印象づけようとしたのではなかったか。そしてもう一つの意図は、そうしたわかりにくい行動をとるうえ言葉巧みでなく、特に女性には不評だったらしい彼について、親しい者しか知らないエピソードを通じて、その人間的魅力を世に伝えることである。『枕草子』で清少納言は、彼を定子の味方だったと主張するとともに、その素顔を記し好感度を上げる援護射撃を行ったのである。

では行成の登場する章段を見てゆこう。清少納言は、彼が人に理解されにくいこと、しかし自分は彼のよき理解者であることを強調している。

いみじう見え聞こえてをかしき筋《すぢ》など立てたる事はなう、ただありなるやうなるを、皆人《みなひと》さのみ知りたるに、なほ奥深き心ざまを見知りたれば、「おしなべたらず」など、御前《おまへ》にも啓《けい》し、また、さ知ろしめしたるを、常に、「『女はおのれをよろこぶ者のために顔づくりす。士《し》はおのれを知る者のために死ぬ』となむ言ひたる」と、言ひ合はせ給ひつつ、よう知り給へり。

（頭弁《とうのべん》の行成様は、派手に見せたり言葉を飾ったりして風流面をすることはなく、ただありきたりの人のようにしているので、皆はそうとしか思っていない。でも私は彼がもっと深みのある人だと知っているので、「凡庸《ぼんよう》ではありません」など中宮様にも申しているし、中宮様もそうご存じだ。それで彼は、いつも「『女は己を喜ぶ者のために化粧をする。士は己を理解してくれる者のために命を捧げる』と言うよね」と『史記《しき》』の好きな私に合わせて一節を引いて言って下さったりしていて、私が理解者だということをよくご存じだ）

『枕草子』第四七段「職の御曹司の西面《にしおもて》の立蔀《たてじとみ》のもとにて」

同じ章段によれば、若い女房たちは行成のことを「本当に嫌で付き合いにくい。ほかの人のように和歌を詠んで興じたりもしないし、無粋だわ」などと謗《そし》っていたという。後年の歴史物語だが、『大鏡《おおかがみ》』は行成を評して「和歌の方面は少し苦手」と言い、幼子の手ほどき用の和歌「難波津《なにはづ》に　咲くやこの花冬ごもり」の下の句さえも知らなかったと記している（『伊尹』）。確かに、『権記』に時たま書き記している和歌も素朴で飾り気がない。

いっぽう、行成の方も女房の誰彼に声をかけたりしないと、清少納言は言う。定子に何かを伝える時にも、常に清少納言ひとりを取り次ぎ役とし、清少納言が局《つぼね》にいれば呼び出したり自分が局に来たり、自宅にいれば自宅まで文をよこしたり自ら足を運んだり。斉信のような、誰彼なく愛想を振りまくタイプとは正反対だ。行成は清少納言に、一途でぶれないのが自分の性格だと言い、「改まらざるものは心なり」と白居易の詩の言葉を引いて話す。伊周や斉信ならば漢文は歌って風流を気取るのが大方だったものだが、行成は『枕草子』の中でほとんど朗詠《ろうえい》をしない。彼にとって漢文は知的おしゃれではなく、その内容なのだと思わせる。

鶏の空音

こうした彼の、漢詩文素養と飾り気のなさと清少納言への親しみが混ざり合った真骨頂とも言えるのが、よく知られる「鶏の空音《そらね》」のエピソードである。

ある時、行成が職の御曹司にやって来て清少納言と雑談するうち、深夜となった。行成は夜からの仕事を控えていて、名残惜しげに立ち去った。『枕草子』にしたがってこう書くと、現代の読者にはいかにも二人が特別の関係にあったように感じられるが、そうではない。実はこれは、翌日から天皇の「御物忌《ものい》み」、つまり陰陽道《おんようどう》で身を慎む期間が始まるという夜の出来事なのである。物忌みの間、天皇は外部と交渉を断つことになるので、政務が滞る。それを避けるため、蔵人などは日付の変わる前から天皇と一緒にこもる慣例があった。行成はそのために、日中の仕事明けから御物忌みが始まる深夜まで待機していたのであり、清少納言との雑談はその間の暇つぶしだったのだ。

さて、その翌朝である。

つとめて、蔵人所《くらうどどころ》の紙屋紙《かうやがみ》ひき重ねて、「今日は、残り多かる心地《ここち》なむする。夜をとほして、昔物語も聞こえ明かさむとせしを、鶏《にはとり》の声にもよほされてなむ」と、いみじう言《こと》多く書き給へる、いとめでたし。

(翌朝、お手紙があった。蔵人所の役所用紙を何枚も重ねて「今日は名残惜しい気持ちですよ。徹夜で昔話でもしたかったのに、鶏の声にせきたてられて」などいろいろ書き綴っていらっしゃる。ああなんて素敵なんだろう)

(『枕草子』第一三〇段「頭弁の、職に参り給ひて」)

蔵人所は彼の仕事場で、紙屋紙はその執務用の紙である。「草の庵」の折、同じ蔵人所から斉信がおくってきた文《ふみ》の紙は薄様《うすよう》で、もっぱら恋文などに使った薄く優美な紙だった。それに対して行成は、今でいうなら職場の罫紙《けいし》で女性に手紙を書いたわけで、無粋なことこの上ない。だがその文面は、まるで恋人におくる後朝《きぬぎぬ》の文のようだ。これもまた彼のユーモアなのだ。加えて彼は平安中期有数の達筆の一人で、今に残る作品は国宝に指定されている。その筆跡が「言多く」書かれていたものだから、清少納言は「いとめでたし」とほれぼれしながら眺めた。

さて、返事をどうしようか。清少納言は彼の手紙の「鶏」に突っ込みを入れた。

御返りに、「いと夜深《よぶか》く侍りける鳥の声は、孟嘗君《まうさうくん》のにや」と聞こえたれば、立ち返り、「『孟嘗君の鶏は函谷《かんこく》関《くわん》をひらきて、三千の客《かく》わづかに去れり』とあれども、これは逢坂《あふさか》の関《せき》なり」とあれば、

（そこで御返事に、私が「昨日は鶏の声が、なんておっしゃるけれど、夜明けにはあまりに遠い鶏の声、もしやあの『史記』の、孟嘗君《もうしょうくん》のエピソードの鶏かしら？」と申し上げると、折り返し返信があった。「確かに『史記』には、孟嘗君が秦《しん》を脱出した時、『夜半、彼の食客《しょっかく》の一人が鶏の鳴き真似《まね》をして函谷関の門を開けさせ、食客三千人はやっとのことで脱出』とありますね。しかし昨日の関所は函谷関ではない。あなたと私の逢坂の関、男と女の関所です」）

（『枕草子』第一三〇段「頭弁の、職に参り給ひて」）

第四七段で行成は、『史記』や白居易の詩を用いて清少納言と会話していた。この段では清少納言の方が『史記』を持ち出す。昨夜、行成が職の御曹司から内裏に向かったのは、日付の変わる前。鶏が鳴くには早すぎた。そこから孟嘗君の「深夜の鶏の空音」の逸話を思い出したのだ。すると行成からは、即座に返事が来た。御物忌みの時は蔵人も内裏の外に出ないので、真面目な彼にもこうした時間が取れたのだ。とはいえもちろん、彼も清少納言とのやりとりを楽しんでいることは間違いない。知に勝った清少納言の切り返しに対して、こちらは「逢坂の関」を持ち出し、あくまでも恋を気取りたい様子だ。

そこでついに、清少納言は和歌を詠んだ。「ついに」と言うのは、清少納言は『枕草子』で、和歌の家の名を汚すことを恐れるあまり、人前で歌を披露することに抵抗を感じていたと記しているからである（第九五段「五月《さつき》の御精進《さうじ》のほど」）。行成も和歌が得意でなかったことは前に記した。だがこの段では、そんな二人が自ら和歌を詠み合う。


「夜をこめて　鳥の空音《そらね》に　はかるとも　世に逢坂の　関はゆるさじ
心かしこき関守《せきもり》侍り」と聞こゆ。また、立ち返り、

「逢坂は　人越えやすき　関なれば　鳥鳴かぬにも　あけて待つとか」

（「夜更けに鳴いて見せたって、鶏の嘘鳴きになんか絶対ひっかかるものですか。私の恋の関所には、お堅い番人がおりますのよ」

するとまた折り返し、行成さんからも歌の御返事だ。

「逢坂の関は今では廃止されて通行自由、別に鶏など鳴かずとも、開けて通行人を待っているとか。実は清少納言さんもそうなんじゃないですか?」)

(『枕草子』第一三〇段「頭弁の、職に参り給ひて」)

まず清少納言が行成に詠みかけ、行成がそれに答えている。通常の男女の和歌贈答の作法から見ると順序が逆だ。どれだけ二人がリラックスした仲であったかが窺《うかが》われる。男をはねつける、勝ち気たっぷりの清少納言の和歌。後に百人一首に選ばれたことも相俟《あいま》って、これこそ清少納言という看板ともなり、彼女のキャラクターを形づくった代表歌である。それに対して、行成の和歌はどうだろう。清少納言が「関所を開けて待っている」とは、なんともあけすけで、女性に対して失礼極まりないとは言えないか。だがこれこそが硬派な行成ならではのユーモアであり、他人には、特に女性にはなかなか見せない顔なのだ。漢詩文素養にもとづいた会話を交わし清少納言と親しく付き合うことは伊周や斉信と同様ながら、この直截《ちょくせつ》さは彼らにはなかった。

清少納言は行成とのエピソードを記すことで、職の御曹司転居後の定子に、中関白家文化とは別の、実のある力強い味方がいたことを示している。彼を登場させたことには、明らかに政治的意図があると言ってよい。実際行成は、定子の死後、その遺児である敦康親王《あつやすしんのう》の家司別当、つまり事務方長官に任命されて、親王を支える。『枕草子』はそんな時代にも引き続いて、読者に向けて放たれているのだ。有能なセレブの飾らない素顔を描くことは、彼の主人である親王をもり立てることにもなる。もちろん、そのセレブと互角以上に渡り合った清少納言自身を描くことも、同様である。

つまり、行成との交渉が色気を感じさせないのも、『枕草子』の主眼がそれではなかったからだ。『枕草子』は清少納言の個人的な恋を描く作品ではない。本当に心を寄せ合った歌人・藤原実方との「絶えぬ仲」などがほとんど記されないのも、そのことによっている。あくまでも女房として、定子後宮のために書いた作品。そのことは、当時の読者には説明抜きで理解されていたに違いない。

【第一二章】 秘事

一条天皇、定子を召す

長保《ちょうほう》元（九九九）年正月三日、定子《ていし》はにわかに一条《いちじょう》天皇に召され内裏《だいり》へ赴いた。その事実を記すのが『枕草子』第八三段「職《しき》の御曹司《みざうし》におはしますころ、西の廂《ひさし》に」である。

前にも記したように、定子は長徳《ちょうとく》三（九九七）年六月二十二日、京中の一般住宅から中宮職《ちゅうぐうしき》の御曹司に転居した。それは中宮として正式に内裏に入ることにはあたらないものの、貴族たちには中宮復帰への予備的措置と察せられ非難を受けたとも、そこには記した。あれから一年半。定子が公式に一条天皇との再会を果たしたという記事は、どこにも見当たらない。一体一年半もの間、内裏から道路一つしか隔てない職の御曹司に定子を置きながら、天皇は一度も彼女を召していなかったのか。時には内裏に呼んで会っていたのではないのか。そのことは全くわからない。公的には伏せられていたとおぼしく、史料にも、この『枕草子』にも記されていないのである。それだけ定子の実質的な中宮復帰については逆風が強く、天皇も慎重に行動せざるを得なかったということだ。この長保元（九九九）年正月の参内《さんだい》も史料には書かれていないので、『枕草子』が記さなければ世に伝わらずに終わったに違いない。だがこの時の逢瀬《おうせ》は、一条天皇と定子にとってのみならず、貴族社会全体に重大な結果をもたらした。定子が懐妊し、天皇にとって初めての男子を産むことになったからである。

当時、一条天皇の置かれていた状況は苦しいものだった。天皇家には彼の伯父・冷泉《れいぜい》天皇の皇統と彼の父・円融《えんゆう》天皇のものとの二つの皇統があって、一条天皇に至るまで四代の間、いわゆる両統迭立《てつりつ》の形で帝位がやりとりされてきた。次の代も、冷泉上皇《じょうこう》の子である居貞親王《いやさだしんのう》（後の三条《さんじょう》天皇）が東宮《とうぐう》として控え、迭立状態が続く予定である。問題はその次だ。一条天皇には子と言えば定子が長徳二（九九六）年に産んだ脩子《しゅうし》内親王《ないしんのう》のみ。いっぽう東宮は子だくさんで男子もいる。このままならば、一条天皇が父から受け継いだ皇統は彼の代で絶えるおそれがあった。彼はどうしても男子がほしかった。

それに応えたのが、右大臣藤原顕光女《ふじわらのあきみつのむすめ》で女御《にょうご》の元子《げんし》だった。定子の出家後に入内した彼女は、長徳三（九九七）年冬、懐妊した。だが翌年夏の出産は、失敗だった。意気消沈した元子は実家に引きこもり、内裏に出てくることもほとんど絶えた（『栄花物語《えいがものがたり》』巻五）。天皇もさぞやがっかりしたに違いない。それからしばらく、おそらく熟考を重ねた末、我が皇統を託す男子を産んでくれるべき后妃として彼が白羽の矢を立てたのが、定子だったというわけだ。

定子と元子のほかにも、彼には内大臣藤原公季女《きんすえのむすめ》の女御義子《ぎし》、故関白《かんぱく》藤原道兼女《みちかねのむすめ》の女御尊子《そんし》といった女御もいた。一方で、必ずや入内すると目される左大臣藤原道長女《みちながのむすめ》・彰子《しょうし》もいた。もしも彰子が男子を産むならばその後見《うしろみ》は申し分なく、貴族社会の誰もが歓迎することだろう。だが彰子はまだ十二歳と幼い。入内してもすぐには懐妊や出産を期待できそうにない。その間に、病弱な天皇自身の身に何かが起こらない保証はない。ならばいっそこの機会に、定子に男子を産ませてしまってはどうか。実家が零落《れいらく》し、中宮としても中途半端な形になっている彼女だが、世継ぎを産んだとなれば世の見る目も変わるに違いない。彼がその賭けに出たのが、『枕草子』に記された長保元（九九九）年の正月だったのだ。

それにしてもこのタイミングはスリルに満ちている。翌二月には彰子が女性としての成人式である裳《も》着《ぎ》を迎え、朝廷から位も授けられて、彼への入内の準備を始めることが分かっていた。道長の耳に入れば怒りを買うことが間違いないなかで、彼は敢えて定子を内裏に呼んだのである。『枕草子』によれば、都が大雪に見舞われた初春のことだった。

雪山の賭け

定子の栄えある参内だが、あまりにも政治的な問題に抵触するからだろう、清少納言はそれを声高には言わず、章段を貫く楽しいエピソードの背景に紛れ込ませた。表に立つ主役は雪、職の御曹司の庭に高く積み上げられた雪山である。長徳四（九九八）年十二月十日過ぎ、降った雪が高く積もって、定子付き女房たちは喜び興じた。最初は丸めて縁《えん》に置くなどしていたが、「いっそ庭に本当の雪山を作らせましょう」ということになった。いつもながら定子後宮《こうきゅう》は面白い遊びを思いつく。境遇が変われど雅びやかな遊び心は失わないのだ。主殿寮《とのもづかさ》の役人たちを二十人ばかりも使って積み上げさせ、立派な雪山ができると、さらに楽しいことに、定子はその寿命を女房たちに賭けさせた。

「これ、いつまでありなむ」と人々にのたまはするに、「十日はありなむ」「十余日《よひ》はありなむ」など、ただこの頃のほどを、あるかぎり申すに、「いかに」と問はせ給へば、「正月《むつき》の十余日までは侍《はべ》りなむ」と申すを、御前《おまへ》にも、「えさはあらじ」とおぼしめしたり。

(「この山はいつまであるかしら」と中宮様は女房たちにおっしゃる。「あと十日はもつでしょう」「十日以上もつのでは」など、誰の意見もほんのしばらくというものばかりだった。「清少納言、どう?」とお聞きになるので、私は「年を越して、正月の十日過ぎまではございますでしょう」と申したが、それには中宮様も「まさか」というお顔である)

(『枕草子』第八三段「職の御曹司におはしますころ、西の廂に」)

清少納言が「正月十日過ぎまで」と言ったのは、例の「機知」による。中宮職の雪山から、彼女は即座に北陸の名山・白山《はくさん》を連想したのである。白山は「越《こし》の白山」「越の白嶺《しらね》」などと呼ばれて、平安中期には数々の和歌に詠み込まれ、都人《みやこびと》にお馴染みの歌枕であった。その発端となった贈答が『古今和《こきんわ》歌集《かしゅう》』にある。

宗岳大頼《むねをかのおほより》が、越《こし》よりまうで来たりける時に、雪の降りけるを見て「己《をの》が思ひはこの雪の

ごとくなむ積もれる」と言ひける折によめる

凡《おほしかふちのみつね》河内躬恒

君が思ひ　雪と積もらば　頼まれず　春よりのちは　あらじと思へば

返し

宗岳大頼

君をのみ　思ひこし路《ぢ》の　白山《しらやま》は　いつかは雪の　消ゆる時ある

（宗岳大頼が、北陸から上京してきた時に、雪が降っているのを見て「私の友情はこの雪のように積もっているよ」と言った折に詠んだ歌

凡河内躬恒

君の友情が雪のように積もるというのなら、それはとても頼りにはできないね。春から後はなくなってしまうと思うと。

返歌

宗岳大頼

君のことばかりを思って私が暮らしてきた越の国の白山では、雪が消える時などあるものか。雪は決して消えないんだよ）

（『古今和歌集』雑下　九七八・九七九）

凡河内躬恒は、『古今和歌集』の撰者の一人である。彼をはじめ都人にとって雪とは、容易に消えてしまう頼りにならないものというのが常識だった。だから宗岳大頼が躬恒への友情を雪に喩《たと》えた時、躬恒は驚いて歌で質《ただ》した。すると宗岳大頼も歌で答えたことには、越の白山では雪は決して消えない、雪は永遠に続くものの象徴なのだという。我が思いを雪に喩えることで、逆に大頼は友情の固く強いこと

を言おうとしたのだ。

定子が雪山の寿命のことを言い出した時、清少納言の心にこの贈答が浮かんだのだと、平安文学研究者・圷美奈子は考える。私もその説に賛成である。理由は、大頼の返歌の上の句「君をのみ思ひこし路の白山は」である。大頼はこの言葉で躬恒への友情を言ったのだが、清少納言にしてみればこの「君」は、定子となる。彼女は御前の庭の雪山を「私がずっと中宮様を思い続けてきている職の御曹司の雪山」と見たのである。これから始まる清少納言の雪山に対する尋常ではないこだわり方も、この句を脳裏においてこそ理解できる。

もちろん、それならば下の句には「いつかは雪の消ゆる時ある」とあるのだから、賭けの答えは「いつまでも消えない」とするのが筋であった。だがこれは「賭け」なので、「消えない」では答えにならない。そこで正月の十日過ぎまでという最長の期日でもってこの歌の意を表そうとしたのではないか。それが圷の説である。

だがその回りくどさのせいもあってだろう。清少納言が雅びな機知と定子への思いを込めた答えの意味は、女房たちに気づいてもらえなかった。皆に反駁《はんばく》され、清少納言も心が揺らいだ。「確かにもたないかも。正月上旬とでも言っておけばよかった」。ちらりとそう思ったが、「一度言い始めたことだもの」と思い直し、あくまで主張を通す清少納言だった。

年明けと参内

十二月二十日頃、雨が降った。雪山は消えはしないものの、少し背が低くなった気がする。清少納言は「白山の観音《くわんおん》、これ消えさせ給ふな」と祈った。白山は観音霊場としても知られていたからだ。年末になると、雪山は少し小さくなったようだが、まだ高さは保っている。そしてとうとう、それは年を越した。

元日、またしても大雪が降り積もり清少納言を喜ばせた。が、定子は「これはあいなし（これはだめよ）」と新雪を掻き捨ててしまった。たとえ遊びといえど厳正を期する定子なのだ。清少納言は浮かれ気分に冷や水を掛けられた体《てい》である。

こうして雪山を中心に職の御曹司の日常が過ぎてゆくなか、その日がやってくる。

さて、その雪の山は、まことの越《こし》のにやあらむと見えて、消えげもなし。黒うなりて、見るかひなきさまはしたれども、げに勝ちぬる心地《ここち》して、いかで十五日待ちつけさせむと念ずる。されど、「七日をだにえ過ぐさじ」となほ言へば、いかでこれ見果てむと皆人《みなひと》思ふほどに、にはかに内《うち》へ三日入《い》らせ給ふべし。

（さて、その雪山は本物の越の白山であったと見えて、消える気配もない。黒ずんで見る価値もなくなってはいるが、私はもう勝ってしまった心地で、何とかして正月十五日を待ちとりたいと祈った。だが同僚たちはなおも「せいぜい七日を越せないでしょう」などと否定する。何とか決着を見届けたいと誰もが思っていたが、中宮様はこの三日には、一時内裏へお入りにならなくてはならない）

（『枕草子』第八三段「職の御曹司におはしますころ、西の廂に」）

清少納言の賭けの期日は「十日過ぎ」と曖昧《あいまい》に記されてきたが、実はピンポイントで十五日という日であったことがここで明かされる。そしてさらりと、正月三日の参内の予定が記される。実はここにはある仕掛けがあった。

この章段は、雪山の話題を一種の目隠しにしながら、多くのほのめかしに満ちている。大体冒頭から、職の御曹司で「不断《ふだん》の御読経《みどきょう》」が行われたと記しているが、一体何のためなのか。「不断の御読経」は僧を呼んでの二十四時間連続の生《なま》読経で、よほどの願いがある時に行われるものなのだ。また、一条天皇に仕える内裏女房である右近内侍《うこんのないし》が普段からしょっちゅう職の御曹司に顔を出していること、雪山が作られた十二月十日過ぎに天皇からの何事かを告げる使いがやって来たこと。正月二日には、当時隠然とした力を持っていた賀茂斎院《かものさいいん》・選子《せんし》内親王からじきじきに和歌と縁起物の卯槌《うづち》が贈られたこと。雪山の賭けの裏で実は着々と何かが進行していたことが、しかし決してそうとは明言されない形で書かれている。

そんななか、多くの『枕草子』研究者の意見が一致するのが、十二月十日過ぎにやって来た使いである。彼は勅命で定子を内裏に召す日程を、秘密裏に知らせに来たに違いない。それがたまたま、定子が雪山を作った日であった。ところがそうなると、雪山の賭けは参内の勅命を受けた後に行われた可能性が出てくる。それを後押しするのが「正月十五日」だ。この日には一般に、邪気払いのために七種の雑穀の入った粥《かゆ》を食べる風習があったのだが、その粥を炊いた薪の燃え残りで女性のお尻を叩くと男子が生まれるとされていた(『枕草子』第三段「正月一日は」)。つまり男子を望む夫婦にとって大切な日であったのだ。清少納言は最初から、その日の贈り物として定子に雪山を捧げたかった。清少納言自身の定子への永遠の忠誠と、定子の男子出産への予祝《よしゅく》という、両方の意味を込めて。だからこそ清少納言は、初めて「十五日」という日を明かした文脈でやはり初めて参内のことを明かし、雪山に懸ける並々ならぬ思いの理由を、読者に勘付いてもらおうとしたのだと思う。

壊された白山

定子が内裏に行くとなれば、清少納言も定子に付いて内裏に赴かなくてはならない。だが雪山が気に掛かる。そこで彼女は職の御曹司の植木番に物を取らせ、監視役を命じる。童べなどに登らせぬようにと言い含め、清少納言は定子とともに三日に内裏に入り、七日には定子のいる内裏から、清少納言自身は退出して自宅に戻った。

内裏にいた間も自宅に戻ってからも、清少納言は雪山が気になってならない。植木番は気負いこんで見守り、正月十日には「あと五日はもちそうだ」と知らせてきた。それで喜んでいたところ、十四日夜半は土砂降りの雨となった。清少納言は夜も起きて騒ぎ立て、家人《かじん》からも「物狂ほし」と笑われる始末だが、構ってなどいられない。様子見に使いを送ると、円座《わろうだ》くらいの大きさだが確かに雪山は残っているという。清少納言の胸に安堵と嬉しさがこみ上げた。早く明日にならないものか。時のたつのがじれったい。明日になったら雪を盆に盛り、人の語り草になるような歌を添えて中宮様に差し上げるのだ。

清少納言はうなりながら和歌をひねった。

ところがその翌朝、果たして雪山はなくなっていた。

「いかにしてさるならむ。昨日までさばかりあらむものの、夜のほどに消えぬらむ事」と言ひくんずれば、「木守《こもり》が申しつるは、『昨日いと暗うなるまで侍《はべ》りき。禄《ろく》給はらむと思ひつるものを』とて、手を打ちてさわぎはべりつる」など言ひさわぐに、内《うち》より仰《おほ》せ言《ごと》あり。「さて雪は今日までありや」

（「どうしてそんな事に。昨日まであれほど残っていたものが、夜の間に消えてしまったなんて」。私ががっかりすると使いが「植木番が申すには『昨日暗くなるまではございました。今日まで残ったら約束の褒美を頂くつもりだったのに』と手を叩いて悔しがっていましたよ」と答え騒いでいるところへ、内裏から中宮様の仰せ言が届いた。「さて、雪は今日まであって？」）

（『枕草子』第八三段「職の御曹司におはしますころ、西の廂に」）

あんなに勝利を確信していたのに、最後の最後になって、中宮様に雪を見せることができなかった。清少納言は悔しさに歯噛《はが》みする。ともあれ定子への返事では、誰も年越しを予測しなかったのに結局は正月十四日の夕べまであったのだから大したものだと思うとか、自然に消えたのではなく悪意ある誰かに掻き捨てられたのだなどと、弁解に終始するしかなかった。

そして場面は、この章段の最終シーン、正月二十日の内裏となる。定子はまだ内裏に滞在中で、自宅から参上した清少納言と差し向かいで語る。やがて一条天皇もやって来る。『枕草子』が本当に久しぶりに描くことのできた、夫婦相和《あいわ》する二人の姿だ。定子は正月三日に参内し、清少納言が心に掛けた十五日も天皇とともにいた。そして少なくとも二十日まで、何と半月以上に及ぶ長期間内裏に滞在した。他のどの史料も全く記さないその事実を、清少納言ははっきりと示したのだ。

定子に会うや、清少納言は無念の思いを訴えた。もしも雪が残っていたら、白い紙に麗《うるわ》しく和歌を書いて添え、中宮様に捧げようと用意していたのにと。すると定子は破顔一笑《はがんいっしょう》して言った。

「かう心に入れて思ひたる事をたがへつれば、罪得《う》らむ。まことは、四日の夜、侍《さぶらひ》どもをやりて取り捨てしぞ」

(「お前がこんなに一心に思い詰めていることを台無しにしたのだから、罰が当たるわね。本当は十四日の夜、私が侍たちを職の御曹司に遣わして、雪山を壊して捨てさせたのよ」)

(『枕草子』第八三段「職の御曹司におはしますころ、西の廂に」)

何と、やはり雪山は自然に消えたのではなかった。破壊されたのだ。しかも、こともあろうにそれを命じたのは定子だったという。

君臣の思い

定子は言葉を続けた。男たちによれば雪は固くて大量にあったというから、放っておけばめでたく十五日を越え、二十日までももつかもしれなかったこと。天皇が、よくぞ清少納言は考えあてたものだと感心し、殿上人《てんじょうびと》との話題にしたこと。そして言った。

「さてもその歌語れ。今は、かく言ひあらはしつれば、同じ事、勝ちたるなり」と、御前《おまへ》にも仰せられ、人々ものたまへど、「なでふにか、さばかり憂《う》き事を聞きながら啓し侍らむ」など、まことにまめやかにうんじ、心憂《こころう》がれば、上もわたらせ給ひて、「まことに年頃は、おぼす人なめりと見しを、これにぞあやしと見し」など仰せらるるに、いとど憂くつらく、うちも泣きぬべき心地ぞする。

(「いいから、お前が用意したというその歌を披露しなさい。今は私がこうして白状したのだから、雪山は残っていたのと同じことよ。お前は勝ったのよ」。そう中宮様もおっしゃり、女房たちも促してくれた。だが「どうして、そんなにつらい話を聞きながら晴れの歌をお聞かせできましょう」と私は心から落ち込んでがっくりしてしまった。そこへ帝《みかど》がいらっしゃり、「長年、中宮は本当にお前をお気に入りのようだと見ていたんだが、今回は意外だったね」などと仰せになる。私は本当に悲しくつらく、泣き出してしまいそうな気分だった)

(『枕草子』第八三段「職の御曹司におはしますころ、西の廂に」)

本当なら雪山は残っていた、お前は勝ったのだと定子に言われ、同僚たちからも認められた。なのに清少納言の心に勝利感は全くない。天皇の言葉にもショックを受け、涙ぐみそうになっている。まるでだだをこねる子どものようだと思うのは、私だけだろうか。だが清少納言はどうしても、あの雪の山の消え残りを定子に見せたかったのだ。「君をのみ思ひこし路の白山はいつかは雪の消ゆる時ある」。たとえ傍目《はため》には雪山の残骸であろうと、それは定子に心酔し定子だけに仕え続けてきた清少納言の思いの象徴だった。それを、まさに定子にとって祝うべき正月十五日に、「どうぞ」と言って捧げたかった。だから清少納言は、あんなにも一生懸命になっていたのだ。ところがその計画が、定子自身によって阻まれてしまった。それで傷ついて、清少納言はすぐには立ち直れなかったのだ。「本当に悲しい。正月に雪が降った時だって、喜んでいたら『それはだめ、捨てなさい』って、中宮様ったら」。女房たちに訴えると、天皇が言った。「中宮は、お前を勝たせるまいと思われたんだろうね」。この彼の言葉と笑いが、長い章段の結びである。

一条天皇の最後の言葉は、彼が定子を愛するが故に、清少納言をなだめたものだ。すんなり勝たせたのでは清少納言のためにならない。例えば目立ちすぎだとか、あるいは自慢げだとかで、清少納言が周囲から妬《ねた》みを買わないとも限らない。定子はそれを防いだ、清少納言への思いやりだったのだと、優しい彼は言うのだ。

だが、その考えは正しいだろうか。定子は清少納言に、雪山を自ら壊させたことを白状し、「お前は勝ったのだ」とはっきり言っている。清少納言を勝たせたくなかったのなら、このような言葉を吐かなかったはずだ。そもそも大切な十五日を目前に雪山を捨て去ってしまった定子には、清少納言への配慮などというものを超えた激しい意志を感じざるを得ない。清少納言の思いを十二分に分かりながら、それでも清少納言とは逆に、彼女はどうしても雪山の残骸をこの世から消し去りたかったのだ。

私は、清少納言が心に掛けていたあの和歌、「君をのみ思ひこし路の白山はいつかは雪の消ゆる時ある」を、定子も心に抱き続けていたのだと思う。これはそれだけ人口に膾炙《かいしゃ》した和歌だからだ。ただ、清少納言がこの和歌に定子への自分の思いを重ねたのとは違い、定子は歌の「君」を一条天皇と見立て、夫への自分の思いを重ねたのだと考える。職の御曹司に入って一年半。妻でありながら妻ではないような宙づりの状態の中、定子はずっと天皇を思い続けてきた。それはどんなに長くつらい時間であったことか。定子が雪山を作らせたのは、そのような思いで過ごしていたさなかであった。ところが雪山を作ったまさにその日、ついに天皇から、正月三日逢瀬《おうせ》という知らせが来た。「君をのみ思ひこし路」の「思ひ」がとうとう報われるのだ。だがそれは同時に、皇子懐胎というあまりに大切な使命を負うことでもある。ならばせめて、男子誕生を祈る粥杖《かゆづえ》の日・正月十五日を、どうか天皇と二人で迎えたい。定子は縋《すが》るようにそう願っただろう。「いつかは雪の消ゆる時ある」という消えることのない愛は、二人がその日、ともに男子誕生を祈ることによって固く一つに結ばれるのだ。

ならばなおさら、定子が十四日の夜に雪山を壊させたのは理解しがたいと考える向きがいるかもしれない。だがそれは逆だ。十四日の夜に内裏におり、翌日を天皇と二人で過ごすことができるという確実な見込みがついた時、定子は職の御曹司の雪山を消し去った。彼への彼女の思いを象徴する山は、現実の雪山としてはもう役割を終えた。その最期を見る必要はない。消えない愛の象徴は、天皇と定子の心の中だけにあれば、もうよかったのだ。

思い返せば、かつて定子の父・道隆《みちたか》も、一丈（三メートル）もの満開の桜の造木を庭に飾り、雨が降って美しさが損ねられるや、こっそり捨て去ってしまったことがあった。しかし彼はその後も、その桜を話題にしては興じた。清少納言はその時、雅びなものの最期を露わにせず心で大切にし続ける道隆に感じ入った（第二六〇段「関白殿、二月二十一日に、法興院《ほこゐん》の」）。娘の定子もまた雪山を、その最期を消し去ることによって、逆に心の中で永遠に生き続ける雪山にしたのだと、私は考える。

定子を思う清少納言と、清少納言をねぎらう定子。一条天皇を思う定子と、定子を気遣う一条天皇。その周りに女房たちがいて、皆笑っている。何年も前に一たび途絶えた宮廷の光景が戻って来た。そしてこの幸福は、やがて十カ月後、定子による天皇の第一皇子・敦康《あつやす》親王出産という快挙につながることになる。清少納言にとって、どうしても書かずにいられなかった、天皇と中宮の秘密の逢瀬だった。

この秘事を『枕草子』が明らかにしたのは、おそらく定子の死後のことだろう。敦康親王もこの章段を読んだだろうか。定子は親王の誕生の一年後に亡くなり、彼はその後、彰子のもとで育てられた。おそらく定子の顔も覚えてはいるまい。父天皇からは一貫して後継を期待されながら、権力に利用され翻《ほん》弄《ろう》される少年期を彼は生きた。だがこの予祝にあふれた章段を読んだならば、自分の誕生が両親にとってどれだけ幸福なことであったかが、少年の彼にも感じ取れたに違いない。

【第一三章】　漢学のときめき

香炉峰の雪

清少納言は、定子《ていし》の前では常に機知を忘れなかった。その知性は、和歌はもちろん漢文にもわたる。それで思い出されるのが第二八〇段、清少納言の代名詞ともいえる「香炉峰《こうろほう》の雪」の逸話である。

雪のいと高う降りたるを、例ならず御格子《みかうし》まゐりて、炭櫃《すびつ》に火おこして、物語などしてあつまりさぶらふに、「少納言《せうなごん》よ、香炉峰《かうろほう》の雪いかならむ」と仰せらるれば、御格子上げさせて、御簾《みす》を高く上げたれば、笑はせ給ふ。人々も、「さることは知り、歌などにさへ歌へど、思ひこそ寄らざりつれ。なほこの宮の人にはさべきなめり」と言ふ。

（雪がずいぶん高く積もった日のこと。御前《おまえ》の女房《にょうぼう》たちは、いつになく御格子を下ろし、火鉢に火をおこしておしゃべりなどに興じていた。するとその時、定子様が「少納言よ、香炉峰の雪はどんなかしら」と、私に仰せになった。そこで私は、御格子を上げさせ、御簾を自分の手で高く上げて、中宮《ちゅうぐう》様に外の雪景色をお見せした。すると中宮様はにっこりと笑って下さった。その場にいた同僚女房たちも「『香炉峰の雪は』と来れば、詩の一節で、続きは『簾《すだれ》をかかげて看《み》る』でしょう？　そんな文句なら、もとから知っているし、節をつけて歌にまで歌っているくらいだわ。でも、清少納言のようにしようとは思いつきもしなかった。やはり、この中宮様の女房としてお仕えする人は、ああでないとね」と言ってくれた）

（『枕草子』第二八〇段「雪のいと高う降りたるを、例ならず御格子まゐりて」）

いつ、どこでの逸話なのかは明記されない。せっかく雪が積もり、外は風流な眺めだというのに、女房たちは寒さのせいか、いつになく無粋にも格子を下ろして、暖を取っていた。ふと、定子が清少納言に声をかける。「香炉峰の雪いかならむ」。その心は、白居易《はくきょい》の詩「香炉峰下に新たに山居を卜《ぼく》して草堂初めて成り、偶《たまたま》東の壁に題する五首」の中の一首にある句「香炉峰の雪は、簾を撥《かか》げて看る」である。よく朗詠《ろうえい》されて、後年、「歌本」である『和漢朗詠集《わかんろうえいしゅう》』が成立した時にも載せられるほど周知の一節だったので、女房たちの頭にも詩句はすんなりと浮かんだ。実際、自ら「歌にして歌ってもいる」ほどだったのだ。だが定子の問いは、詩句を答えよなどという難度の低い知識クイズではなかった。

この詩で詩人・白居易は、日が高くなった中ぬくぬくと夜具にくるまりながら、外にそびえる香炉峰の雪景色を見たいと思った。定子も同じで、暖かい部屋の中にいながら、しかし御前の庭の美しい雪景色を見たいと思った。だがあいにくと御格子も御簾も下りていて外は見えない。定子は自分でそれを上げるわけにもいかない。それで「香炉峰の雪いかならむ」と言ったのだ。したがって、問いかけに対するゴールは定子に雪を見せることである。

清少納言は、定子のこうしたあり方をよく心得ていた。中宮様がいま何を欲しているか、それが清少納言の常に心に掛けるところだった。だから即座に定子の意を悟り、望み通りに雪を見せることができた。そしてその機知と配慮でもって、同僚から「定子付き女房の手本」とまで褒められたのだ。なお、もとの詩では、詩人は御簾を「撥げて」いる。これはぽんとはじくことだ。しかしそれでは、室内の奥にいる定子に雪を見せることはできない。そこで清少納言は御簾を高く上げた。詩の通りに演じるか否かではなく、定子の意を叶えるか否かが問題だったからだ。

それにしても、ただ「御格子参れ。御簾上げよ」と言えば済むところなのに、こうした些細な日常の一コマを知的ゲームで彩るのが、いかにも定子である。定子や清少納言にとって、漢詩文素養とは基本的にこうしたもの、つまり、日常をときめかせる知的な飾りであった。そして、彼らにはそれで十分だった。

後に紫式部《むらさきしきぶ》は、『紫式部日記』で清少納言を評して「さばかりさかしだち、真名《まな》書き散らして侍るほども、よく見れば、まだいと足らぬこと多かり（あんなに教養を気取って漢字を書き散らしていますけれど、その学識の程度も、よく見ればまだまだ足りない点だらけ）」と記した。そう言われてみれば、確かに学識不足と言われかねないところが、この「香炉峰の雪」の段にも、ないわけでもない。実は、詩人・白居易の人生を追って詩を読み込めば、この詩は彼が田舎に左遷されていた時のものだった。そして詩人の心は、必ずしものんびりしたものではなかった。表面的には閑居《かんきょ》を楽しむと言いつつ、それは韜晦《とうかい》で、実は今の暮らしに強い不満を抱き、香炉峰の雪の観賞などさっさと切り上げて長安《ちょうあん》に戻りたいという思いこそが真意だったという解釈が行われている。紫式部もそのように読んでいた可能性があり、とすれば高い漢学の素養があった紫式部は、その点で清少納言より自分が上だと暗に言いたかったのだろう。だが平安中期の日本で、菅原道真《すがわらのみちざね》など文人《ぶんじん》や紫式部たち特に漢籍《かんせき》を深く読み込んだ読書人を除く貴族社会一般に対して、そこまで白居易を読み解けというのは、無いものねだりだったのではないだろうか。確かに皆がこの詩句を口ずさんではいた。だがやがて、歌詞として人口に膾炙《かいしゃ》した和歌や漢詩の句が藤原公任《きんとう》によって集められた『和漢朗詠集』が作られた時、これは「山家」の部に分類された。山居の風流を楽しむ詩句と見なされたためである。定子も清少納言もその理解の中にいたのであり、その限りにおいては間違いも不足もなかったのだ。

一条《いちじょう》朝前期には、漢詩文は最高級の知的装飾という認識が世を覆っていた。そして定子や清少納言は、その装飾を共有し暮らしの中で楽しんだ。彼らはその点でもやはり、確かに文化の最先端にいたのだった。

助け舟のおかげで

得意の機知でもって定子後宮《こうきゅう》の看板女房と評価された清少納言は、定子の境遇がどう変わろうとも、その場所その場所で定子の文化のアピール役を担ってゆくことになる。

こんな清少納言が、漢文教養で口を滑らせ、あわや大失敗となりかねない事態を招いたことがあった。その時、すかさず助け舟を出してくれたのが、あの蔵人頭《くろうどのとう》・藤原行成《ふじわらのゆきなり》だった。

定子が職《しき》の御曹司《みぞうし》にいた時のことである。五月の夜、殿上人《てんじょうびと》たちがやってきて、声高に「女房はお控えか」と言う。定子に促され、清少納言は応対に出た。

「こは、誰《た》そ。いとおどろおどろしう、さはやかなるは」と言ふ。ものは言はで、御簾をもたげてそよろとさし入《い》るる、呉竹《くれたけ》なりけり。「おい、此の君にこそ」

（「これはどなたですか。皆さんで、大声で」と私が言うと、相手は黙ったまま、御簾を持ち上げてかさこそと何かを差し入れた。呉竹だった。「あら、『此の君』じゃないの」）

（『枕草子』第一三一段「五月《さつき》ばかり、月もなういと暗きに」）

「此の君」。漢文教養は、清少納言が呉竹を見て言ったこの言葉にある。中国は晋《しん》の書家で有名な王羲《おうぎ》之《し》の息子・王徽之《きし》が呉竹を愛し「此の君」と呼んだことを、清少納言は知っていた。それが反射的に口から出てしまったのだ。「さあ、殿上の間の皆に報告しよう」。殿上人たちは清少納言の教養に驚き、清《せい》涼《りょう》殿《でん》に戻った……と、ここまではいつもの〈自讃譚《じさんたん》〉に思える。だが藤原行成だけは、その場に一人残っていた。彼は清少納言に言った。「実はみんな、女房たちと竹を題に歌でも詠もうと思ってやって来たのだけれど」。そうか、殿上人たちは和歌を楽しむつもりだったのだ。その意も確かめず漢文素養を口にしたのは勇み足だった。だが、ことはそれだけではなかった。

「呉竹の名を、いととく言はれていぬるこそいとほしけれ。誰が教へを聞きて、人のなべて知るべうもあらぬことをば言ふぞ」などのたまへば、「竹の名とも知らぬものを。なめしとやおぼしつらむ」といへば、「まことに、そは知らじを」などのたまふ。

(「君に呉竹の愛称をさっと言われて、歌も詠まずに退散したとは、彼らも気の毒だったね。それにしても君はいったい誰に聞いて、人の知っていそうにもないことを口にしたんだい?」。そうおっしゃるので、私は「竹の名だなんて、知らないわ。失礼と思われたかしら」。行成様は「そうだよね。君がそんなこと知るはずがないよね」とおっしゃった)

(『枕草子』第一三一段「五月ばかり、月もなういと暗きに」)

竹を差し出した殿上人《てんじょうびと》に対して清少納言が「此の君」と言ったのは、もちろんそれが呉竹の愛称だと知っていたからである。だがそのことを行成に質《ただ》されるや、彼女は一転「知らない」としらばくれた。そして行成も「そうだろう」と話を合わせた。なぜか。実はこの場面では、「此の君」という言葉は半ば地雷だった。清少納言は行成と話していて、そのことに気づいたのだった。

王徽之が呉竹を「此の君」と呼んだことは、正史『晋書《しんじょ》』から幼学書『蒙求《もうぎゅう》』まで、いくつかの漢籍に見える。そしてそこには、当時王徽之が「空宅」に身を寄せていたとある。人のいない、わびしい空き家の仮住まいということだ。これこそが百パーセントの地雷である。そのことを指摘した平安文学研究者・古瀬雅義は言う。「実家を火災で焼失して行き場が無く、鬼が出ると言われた職の御曹司住まいを余儀なくされた当時の定子たちの置かれた状況と付き過ぎている」。確かにそのとおりだ。それにも気づかず、清少納言はつい口を滑らせてしまったのだ。

　このように清少納言の「此の君」は、出典によっては定子を傷つけるものだった。だが「空宅」という言葉の出てこない出典もある。はやりの朗詠の文句だ。清少納言は、ただそれを聞いて知っていただけだと言い繕うこともできる。その逃げ場をつくってくれようとして、行成は「誰に教わったのか」と聞いたのだ。しかし清少納言は、手柄を抱えて逃げる道を選ばなかった。この際、竹の愛称など全然知らなかったことにしよう。竹を差し出した人に対してただ「あら、あなたね」と言っただけのことにすればよいのだ。漢文素養で褒められなくてもよい。中宮様を傷つけることは避けたい。しらばくれたのは、そのためだ。そしてその清少納言の思いが分かったから、行成は調子を合わせたのだ。

　だが、殿上人たちはどう受け取ったのだろう。清涼殿に戻って皆に言うといっていたが、定子を背中から打つような清少納言の粗忽《そこつ》をあげつらって笑っていたらどうしよう。天皇が耳にして定子への無礼と不興《ふきょう》に思われないだろうか。

　はたして、さっきの殿上人たちが戻って来た。「栽《う》ゑて此《こ》の君と称す」。口々に歌っている。朗詠だ。「空宅」の出てこない「此の君」だ。彼らは「空宅」のある漢籍に思い及ばなかったのか。いや、さすがにそれはあるまい。『蒙求』は貴族の子弟の漢文入門書だ。清少納言の失敗に思い当たった者もいたに違いない。しかしそれはスルーされたのだ。殿上人たちは、清少納言の知識を天皇に報告したと告げた。天皇も興じていたという。どんなに清少納言はほっとしたことか。行成は彼らと声を合わせ、朗詠を何度も歌って盛り上げてくれた。その晩、殿上人たちは当初の計画通りに定子付き女房たちと語り明かし、満足げに内裏《だいり》に戻っていった。かくして清少納言は、定子後宮の文化的な一晩を先導できたばかりか、自ら捨てる覚悟をした漢文素養の手柄を、今回も手中にしたのだった。

なお、このことはやがて一条天皇を介して定子の耳に入った。「そんなことがあったの?」と定子に聞かれ、清少納言は「存じません。私は何も知らなかったのに、行成様が勝手に私の手柄に仕立てたのでしょうか」と、しらばくれた。どこで手柄と称賛されようが、中宮様の前でだけは絶対に否定しなくてはならない。私は呉竹の愛称を記した漢籍など知らないのだ。この答えに、定子は口元をほころばせたという。古瀬雅義は「私はお見通しよ」という感じの笑みだったのだろうと想像する。きっとそうに違いない。

つまりこのエピソードは、清少納言が漢文素養を開陳して殿上人や天皇に褒められたという〈自讃譚〉ではない。彼女が大変な失敗をしでかしそうになった時に、そのことに気づかせてくれた行成と、見逃してくれた殿上人や一条天皇、全部分かりながら許してくれた定子を記す〈思い出話〉なのだ。

紫式部がこのエピソードを読んでいたとして、彼女はどう思っただろう。教養の正しさ、深さという絶対評価を価値観とした紫式部と、コミュニケーション・ツールとしての教養という相対評価を価値観とした清少納言。二人は違っていてよい。違っているところが面白いのだ。

【第一四章】 試練

生昌邸へ

雪山の賭けと並行して定子《ていし》が一条《いちじょう》天皇との逢瀬《おうせ》を果たし、身ごもった長保《ちょうほう》元（九九九）年。八月九日、妊娠七カ月の定子は出産に向けて職《しき》の御曹司《みぞうし》を出、中宮職《ちゅうぐうしき》の三等官であった平 生昌《たいらのなりまさ》の家に移ることとなった。だがこれは、定子や清少納言にとっていくつもの意味で屈辱的な出来事であった。

そもそも、彼の家は中宮を迎えるには貧相すぎた。門からして「板門屋」という、二本の柱の上に板葺《ぶ》きの屋根を置いた簡素なものだった。上層貴族の邸宅なら親柱の前後にそれぞれ二本の側柱のついた「四足門《よつあしもん》」が普通である。通常、皇族が療養などで身分の低い者の家に逗留《とうりゅう》する場合には、とりあえず板門屋は四足門に作り替えられるものだった（『小右記《しょうゆうき》』長保元年十月十二日）。ところが生昌はそれをしなかった。人々は「宮様の御輿《みこし》が板門屋を出入りするなんて聞いたことがない」と噂《うわさ》したという（『小右記』同年八月十日）。

それを、『枕草子』は次のように記す。

大進《だいじん》生昌が家に、宮の出《い》でさせ給ふに、東《ひんがし》の門《かど》は四足になして、それより御輿は入らせ給ふ。

（大進生昌の家に中宮様がお出ましになるので、東の門は四足に作り替えて、中宮様の御輿はそこからお入りになる）

（『枕草子』第六段「大進生昌が家に」）

「東の門は四つ足になして」は明らかな嘘である。だが敢えて清少納言は『枕草子』にはこう記した。生昌宅の板門屋は、清少納言にとってこの世から消し去ってしまいたいほどのものだったのだ。

いや、そもそも問題は、板門屋よりも生昌である。彼は実は信用ならない男で、中宮の側近という立場にありながら道長《みちなが》側の間者《かんじゃ》として働いたこともあった。それは長徳《ちょうとく》二（九九六）年十月、政変後一時的に播磨《はりま》に配流《はいる》されていた伊周《これちか》が密《ひそ》かに入京し、定子の御所《ごしょ》に身を寄せた時だった。生昌はそれを道長に密告したのだ。伊周は即座に再逮捕され、結局当初の厳しい勅命《ちょくめい》どおり大宰府《だざいふ》に流されることになった（『小右記』同年十月八日・十一日）。それから三年、あのような裏切りを犯しながらも、生昌はまだぬけぬけと定子に仕えている。定子に仕えたがる者のない状況に乗じて中宮職に居座っているのだ。あるいは、いまだに道長への内通を続けている可能性すら否定できない。それがこの生昌という男の正体なのだった。

いや、そもそも出産という大事を、なぜ殊更に生昌宅で行わなくてはならないのか。この頃にはもう伊周も隆家《たかいえ》も赦《ゆる》されて京に戻ってから二年程も経っており、彼らには彼らの邸宅があったはずなのに。

何か大きな力が働いたに違いない。そしてそこには、定子の事務方として最も力を尽くすべき中宮大夫《だいぶ》、つまり中宮職長官の不在ということも手伝っていたに違いない。中宮大夫は、先の生昌の兄・平惟仲《たいらのこれなか》だった。だが彼は、この僅か一カ月前に、病気を口実に辞任していた（『小右記』同年七月二日）。惟仲はもともと定子の祖父・藤原兼家《ふじわらのかねいえ》の子飼いの家司《けいし》だった人物で、文章道《もんじょうどう》出身の実務官僚として能力を発揮、兼家が亡くなった後は定子の父・道隆《みちたか》に密着して、受領《ずりょう》階級の出身ながら公卿《くぎょう》に昇るという破格の出世を果たした。ところがその恩義もどこへやら、長徳の政変後は手のひらを返して定子側と距離を置き始める。それでも昔の縁が考慮されたのだろう、この長保元（九九九）年正月三十日には中宮大夫に起用された（『公卿補任《くぎょうぶにん》』）。推測するに、定子を気遣った一条天皇の計らいとおぼしい。しかし定子の懐妊が公になるや、道長との対立の矢面に立たされるのを嫌って、彼は職を投げ出したのである。

このように見てくると明らかなように、生昌宅の板門屋は、当時の貴族社会において定子の置かれていた状況を象徴するものだった。懐妊したとはいえ、定子への白眼視は収まることがなかった。一条天皇をはじめとして数少ない応援者はいたものの、部下からは侮られ貴族社会から厭《いと》われる。清少納言が『枕草子』でついた門にまつわる嘘は、こうした記憶に対する清少納言の悲痛な思いを表していると言ってよいだろう。

道化と笑い

さて、この引っ越しについて『枕草子』に清少納言が記すのは、定子の輿が入った東門ではなく、自分たち女房《にょうぼう》の牛車《ぎっしゃ》が入ろうとした北門の事件である。何とその門は、狭くて牛車が通らなかったのだ。

北の門より女房の車どもも、まだ陣《ぢん》のゐねば入りなむと思ひて、頭《かしら》つきわろき人もいたうもつくろはず、寄せて下《お》るべきものと思ひあなづりたるに、檳榔《びらう》毛《げ》の車などは、門小さければ、さばかりえ入らねば、例の筵道《えんだう》敷きて下るるに、いとにくく、腹立たしけれども、いかがはせむ。殿上人《てんじやうびと》、地下《ぢげ》なるも、陣に立ちそひて見るもいとねたし。御前《おまへ》に参りて、ありつるやう啓《けい》すれば、「ここにても、人は見るまじうやは。などかはさしもうち解けつる」と笑はせ給ふ。

（女房は牛車でお供し、北門から入る。都合の良いことにまだ朝廷派遣の門番たちが到着しておらず、門はすんなり通れそうな様子。私のように髪の乱れた女房も、丁寧になでつけもせず「車を直接御殿《ごてん》につけて降りるのだもの」とたかをくくっていた。ところが何と門が狭すぎて、女房たちの檳榔毛の車が入らない。そこで、よくやる手で、臨時に地面に莚《むしろ》のようなものを敷き、その上を歩いて御殿に入った。もう嫌だ、腹が立ってしようがないが、どうしようもない。殿上人や小役人たちが詰め所に立ってじろじろ見ているのもいまいましい。中宮様のお部屋に行って言いつけると、「ここに来たからといって、人に見られないことは無いでしょう。髪も梳《す》かないなんて、どうしてそこまで油断したことかしらね」とお笑いになる）

（『枕草子』第六段「大進生昌が家に」）

牛車の幅は、『延喜式《えんぎしき》』によれば屋形部分の横幅が三尺二寸。これに左右の車輪の出っ張りを合わせて一メートル五十センチくらいか。それがつかえて入らないと言うのだから、この北門はほんの勝手口程度のものだったとおぼしい。そんな所から入らされ、しかも牛車から降りて歩かされた清少納言の憤りは想像に余りある。だが清少納言たちは所詮女房だ。男たちに見られたと怒っているが、女房たる者、誰に見られることからも逃げはしないとは、清少納言自身が『枕草子』（第二二段「生《お》ひさきなく、まめやかに」）で言っていたことではないか。こんなことでたじろぐ彼女ではなかったと私は思う。

むしろこの時、筵道の上を歩かされながら清少納言の脳裏に浮かんだのは、定子のことであったろう。誇り高い中宮が、板門屋から入ることを余儀なくされた思いはいかばかりか。家に入るや定子の御前《おまえ》に上がったのは、そのためである。さらに清少納言は、こんな時にいつも使う方法に出た。自分を道化に仕立てるのである。髪が癖毛であることは『枕草子』のあちこちに記され、清少納言の弱点だった。それを逆手にとって、乱れた髪を見られて残念がる自分を演じるのだ。そのことは自然に定子を笑わせるとともに「女房たるもの、いかなる時も油断は禁物、身だしなみに気をつけよ」とたしなめる優位な立場に定子を置く。人は慰められるよりも自分に相応《ふさわ》しい役割を与えられた方が元気が出るものだ。このみすぼらしい住処《すみか》でも定子に定子らしくあってもらうために、清少納言は道化になったのである。

枕草子の戦術

ところで、清少納言は女房たちが北門に差し掛かった時、朝廷派遣の門番がまだ到着していなかったと記している。中宮を迎えるにもかかわらず警備態勢がとられていないとは、不手際としか言えない。平安文学研究者の松尾聰と永井和子は、これを「急なことで配備が間にあわぬさま」と指摘する。実は定子の引っ越しは、日取りこそ五日も前から決定していたものの、実際に挙行できるかどうか、ぎりぎりまで危ぶまれたことだったのだ。

定子はまがりなりにも中宮であり、その引っ越しは公式の行啓《ぎょうけい》だったので、公卿の中から主務者を選んで指揮統括に当たらせる必要があった。これを「上卿《しょうけい》」と呼ぶ。『権記《ごんき》』によれば、蔵人頭《くろうどのとう》の藤原行成《ゆきなり》は八月四日の時点で一条天皇に呼ばれ、上卿を決めるよう命ぜられた。ところがそれから当日まで、公卿の誰も首を縦に振らない。それは道長のさしがねだった。定子の行啓の日程を知るや、道長は当日宇治《うじ》の別荘に一泊の遊覧旅行を決定、公卿たちを誘ったのだ。もちろん、彼らが定子の上卿を務められないようにである。実資《さねすけ》はこれを「行啓の事を妨《じゅだい》ぐるに似たり」と記している。娘の彰子《しょうし》が二月に女子の成人式である裳着《もぎ》を済ませ、一条天皇への入内《じゅだい》が秒読み段階に入った今、道長は定子をあからさまに敵視していた。この日道長に随《したが》ったのは、かつては清少納言を追いかけ回したこともあった、あの藤原斉信《ただのぶ》。また道長の腹違いの兄である藤原道綱《みちつな》たちだ。だが多くの公卿は宇治に同行しなかった。しかし定子のために働くことも断った。様子見を決め込んだのだ。そんなわけで、引っ越し当日になっても上卿が決まらない。そのどたばた劇を反映して、生昌宅の門番の配備は後手後手に回ってしまったのだった。

それでは、この日定子の行啓の上卿になったのは誰か。それは権中納言《ごんちゅうなごん》・藤原時光《ときみつ》なる人物だった。彼は道長のいとこで、道長の父・藤原兼家の次兄にあたる兼通《かねみち》の二男である。つまり時光は、定子の父・道隆のいとこでもあるのだ。兼家と兼通はともに故人だが、生前は極度に仲が悪かった。兼家は兄を愚鈍と侮り、兼通は執念で弟を権力の座から遠のけ、まさに骨肉の争いというべき政争を繰り広げた兄弟だったのだ。父たちの時代が終わったとはいえ、そのわだかまりは解けていなかったと見える。時光は道長の宇治行きに同行せず、一方定子への奉仕は「物忌《ものい》みで」と断った。そして事態が逼迫《ひっぱく》し天皇に恩を売れると判断するや、「病で物忌みだが、引き受けてもよい」と名乗り出たのだ。ちなみに彼は、「藤原正光《まさみつ》からの連絡で知ったのだが」と名乗り出た。正光は藤原行成とともに蔵人頭職を務めていた人物で、時光の弟だ。時光が弟の名を出したのは、自分が上卿を務めることを、行成ではなく弟の手柄にするためだ。このように藤原一族による権力独占下、同じ藤原氏の中にあって、彼らは時には兄弟ゆえに骨肉の争いを繰り広げ、時には助け合いもして、それぞれ一つでも上を目指そうとしたのだった（以上、『権記』長保元年八月四日・九日、『小右記』同年同月七日・九日）。

このような道長側からのいじめや、それに乗じた貴族たちの動きは、清少納言も知っていたに違いない。当日やってきた上卿の顔を見れば察知されることであるし、少なくとも定子死後の『枕草子』日記的章段の執筆時には、周知の事実となっていたはずだからである。だが『枕草子』は、これらの事実には一言も触れない。なぜだろうか。それは、この作品を守るためと考える。『枕草子』は、定子亡き後、道長権力のもとで生き延びなくてはならなかった。強固な後ろ盾のない清少納言が個人で書き、世にリリースして、広まるのを待つ。その細々《ほそぼそ》とした営みは作者にとって、事によっては容易に途絶えるものと感じられただろう。だからこそ『枕草子』の中には、道長への直接の恨み言は一言も書かれていない。中関白家《なかのかんぱくけ》を見捨てた斉信についても同様だ。

『枕草子』は、世との折り合いをつけて生き延びるために、いま現在権力の側にいる者たちには、ことさらに矛先を向けなかったのだ。権謀術数の渦巻く中にありながら『枕草子』の視界が清少納言周辺にとどまり、日常の些細《ささい》な事柄ばかりを描いているように見えるのは、清少納言の関心が日常にあったからという理由によるだけではない。政治でなく些事《さじ》を描く。それこそが、寄る辺なき『枕草子』の取ったサバイバル戦術だったのである。

清少納言の戦い

かくしてこの段、清少納言が書くのは自分自身である。だが生昌宅で清少納言がしたことは、自分が道化になることだけではなかった。彼女は生昌をこてんぱんに嘲《あざけ》った。それが彼女の戦いだったのだ。

第一ラウンドは、清少納言が門のことを定子に言いつけている矢先。ちょうど生昌が顔を出したので、清少納言はすかさず声をかけた。

「いで、いとわろくこそおはしけれ。など、その門はたせばくは造りて住み給ひける」と言へば、笑ひて、「家のほど、身のほどに合はせて侍《はべ》るなり」といらふ。「されど門の限りを高う造る人もありけるは」と言へば、「あなおそろし」とおどろきて、「それは于定国《うていこく》が事にこそ侍るなれ。古き進士《しんじ》などに侍らずは、うけたまはり知るべきにも侍らざりけり。たまたまこの道にまかり入りにければ、かうだにわきまへ知られ侍る」と言ふ。

（「ちょっと、本当にひどい人ね。どうしてあんなに狭い門にしてお住まいなの？」と言うと、生昌は笑って「家の格は、身の丈に合わせております」と答える。「でも、門だけは大きく作ったという人もいたわよ」と言うと「おお、これはまた恐れ入った」と驚き、「それは中国の于定国のことでしょう。長年学問を積んだ者でもなければ、知るはずもございませんのに。わたしはたまたまその道の者ですから、なんとか弁《わきま》えておりますが」）

（『枕草子』第六段「大進生昌が家に」）

于定国とは、『漢書《かんじょ》』などに見える前漢の政治家である。彼の父が門を広く作り、その門に相応しい人物が子孫から輩出すると宣言したところ、その通り子の于定国は宰相となった。清少納言はその逸話でもって生昌を叩いたのだ。もちろん、「あなたの家からは碌《ろく》な人物が出るはずもないが」という、道長にすりよって出世を窺《うかが》う生昌への痛烈な皮肉である。兄・惟仲と同じく文章道出身の生昌は于定国を知っており、清少納言の知識に舌を巻いた。

第二ラウンドは、夜である。何と生昌は、清少納言たち女房が眠っている部屋に忍んできたのだ。勝手知ったる自宅のこととて、彼はかけがねを開け、卑《いや》しいしわがれ声で清少納言を呼んだ。「そちらに参ってもいいですか、参ってもいいですか」

いみじうをかし。さらにかやうの好《す》き好《ず》きしきわざ夢にせぬものを、わが家におはしましたりとて、むげに心にまかするなめりと思ふも、いとをかし。かたはらなる人をおし起こして、「かれ見給へ。かかる見えぬもののあめるは」と言へば、頭もたげて、見やりていみじう笑ふ。

（笑えるったらない。いつもは絶対にこんな色好みめいた真似《まね》をしない者なのに、中宮様が我が家にいらっしゃったのをいいことに、完全にやりたい放題をしていると見える。ちゃんちゃらおかしい。私は隣で寝ていた同僚を揺り起こし、「あれをご覧なさいよ。あんな見かけない者がいるようよ」と声をかけた。彼女は頭をもたげ、生昌を見やって大声で笑う）

（『枕草子』第六段「大進生昌が家に」）

清少納言が一人で寝ているものと思い込んでいた生昌が尻尾を巻いて退散する背中に、清少納言と同僚は大笑いの声をあびせてやった。男と女のことをしようという時、どこの女が「入っていいわよ」など言うというのか。あまりの無粋さに腹を抱えたと清少納言は記しているが、もちろん黙って入ってくれば良いなどというわけではない。色事は女房にとって大切な雅びであり、生昌はその初歩も弁えない、価値のない男だということを清少納言は言っているのだ。この忍び事のことも、清少納言は夜が明けると早速、定子に言いつけた。

第三ラウンドでは、清少納言は生昌の言葉遣いを笑いの標的にした。生昌は「小さい」というのを「ちうせい」などと言うのだ。ほかにも童女の装束のことなどは、身分が低くて不案内なのだろう、アイテムの名を間違って言う。清少納言はそれを真似て、大いに馬鹿にした。

清少納言のしていることを、独自のあさはかな価値観を振りかざす女房による、上から目線の卑官《ひかん》いじめと見る向きもいるかもしれない。だが私には、そうとは思えない。みすぼらしい門と、野暮な夜這《ば》いもどきと、そして洗練されない言葉遣いとは、すべて一直線上にある。それらは、高貴で文化の最先端にあった定子の世界を侮り、否定するものたちだった。だから清少納言は、それらをこそ嘲笑《ちょうしょう》してやったのだ。嘲りは清少納言にとって武器だった。定子を侮辱する彼を侮蔑し笑い倒すことによって、清少納言は必死に戦ったのだ。生昌が主人づらをして仕切っている家に身を寄せ、彼に世話をされなければならないという、屈辱のなかで。

定子はしかし、清少納言を静かにたしなめ、生昌を気の毒がった。「例人《れいひと》のやうに、これなかくな言ひ笑ひそ。いと勤厚《きんこう》なるものを（普通の人なら生昌をいじって笑うのでしょうが、あなたはそこまでしてはだめよ。まじめで実直な者なのに）」。自分たちはいま普通の状況ではない。この「勤厚」な間者の世話になるしかない。この章段で定子は何度も笑っているが、この言葉を吐く時には笑わなかった。我が身の置かれた試練を、定子は心底から実感していたのだ。

なお、平生昌宅はこの後、中宮が滞在したため「三条宮《さんじょうのみや》」と呼ばれることになる。長保二（一〇〇〇）年十二月十六日に定子が命を閉じるまで、人生の最晩年の一年半は、ここが彼女の本拠地となった。その間、その門が改築されたという記録は残っていない。

【第一五章】　下衆とえせ者

下衆たちの影

清少納言は「下衆《げす》」が嫌いだ。下衆とはいわゆる庶民、地方はもちろん平安京においても人口の大部分を占める民衆である。庶民以外に、下男・下女にあたる下仕えのことも下衆という。いずれにせよ、貴族からすれば無教養で鈍感で貧しくて粗暴《そぼう》。その下衆が、しかし清少納言は気になってならなかったようである。

にげなきもの。下衆の家に雪の降りたる。また、月のさし入りたるも口惜し。
（不似合いなもの。下衆の家に雪が降っているの。月の光がさしているのも残念）
（『枕草子』第四三段「にげなきもの」）

天は人間を差別しないから、庶民の貧しい家が美しく雪化粧されることも、もちろんある。清らかな月光が降り注ぐこともある。だが清少納言は、それら雅びやかなものが下衆の領域を飾ることを許さない。下衆はあくまで下衆。雅びのおこぼれにあずかってほしくないと、叫ばずにいられない。理不尽を通り越して、子どもの我儘《わがまま》のようで笑ってしまう。だが清少納言は厳しい身分社会にあって、下級貴族にすらなかなかなれない父を持ち、幼い頃は周防《すおう》の田舎暮らしまで経験して、ただひたすら上流貴族の雅びに憧れていた。その憧れの世界を純化しようとする余り、下衆を全否定したのだ。

にげなきもの。（中略）下衆の、紅《くれなゐ》の袴《はかま》着たる。このごろは、それのみぞあめる。
（不似合いなもの。下衆女が紅の袴を着ているの。最近はそればっかりね）
（『枕草子』第四三段「にげなきもの」）

短くてありぬべきもの。（中略）下衆女の髪。
（短くあるべきもの。下衆女の髪）
（『枕草子』第二一八段「短くてありぬべきもの」）

若くよろしき男の、下衆女の名呼びなれて言ひたるこそ、にくけれ。
（貴公子が下衆女の名前を呼び慣れているなんて、気に入らない）
（『枕草子』第五五段「若くよろしき男の」）

下衆女が、貴族めかして紅の袴を着たり、髪を長めにしたり。そんなの似合わないのよ！　という叫びが聞こえそうだ。公達《きんだち》も、下衆を増長させるような真似《まね》はすべきでない。下衆が少しでも雅びの世界を侵食すると、清少納言はいらだつ。下衆は下衆の世界におとなしく卑しくしているがいい、と。

そうは言っても、清少納言の世界には頻繁に下衆が入り込んでくる。また清少納言たちは彼らにちょっかいを出す。例えば、例の雪山の章段。定子《ていし》の職《しき》の御曹司《みぞうし》に、法事の供え物のおさがりを狙ってみすぼらしい尼がやって来ると、定子女房《にょうぼう》たちはわらわらと集まる。若い女房たちは「結婚してるの？」「子どもは？」「家はどこ？」など口々に聞く。すると尼はエロティックな歌を歌い、いかにも淫猥《いんわい》な仕草で舞う。さすがに定子は耳を塞ぎ女房たちも嫌気がさして追い払ったが、こうした輩《やから》が大内裏《だいだいり》の一角をなす定子の御所《ごしょ》に出入りできたという実情があったのだ（第八三段「職の御曹司におはしますころ、西の廂《ひさし》に」）。

『枕草子』の中で最も差別的とされる第二九四段「僧都《そうづ》の御乳母《めのと》のままなど」も同じだ。平安文学研究者の萩谷朴によって長保《ちょうほう》二（一〇〇〇）年正月四日の西京火災以後、定子が平生昌《たいらのなりまさ》宅にいた時のことと考証されるこの段では、火事で焼け出された下衆男が半泣きでやって来る。定子の弟で僧となった隆円《りゅうえん》の乳母が同情し「何事ぞ」と声をかけると、下衆は答える。

「あからさまに物にまかりたりしほどに、侍《はべ》る所の焼け侍りにければ、がうなのやうに、人の家に尻をさし入れてのみ候ふ」

（「ちょっと出かけておりました間に、住み申し上げておりました所が焼け申し上げてしまいましたので、ヤドカリのように人の家に尻を突っ込んでいるばかりでございます」）

（『枕草子』第二九四段「僧都の御乳母のままなど」）

この下衆は敬語が使えるようだ。とはいえ、ばか丁寧が過ぎる、謙譲語「侍り」の乱発。国語学者の森野宗明は、都には「下臈《げらふ》なれども都ほとり（下々ながら都住まい）」と『大鏡《おおかがみ》』「序」に諺《ことわざ》が記されるような都会型の下衆がいて、この『枕草子』の下衆もそれだという。身分は低いがそこそこ知識はある。だが悲しいかな下衆のこととて生半可なものだから、「侍り」を重ねたうえに、はっきりぼろがでた。「がうなのやうに、人の家に尻をさし入れて」という言葉の卑猥《ひわい》さだ。

この後、男はさらに自分の焼けた寝室を、「夜殿《よどの》」などという豪邸風のうえ和歌にしか使われない用語で呼ぶという間違いをしでかし、清少納言をかっとさせる。あんたの寝間が「夜殿」？　馬鹿にするんじゃないわよ。それとも歌が詠めるの？　というわけだ。清少納言は和歌をわざと細長い短冊に書いて投げ与える。短冊は当時、配給物資の交換券がとっていた形だ。男が文字を読めず、書かれているのが和歌だと分からないことを見越したうえで、騙したのだ。案の定「これで、いかほど貰《もら》えますか」などと聞く下衆に、清少納言も女房たちも笑いを浴びせる。被災した下層民の窮状を思いやりもしない酷《こく》薄《はく》さに、特に近代の読者からは激しい非難が相次ぐ場面だ。

だが、酷薄さは確かに酷薄さとして、この時の定子や清少納言たちの境遇が、長徳《ちょうとく》二（九九六）年の政変の後、二条北宮《にじょうきたのみや》から焼け出され、定子の母方の親戚の家に身を寄せたのち、さらに職の御曹司、貧相な平生昌宅と、まさにヤドカリのように転々と「人の家に尻をさし入れ」ることを繰り返す状況であったことを思い出すべきではないだろうか。下衆と清少納言たちは、決して隔絶したものではなかった。平安時代、後見《うしろみ》をなくした女が転落する例は枚挙にいとまがない。実際、定子の妹で両親の三女にあたる姫は、結婚も破綻し一条《いちじょう》辺りで「いとあやしく」陋居《ろうきょ》に暮らす運命を辿る（『大鏡』「道隆《みちたか》」）。時代は遡《さかのぼ》るが、菅原道真《すがわらのみちざね》は公卿《くぎょう》の娘が零落《れいらく》し、琴を抱え裸足で京中を歩く門《かど》付け遊女になったことを詩に記している（「少《をさな》き男女を慰むる詩」『菅家後集《かんけこうしゅう》』）。

しかしそれを言うなら、清少納言自身にまつわってやがて囁《ささや》かれるようになる説話もあるではないか。『枕草子』から二百年後、文学評論『無名草子《むみょうぞうし》』は清少納言についてこう記す。

はかばかしきよすがなどもなかりけるにや、乳母《めのと》の子なりける者に具して、遥かなる田舎にまかりて住みけるに、青菜といふもの干《ほ》しに外《と》に出づとて、「昔の直衣《なほし》姿こそ、忘れね」と独りごちけるを見侍りければ、あやしの衣《きぬ》着て、つづりといふもの帽子にして侍りけるこそ、いとあはれなれ。

（清少納言はちゃんとした縁者がいなかったのか、乳母の子だった者について遠い田舎に落ち、住んでいた。ある時、青菜というものを干しに外に出てきて、「『なほし』といえば、昔宮廷で見た貴人たちの直衣《のうし》姿こそ、忘れられないね」と独り言を言ったとか。その姿を見れば、粗末ななりをして、布をつぎはぎしたものを帽子にしていたとは、本当に哀れだこと）

（『無名草子』）

これはあくまで風聞であり、事実であったとは思わない。だが平安後期の人々は、清少納言のすぐそこに零落があり得たことを実感として知っていた。貴人の女房であろうと、下衆と紙一重だったのだ。その時、両者を隔てるものはただ一つ、雅びと記憶だけである。それが、堕《お》ちぶれた清少納言がつぶやいたとされる一言、「菜干し」と「直衣」の掛詞《かけことば》という教養と、遠い昔の記憶である。

払いのけても払いのけても視界に入ってくる、下衆というもの。幼い頃の我が身、そして明日の我が身か。いや、私は違う。私には雅びがあるのだ。下衆とは金輪際《こんりんざい》、世界がちがうのだ。『枕草子』の中で必死に下衆を否定する清少納言は、心にそんな本音を隠していたのではなかったか。

臆病な自尊心

清少納言はからりとした性格と思われがちだが、下衆におびえると同様に、実はいつも自信のなさから来る不安と闘っていた。それは自ら語っていることで、理由は和歌の家の出ということである。曽祖父の清原深養父《きよはらのふかやぶ》も父の元輔《もとすけ》も高名な歌人で、ならば彼らの血を受けた自分もいっぱしのものでなくてはならない。その重圧は、歌を詠めと言われるたびに宮仕えを辞めたくなるほどであったというから、相当なものである。詠歌を命じないでいただきたい。清少納言は偽らぬ思いを定子に告げた。

「歌よむといはれし末々《すゑずゑ》は、すこし人よりまさりて、『その折の歌はこれこそありけれ。さはいへど、それが子なれば』など言はればこそ、かひある心地もし侍らめ、つゆとりわきたるかたもなくて、さすがに歌がましう、われはと思へるさまに、最初《さいそ》によみ出《い》で侍らむ、亡き人のためにもいとほしう侍る」

（「名高い歌詠みの子孫なら、少しは人より上手で『あの折の歌はこの人のが一番だった。さすがに誰それの子だから』などと言われてこそ、詠む甲斐があるというものでございましょう。でも私のように、取り分けて上手なところなど全くないのに、それでも恰好《かっこう》だけは歌らしく仕立てて『我こそは』という顔で真っ先に詠むなんて、亡き祖先に気の毒なことです」）

（『枕草子』第九五段「五月《さつき》の御精進《さうじ》のほど」）

「ならば、お前の心に任せる」。定子にそう言われて心が軽くなり詠んだのがこれだ。

その人の　後《のち》といはれぬ　身なりせば　今宵の歌を　まづぞよままし

（「誰それの子孫」と言われない身でしたら、今宵の歌会の歌を真っ先きって詠んでいることでしょうに）

（『枕草子』第九五段「五月の御精進のほど」）

近代の小説家・中島敦《なかじまあつし》の名作『山月記《さんげつき》』で、詩人を目指す主人公の李徴《りちょう》は、自身の詩才を恃《たの》みながら、人と交わって切磋琢磨しようとしない。万が一でも人に劣る詩を書いてしまい、自尊心が傷つくのが怖かったのだ。その思いを彼は「臆病な自尊心」と呼んだ。清少納言も、家の面目を懸けても「人より少し上手」であるべきだという自尊心ゆえに萎縮し、ついには定子に、詠ませて下さいますなと懇願するに至った。その自意識の強さ、内面の傷つきやすさは、私たち現代人とそう変わりがない。清少納言といえば、いつも堂々として言いたいことを言い、鼻高々であるようなイメージをもたれがちだが、実は繊細で怖がりだったのだ。

定子の寛大さによって、清少納言が無理に歌を詠まされることはなくなった。だがそれによっても、清少納言の心に刻み込まれた父祖への劣等感が拭《ぬぐ》い去られることは、おそらく無かっただろう。そもそも清少納言には何がある？　漢文の知識など、紫式部が指摘するとおり、誰もが知っている程度のものでしかない。機知は定子に指導されて立派なものとなったが、それはいわば芸当の一種であって、和歌のような正統の文芸とは比べものにならない。『古今和歌集《こきんわかしゅう》』にも『後撰和歌集《ごせんわかしゅう》』にも歌の載る曽祖父。その『後撰和歌集』を撰《えら》び、当時すでに読めなくなっていた『万葉集《まんようしゅう》』の解読にもあたった父。彼らが本物の歌人であることに比べて、自分はどうだろう。そう清少納言の心を辿《たど》る時、浮かんでくる言葉がある。それが「えせもの」だ。

「えせ者」が輝くとき

えせもの。本物ではない、偽物。二流のもの。見かけ倒しのもの。清少納言は、自分がそれであるという自覚に苛《さいな》まれていた。だからこそ彼女は、『枕草子』の中に十数回も「えせ」を登場させ、手ひどく叩いた。「えせ者」自覚を常に抱いていたがゆえに、逆に「えせ者」に目が行ってしまうのだ。それらへのまなざしは、基本的に尊大な「上から目線」。だが時には、自虐であったりもする。

無徳なるもの。（中略）えせ者の、従者《ずさ》からうがへたる。

（役立たずのもの。「えせ者」が従者を叱ること）

（『枕草子』第一二一段「無徳なるもの」）

この「えせ者」は、実力のない者をさす。それが主《あるじ》を気取っているから「えせ」が透けて見えるのだ。従者《じゅうしゃ》を使っていようが、えせ者は所詮えせ者、権威などありはしない。だから従者を叱っても無駄。叱られるほうも心の中では舌を出しているに違いない。

うちとくまじきもの。えせ者。さるは、よしと人に言はるる人よりも裏無くぞ見ゆる。

（油断のならないもの。えせ者。とはいえ、善人と世評のある人よりも、むしろ表裏が無いと見て取れる）

（『枕草子』第二八六段「うちとくまじきもの」）

「気を許せないもの」として真っ先に挙げられているこの「えせ者」は、「ろくでなし」とも「身分の低い者」とも解釈されている。後者とすれば、「お里が知れる人物」と私は訳したい。そしてこの典型が、例の中宮大進《ちゅうぐうのだいじん》・平生昌だ。その卑しさゆえに、忠義を装っていてもいつ裏切るか、信用がならない。世間から善良と言われる人、あるいは高貴な人に対しては、ついついこちらも信頼してしまい、豹変《ひょうへん》されて仰天することがあるが、その点「えせ者」は大丈夫。明らかに信じ難いから、こちらも最初から疑ってかかり、背負い投げを食うことがないとは、なんと辛辣《しんらつ》な皮肉だろう。だがここには、「えせ者」から「よしと人に言はるる人」まで様々な人に裏切られた経験のある者が知る、真実の一端がある。

わびしげに見ゆるもの。六、七月の午未《むまひつじ》の時ばかりに、きたなげなる車にえせ牛かけて、ゆるがし行く者。

(やりきれない様子に見えるもの。暑い盛りの六、七月の、日盛りの時刻に、汚らしい牛車《ぎっしゃ》に牛とも言えぬ牛を掛けて、ごとごと行く者)

(『枕草子』第一一八段「わびしげに見ゆるもの」)

曲がりなりにも牛車ではあるが、車体は汚れ、牛は「えせ牛」。やせ衰え、骨ばった姿が目に浮かぶようだ。引く力も弱く、颯爽《さっそう》とはいかない。雅びなはずの牛車が、ここではみすぼらしさを呈して、いっそ哀れなほどだ。

見苦しきもの。(中略)夏、昼寝して起きたるは、よき人こそ、今少しをかしかなれ、えせかたちは、つやめき寝腫《ねは》れて、ようせずは、頰《ほほ》ゆがみもしぬべし。かたみにうち見かはしたらむほどの、生ける甲斐《かひ》なさや。

〈見苦しいもの。〈中略〉夏、昼寝して起きた時の顔は、美人ならまだ少しはましだろうが、にせ美人は皮脂がてかりむくんで、ひどい時は輪郭が歪《ゆが》んでもいるものだ。にせもの同士こんな顔と顔を見合わせた時の、人生がっくりという気持ちときたらね〉（『枕草子』第一〇五段「見苦しきもの」）


ここにはあきらかに清少納言自身がいる。美しくもない顔を、普段はいろいろ努力してそれなりに見せかけてはいるが、所詮「えせ」。寝起きの顔では化けの皮がはがれてしまう。特に昼寝の寝覚めは隠しようがない。隠れ不細工が二人、明るい日差しの中で互いの寝起きの顔を見つめ合っている様子を想像すると、おかしくもあり、わびしくもある。こんなことをほじくり返さなくてもよいのに、自分のこととして「えせ」が分かる清少納言は、つい書いてしまうのだ。

だが、こんな哀《かな》しい「えせ者」が、時と場合によってはスポットライトを浴びることもある。


えせもののところ得《う》る折。正月の大根《おほね》。行幸の折の姫大夫君《ひめまうちぎみ》。御即位の御門司《みかどづかさ》。

〈「えせもの」が幅をきかせる折。正月の「歯固《はがた》め」の折の大根。行幸《ぎょうこう》の折、馬でお供する下級女官。ご即位の大典《たいてん》の折、帝《みかど》の御座《ござ》に絹笠を差し掛ける女官〉

（『枕草子』第一五〇段「えせもののところ得る折」）

大根は庶民の日常の食べ物だが、正月行事の「歯固め」ではその固さが買われ、歯を鍛え寿命を延ばす食材として、押鮎《おしあゆ》やアワビとともに天皇の前にも差し出された。「姫大夫君」も「御門司」も日常ならぱっとしない女官で、位階では七位か八位にしか相当しないが、行幸や即位式という帝に関わる重大な儀式で、それなりに華々しい瞬間を持つ。ではその時、「えせもの」はまだ「えせもの」なのだろうか。それとも与えられた役割をしっかりと務める「本物」なのだろうか。答えは、どちらでもある、である。本質において全く変わりはないのだが、人がそれをどう扱うかによって、瞬間的には「えせ者」も輝くことがあるのだ。

さて、そもそも、清少納言はなぜ定子方女房としてスカウトされたのか。最初の萎縮ぶりからして宮仕えは初めてだったから、女房経験を買われたのではない。では紫式部が『源氏物語』をものしたというような、確たる作品があったのか？　いや、ならば本人ももっと自信を持っていたはずである。たぶん一番には深養父の曽孫、元輔の娘という理由、他には才気煥発《かんぱつ》など若干の噂《うわさ》があった程度か。その期待の和歌が、本人にしてみれば期待に応えられない腕前というのだから、そのままなら「えせ者」の引け目に押しつぶされる一方だったはずである。

だが清少納言は、定子の前では輝くことができた。定子が清少納言に機知の才を見出し、彼女独特の形で清少納言を導いたからである。また、清少納言が一人前となる傍ら長徳の政変が起きてからは、その特別の事情により、定子が清少納言をどうしても必要としたからである。清少納言が定子に仕え続けた理由には、ここになら自分という「えせ者」にも「ところ得る折」があるという手ごたえを感じていたからだと思う。そしてその「ところ得る折」の積み重ねから生まれたのが、伝統と権威ある和歌作品でもなく、当時人気沸騰の物語作品でもなく、どこにも前例のない『枕草子』という作品である。定子と清少納言という、正統派ではない后《きさき》と女房だからこそ、この後にも先にもなく傑出した個性的な作品が生まれたのだ。書きながら、清少納言は確かに輝いていたに違いない。

「えせ者のところ得る折　清少納言枕草子」。半ば自嘲ぎみ、半ば本気でつぶやく清少納言の姿が浮かぶ。もちろん、彼女はそれを書きはしなかったけれど。

【第一六章】 幸福の時

「横川皮仙」

長保《ちょうほう》元（九九九）年、藤原道長女《ふじわらのみちながのむすめ》・彰子《しょうし》の入内《じゅだい》が見込まれるなか、それと対抗するように懐妊した定子《ていし》を道長が露骨に敵視し始めたことは、第一四章「試練」に述べた。そこで彼は、八月九日、定子が出産に向けて平生昌《たいらのなりまさ》宅に転居するのを邪魔だてしたが、そればかりではない。赤染衛門《あかぞめえもん》の夫である大江匡衡《おおえのまさひら》は、わざわざ藤原行成《ゆきなり》の宅にやって来て、六月に内裏《だいり》が火災で全焼した原因は定子にあるという自説を語っていった。中国には、尼だった則天武后《そくてんぶこう》が還俗《げんぞく》して後宮《こうきゅう》に入り、やがて彼女によって唐《とう》王朝が一時的に途絶えたという歴史がある。それと同様に、尼である定子が正月に内裏に入ったことが、今回の内裏の災いを招いたというのだ（『権記《ごんき》』長保元年八月十八日）。匡衡には道長の御用《ごよう》学者の一面があったから、これは道長の意を酌《く》んでのネガティブ・キャンペーンだったと見てよい。もしも定子が男子を産んだとしても国の慶事とは限らないという雰囲気を、出産に先立って貴族社会につくっておく狙いがあったと考える。

その狙いが当たってのことか、同年十一月七日早朝、定子が生昌宅において一条天皇《いちじょう》の第一皇子・敦康親王《あつやすしんのう》を出産した時も、歓迎ムードは湧かなかった。世の反応は、藤原実資《さねすけ》が「世に云《い》はく、横川《よかはの》皮仙《かはひじり》と」と記したとおりだ(『小右記《しょうゆうき》』同日)。「横川の皮仙」とは、皮の衣を着て説法をした高名な僧・行円《ぎょうえん》のあだ名だが、ここでは彼のことではない。歴史学者の黒板伸夫によれば「『出家らしからぬ出家』という意味で、落飾《らくしょく》しながら子をもうけた中宮に対する蔭口《かげぐち》」だという(『藤原行成』)。「尼のくせに出産とは、尼らしくないね」と囁《ささや》かれたということである。

ただ、一条天皇は心から喜んだ。皇子の誕生により、父から譲られた皇統が自分の代で終わることが回避できた。しかも愛する定子の快挙である。彼は一刻も早く定子と子どもたちに会いたがった。だが一方で彼は、まさに定子の出産当日に彼の女御《にょうご》となった彰子をも、その父である道長への政治的な配慮上、丁重に扱わねばならなかった。一条天皇の中で、定子への思いは熱く彰子への思いは冷静であった。いっぽう貴族社会においては、一条天皇と定子を見る目は冷ややかであった。こんななか、一条天皇が定子と子どもたちを、火災後の仮御所《ごしょ》となっていた一条院に迎えたのは、定子の出産から三カ月が経った長保二(一〇〇〇)年二月十一日のことだった(『権記』同日)。

高砂《たかさご》

一条の院をば今内裏《いまだいり》とぞ言ふ。おはします殿《でん》は清涼殿《せいりやうでん》にて、その北なる殿におはします。西東《にしひんがし》は渡殿《わたどの》にて、わたらせ給ひ、まうのぼらせ給ふ道にて、前は壺《つぼ》なれば、前栽《せんざい》植ゑ、籬《ませ》結《ゆ》ひて、いとをかし。

（その頃朝廷は一条殿を「今内裏」と呼んでいた。帝《みかど》がお住まいの御殿が、いつもの内裏の清涼殿にあたり、中宮様はその北にある御殿にお入りになる。東西に渡り廊下があって、帝が中宮様の御殿へ、中宮様が帝の御殿へと行き来される通路だ。正面は坪庭で、草木を植え柵で囲っていて、おしゃれだ）

（『枕草子』第二二八段「一条の院をば今内裏とぞ言ふ」）

彰子はこの時、定子が一条院に入る前日の二月十日に里帰りして、一条院にはいなかった（『日本紀《にほんき》略《りゃく》』同日）。だから天皇は誰に気兼ねすることもなく、妻の定子、既に五歳になる長女の脩《しゅう》子《し》内親王《ないしんのう》、生まれたばかりの敦康親王を迎え入れて、家族水入らずの日々を過ごすことができた。定子たち母子の御殿は天皇の御殿のすぐ北。東西の渡り廊下一本を通って夫婦が互いの御殿を行き来したというくだりに、清少納言は二人の喜びと睦まじさを込めた。

だがここにいるはずの内親王と親王については、作品は明らかな描写を避けている。『枕草子』のこの章段が執筆され、流布したのは定子の死後だろうが、その時期の敦康親王は高次に政治的な存在であった。道長は親王を彰子の養子として迎え後見しながら、本音としては彰子に男子が生まれることをずっと願っていたし、実際にそれがかなうと、長男の敦康親王を差し置いて彰子の産んだ二男の敦成《あつひら》親王が天皇の後継者となることを望んだ。そうした天皇後継争いの渦に作品が巻き込まれることを防ぐために、清少納言は周到に、親王たちの姿を書くことを避けたのである。

二月二十日ばかりの、うらうらとのどかに照りたるに、渡殿の西の廂《ひさし》にて、上《うへ》の御笛吹かせ給ふ。高遠《たかとほ》の兵部卿《ひやうぶきやう》、御笛の師にて物し給ふを、御笛二つして高砂《たかさご》を折り返して吹かせ給ふは、なほいみじうめでたしといふも、世の常なり。御笛の事どもなど奏し給ふ、いとめでたし。御簾《みす》もとにあつまり出《い》でて見たてまつる折は、「芹《せり》摘みし」などおぼゆる事こそなけれ。

（二月二十日頃、春の陽がうららとのどかに照るなか、渡り廊下の西の間で帝は笛を吹かれる。高遠の兵部卿が帝の笛の師匠でいらっしゃって、お二人で「高砂」の曲を繰り返し演奏され、どんなに素晴らしいと言っても足りないほどだ。師弟で笛の話題を交わされるご様子も素晴らしい。私たち女房は御簾のもとまで出て集まってうっとりと拝見した。昔の歌に「芹摘みし昔の人も我がごとや心に物は叶はざりけむ（芹を摘んだ昔の人も私同様に、『世の中はままならぬ』という思いを抱いていたのでしょう）」というのがあるけれど、その時の私たちにはそんな風に感じることなどなかった）

（『枕草子』第二二八段「一条の院をば今内裏とぞ言ふ」）

天皇は家族の前で得意の笛を吹いた。その曲名が「高砂」と聞くと、現代の結婚披露宴などでおなじみの謡曲「高砂や　この浦舟に　帆を上げて」をつい思い浮かべがちだが、それではない。「催馬楽《さいばら》」の「高砂」である。催馬楽とは、平安時代の歌謡曲ともいうべきもので、日本の民謡の歌詞に当世風のメロディーをつけた音楽だ。儀式で催す雅楽《ががく》や教養高い朗詠《ろうえい》とは違って、ぐっとくだけている。「高砂」の最初の歌詞はこうだ。

高砂の　さいささごの　高砂の　尾上《をのへ》に立てる　白玉　玉椿　玉柳　それもがと　さむ　ましもがと　ましもがと

（高砂の　初々しい砂の　峰の上に立った　真珠　椿の蕾《つぼみ》　柳の芽　それ欲しいなあ　そう　お前が欲しい　お前が欲しい）

（催馬楽「高砂」）

「白玉」は若い男性を表していて、これは女性が男性に呼びかける恋の歌なのだという。普段はまじめで学問好きの一条天皇が、子どもを交えた家族団欒《だんらん》のひと時にこんな曲を選んだと思うと、笑ってしまう。だが彼は、おどけることで定子に笑ってもらおうとしたのかもしれない。または、原曲の男女を変えて、定子を求める自分の心を示したのかもしれない。真珠や椿の蕾や柳の芽に自分の幼い子どもたちを重ね、彼らに会いたかったという思いを込めたことも、ありうる。浮き立つ心で、彼は繰り返しこの曲を吹き、家族に聞かせた。

一条天皇はこの時、まだ二十一歳。家族にだけ見せる素顔は、格式ばらない普通の若者だった。そしておそらくこの顔は、彼が彰子に見せるものではなかったに違いない。清少納言は、定子に仕えた女房にしか書けない一条天皇の姿を『枕草子』に書きとどめたのだ。

二后冊立《にこうさくりつ》

時あたかも春爛漫《らんまん》の季節。まるで政変の前の春が戻って来たかのように、うらうらとのどかに照る陽。清少納言の筆致はひたすら幸福感に満ちている。だが「二月二十日ばかりの」という日付を見たとたんに、例えば紫式部《むらさきしきぶ》のような現実主義者で歴史的事実を知る人物は、「これは違う」と違和感を抱いたかもしれない。この長保二（一〇〇〇）年二月二十五日、それまでただの女御であった彰子に朝廷から中宮《ちゅう》《ぐう》の称号が授けられた。一条天皇の五人いる后妃の頂点に、十三歳の彼女が立ったのである。ただ、それまで最高位にいた定子も、廃されたわけではない。定子一人が君臨していた頂上の座を彰子と分け合い、便宜上定子は皇后と呼ばれるようになった（『日本紀略《にほんきりゃく》』同日）。いわゆる「二后冊立」である。

中宮と皇后とは同じ一つの地位に対する二つの呼び名なので、本来は同一人であるのが当然である。それを二人が分け合うのは、通常はありえないことだった。道長がこれを画策したのである。しかし企てには一条天皇の母も加わり、貴族たちも合意し、最終的には天皇自身が首を縦に振った。定子にすれば、自分がいかに異例の后《きさき》であり、世から望まれていない存在であるかを痛感することであったに違いない。その心中を想像すれば、ひたすら幸福そうなこの章段は「嘘っぽい」と感ぜられるかもしれない。

だが、清少納言は「芹摘みし」という不遇を嘆く歌を引用しそれを否定してまで、頑として「不遇など自分は感じなかった」と言い切る。理由は三つあろう。一つには、本当に幸せを感じていたということ。傍目《はため》に不遇と見えても、必ずしもすべての瞬間が不幸で埋め尽くされているわけではない。こと帝の笛を聞いている時には、悲しみや不安が忘れられたのだ。二つには、『枕草子』には幸福だった定子後宮をこそ記しとどめておきたかったということ。定子に捧げる作品に、真実といえども定子にとってつらいことを記しとどめて何になろう。少なくとも清少納言の定子への思いとそれとは背反《はいはん》する。三つ目には、少しでも恨みがましいことを記せば、定子死後の政権に楯突《たてつ》く作品と指弾《しだん》されるおそれがある。清少納言は、彰子については一言も、その影すら『枕草子』に記していない。

紫式部は『紫式部日記』で清少納言を批判し、壮絶な状況でも風流を忘れぬなど現実味がなさすぎると、こきおろした。だが『枕草子』の現実味のなさには、それだけの理由があった。同時代人である以上、紫式部も事情はわかっていたはずである。

夫婦の最終場面

定子は、三月二十七日にまたあの平生昌の家に戻るまで、およそ一カ月半を一条院で過ごした。その別れの日も近くなってきた三月下旬の一条天皇と定子の姿を、『枕草子』は記しとどめている。そしてこれが、作品が二人でともに過ごすこの夫婦を記した最後となる。

つとめて、日さし出《い》づるまで、式部のおもとと小廂《こびさし》に寝たるに、奥の遣戸《やりど》をあけさせ給ひて、上《うへ》の御前《おまへ》、宮の御前出でさせ給へば、起きもあへず惑ふを、いみじく笑はせ給ふ。唐衣《からぎぬ》をただ汗衫《かざみ》の上にうち着て、宿直《とのゐ》物も何もうづもれながらある上におはしまして、陣より出で入《い》る者ども御覧ず。

殿上人《てんじやうびと》のつゆ知らで寄り来てもの言ふなどもあるを、「けしきな見せそ」とて、笑はせ給ふ。

（朝、日が昇るまで式部のおもとさんと小廂で寝ていると、奥の引き戸を開けて天皇・皇后がお出ましになるではないか。咄嗟《とっさ》に起きることもできず、慌てふためいていると、それを見てお二人はたいそうお笑いになる。私たちは寝間着の肌着の上に唐衣だけひっかけて、夜具だの何だのに埋もれてお控えした。するとお二人は私たちの辺りから御簾の近くにお進みになり、そこから外の詰め所を出入りする人々をご覧になる。お二人がいらっしゃるとはつゆ知らず御簾に寄って来て、中に声をかける殿上人たちなどもいるが、帝は「私たちがいるような素振りを見せるな」と言ってお笑いになる）

（『枕草子』第四七段「職《しき》の御曹司《みざうし》の西面《にしおもて》の立蔀《たてじとみ》のもとにて」）

一条院内裏の「小廂」は、御殿の東廂の一角から外に張り出したほんの三メートル四方の小部屋で、清少納言のお気に入りの場所だったようである。晩春の朝、まさに「春眠暁《あかつき》を覚えず」の体で同僚と眠っていたが、すっと後ろの東廂側の引き戸が開いて、なんと天皇と皇后が入ってきた。驚いて飛び起き、どたばたと身づくろいしたが、「唐衣をただ汗衫の上に」とは現代で言えば下着の上に直接ビジネススーツのジャケットを羽織るというものだ。妙ではあるが、とりあえずお仕事スタイルに見える形を取り繕ったのだ。その恰好《かっこう》でほかの衣類に埋もれているとは、いつもの道化の演出ながら、やはり笑える。天皇と定子も声を上げて笑った。

天皇は定子に外を見せようと、ここに連れてきたのだった。女房二人が寝ぼけ夜具の散らかるむさくるしい場所だが、ここは一番外に近い。思えばこの六年前、二人の幸福の頂点といえる正暦《しょうりゃく》五（九九四）年の春を描いた第二一段「清涼殿の丑寅《うしとら》の隅の」で、定子は清涼殿の上の御局《みつぼね》の下長押《しもなげし》辺りまで出て、几帳《きちょう》を押しのけて堂々としていた。「香炉峰《こうろほう》の雪」の第二八〇段「雪のいと高う降りたるを、例ならず御格子《みかうし》まゐりて」でも、彼女は清少納言が高く上げた御簾から外の雪景色を見た。平安時代の貴族の女性は嗜《たしな》みとして部屋の奥深くに引っ込んでばかりいたものだが、定子はそうしなかった（第二章「新風・定子との出会い」）。時が流れ境遇が変わっても、定子は変わっていない。天皇はそんな定子をよく知っているから、ここまで彼女を連れ出して、二人して外を見たのだ。

見出せるのは、朝の内裏を忙しく出入りする官人たちの姿である。出勤してきた者もいる。昨夜の夜勤から帰る者もいる。小廂は清少納言の部屋だからと声をかけてくる殿上人もいる。そんな彼らに「気取られるな」とは、実に茶目っ気のある天皇だ。この一面もやはり、彼が定子にしか見せ得なかったものに違いない。『栄花物語《えいがものがたり》』によれば、彰子は天皇より八歳年下で彼に年の差を感じさせたうえ、母が天皇家の血を引くということもあって高貴で抑制的な性格だったという。

天皇と皇后が出るはずのない端近《はしぢか》まで出るという、小さな冒険。官人たちに隠れて彼らを覗くという、小さないたずら。それらを分かち合い、笑い合う。これが『枕草子』の描く、定子と一条天皇二人の最後の場面となった。定子はこの年八月にも一条院に滞在したが、その時を記した章段は見当たらない。天皇はこの年、十二月に定子を喪《うしな》った。その気持ちはいかばかりだったろうか。だが彼は、その後いつかの時点で、必ずや『枕草子』を読んだはずだ。それを明確に記す史料はないが、天皇が定子の死後に清少納言に連絡をとっていたことが確認できる（『清少納言集』）。作品を読んだ彼の気持ちはどんなだったろうか。そこに彼は、定子だけではない、定子と幸福の時を過ごす自分の姿をも見たのである。

正暦元（九九〇）年に結婚し長保二（一〇〇〇）年に死に別れるまでの、足かけ十一年間の結婚生活の中で、正暦三年から最後の年までの二人を、『枕草子』はとどめている。最初の章段で、彼はまだ十三歳。父を亡くした寂しさから、乳母《めのと》に差出人不明の偽手紙を書くという小さないたずらを実行した時、定子は真面目に協力してくれた。そしていたずらが皆にばれると、楽しく笑ってくれた（第一三二段「円融院《ゑんゆうゐん》の御果ての年」）。また別の章段では、定子は彼を導いてくれもした。彼の憧れの祖父・村上《むらかみ》天皇の女御が、『古今和歌集《こきんわかしゆう》』をすべて暗記していたエピソード。村上天皇は夜通しで全巻をテストしたという。定子からそれを聞きながら、一条天皇は「僕には三、四巻もできないかもしれないな」と正直に呟《つぶや》いたものだった。彼が十五歳の春だった（第二一段「清涼殿の丑寅の隅の」）。そして一条院で過ごした、親子水入らずの日々。二十一歳の彼と二十四歳の定子が子どもたちと育んだ〈家庭〉は、もう決して戻ってこない。定子がいて、彼がいて、そこには幸福があったことを『枕草子』は記している。それは彼にとって、彼その人についてのかけがえのない青春の記録と感じられたのではないだろうか。

私は、これもまた『枕草子』のとった一つの方法であったと思う。清少納言が天皇の生き生きした姿を意識して書き留めたのか、それとも自然に書いてしまったのかは、わからない。おそらくは後者であろうから、「意図せぬ方法」ということになるかもしれない。だがいずれにせよ『枕草子』は、定子に寄り添うだけではなく、定子を生涯愛し続けた一条天皇の心に寄り添う、二つとない作品であったのだ。

【第一七章】 心の傷口

「あはれなるもの」のあはれでない事

『枕草子』には、紫式部《むらさきしきぶ》の夫・藤原宣孝《ふじわらののぶたか》が登場する。それもかなり個性的な人物だったことが窺《うかが》われる形でだ。章段は「あはれなるもの」。しかし彼のエピソードは、「これはあはれなる事にはあらねど」と、「お題」から逸《そ》れた話題だということを殊更に断って記される。

『枕草子』が彼に触れるきっかけは、「あはれなるもの」の例として挙げた「御嶽精進《みたけそうじ》」である。「御嶽精進」の御嶽とは、修験道《しゅげんどう》の聖地である吉野《よしの》の金峯山《きんぷせん》。そこに参詣《さんけい》するためには精進潔斎《しょうじんけっさい》をしなくてはならなかった。五十日のものと百日のものがあり、その間は毎暁礼拝を欠かさず、厳しく身を清め慎まなくてはならない。貴公子がそれをする様子を、清少納言は「いみじうあはれ」と感じるというのである。ところで御嶽には、どんな高貴な人物でも極めて質素な浄衣《じょうえ》で詣《もう》でることと決まっていた。ここからが宣孝の登場となる。

右衛門佐《ゑもんのすけ》宣孝といひたる人は、「あぢきなき事なり。ただ清き衣《きぬ》を着て詣でむに、なでふ事かあらむ。かならずよも『あやしうて詣でよ』と御嶽《みたけ》さらにのたまはじ」とて、三月つごもりに、紫のいと濃き指貫《さしぬき》、白き襖《あを》、山吹《やまぶき》のいみじうおどろおどろしきなど着て、隆光《たかみつ》が主殿亮《とのものすけ》なるには、青色の襖、紅《くれなゐ》の衣、摺《す》りもどろかしたる水干《すいかん》といふ袴《はかま》を着せて、うちつづき詣でたりけるを、帰る人も今詣づるも、めづらしうあやしき事に、「すべて昔よりこの山にかかる姿の人見えざりつ」と、あさましがりしを、四月ついたちに帰りて、六月十日の程に、筑前守《ちくぜんのかみ》の辞《じ》せしになりたりしこそ、「げに言ひけるにたがはずも」と聞こえしか。これは、あはれなる事にはあらねど、御嶽のついでなり。

（右衛門佐《えもんのすけ》の藤原宣孝という人は、その浄衣《じょうえ》のことを「つまらん事だ。人と同じただの浄衣を着て詣でて、何の御利益がある？　絶対に『貧相な身なりでなければならぬ』とは、まさか御嶽の権《ごん》現《げん》もおっしゃるまい」と言って、三月下旬、濃い紫の指貫、白い襖、派手な山吹色の衣などを着て、息子の主殿助《すけ》隆光には青緑色の襖、紅の衣、それに柄刷りの、水干という丈の短い袴を着させて、連れだって参詣したから大変だ。帰る人もこれから登る人も「昔からこの山でこんな恰好《かっこう》の人は見たことがない」と、珍妙な事態にあきれかえった。ところが、四月上旬に帰京して、なんと六月十日頃、辞職した筑前守の後任に就くことができたではないか。これこそ「なるほど言ったとおりの御利益に間違いない」と評判だった。これはしみじみすることではないけれど、御嶽の話題つながりで）

（『枕草子』第一一五段「あはれなるもの」）

現代は服装についてかなり自由な考え方が許されているので、例えば四国のお遍路《へんろ》さんが定番の白衣を着ずTシャツにジーンズなどであっても許されると聞く。だが平安時代の金峯山には、浄衣以外のものを着て登るなど、それまで誰一人試みもしなかったに違いない。しかも彼はそのことを、装束に対する美意識や洒落《しゃれ》心で思いついたのではなかった。彼の頭にあったのは、とにかく人より目立ちたい、そして御利益がほしいという、かなり俗っぽい欲望である。

宣孝の出で立ちを想像すると実に楽しい。紫色のズボンの上に白いジャケットを羽織り、現代のシャツにあたる単衣《ひとえ》には「おどろおどろしい」というから蛍光色に近いほどまぶしい山吹色をコーディネート。紫と黄色というまさに反対色が周囲の目を射たことだろう。同行させた息子はと言えば、ジャケットとシャツがこれまた反対色の緑と赤だ。しかもズボンは柄物。この二人が連れだって歩いているところを思い浮かべると、何かに似ている。そうだ、現代のお笑い芸人のステージ衣装だ。芸人たちも、「とにかく目立ちたい」の一念で赤や黄色のスーツを着ているのだろう。そしてその向こうには「売れたい」という思いがあるのだろう。

宣孝と彼らとは、服装の素っ頓狂《すっとんきょう》さだけではなくその土台にある精神も通じるように思える。固定観念を捨て、既成の方法を疑ってみる思考の自由さ。逸脱することへのためらいのなさ。思いつきを実行に移す大胆さ。いちかばちかやってみようという射幸心《しゃこうしん》も感じられる。そんな彼の願いが見事に神仏に届いたのか、思いがけない役職にありつくことができたというのが、このエピソードである。

宣孝はこの時一体、何歳だったのだろうか。残念ながらそれは分からない。彼の筑前守就任は正暦《しょうりゃく》元（九九〇）年のことなので（『小右記《しょうゆうき》』同年八月三十日）、エピソードはその年のことと知られる。だが宣孝の生年が不詳なので、正確な年齢が計れないのだ。しかしありがたいことに、息子の隆光についての勘物《かんもつ》（注記）が『枕草子』三巻本にあり、こちらは天延《てんえん》元（九七三）年生まれとわかっている。ならばエピソード時、この息子が既に十八歳。宣孝はその父だから、もう立派な中年男なのだった。

紫式部は恨んだか

さて、このエピソードは妻である紫式部を怒らせたという説がある。「あはれなるもの」が執筆されたのは、隆光が「主殿亮（助）」とあるので、彼がこの官職にあった長保《ちょうほう》二（一〇〇〇）年（『権記《ごんき》』同年正月二十二日）前後である。それは紫式部が長徳《ちょうとく》四（九九八）年に宣孝と結婚し、そのわずか三年後の長保三（一〇〇一）年に死なれてしまった（『尊卑分脈《そんぴぶんみゃく》』藤原宣孝）時期に重なる。平安文学研究者の萩谷朴はこのことから、時あたかも夫の死の悲しみにくれていた紫式部がこの章段を読み、夫が自己アピール臭芬々《ふんぷん》の人物のように面白おかしく書かれていることに憤慨したと推測する。そしてその恨みがやがて凝り固まり、『紫式部日記』の清少納言批判につながったと考える。さて、それは正しいだろうか。

紫式部は、おそらく人生の最晩年になって、自撰和歌集を編纂した。『紫式部集』である。娘時代に親友への友情を詠んだ歌を冒頭に置き、老年に達観の境地を詠んだ歌を巻末に置いたこの家集《かしゅう》は、彼女の和歌による自伝ともいえる。その中には宣孝ももちろん登場する。それによれば、二人の交際は、紫式部が父・藤原為時《ためとき》の越前守《えちぜんのかみ》赴任に伴って下向《げこう》していた時に始まったらしい。

年かへりて、「唐人《からびと》見に行かむ」といひたりける人の、「春は解くるものといかで知らせたてまつらむ」といひたるに

春なれど　白嶺《しらね》のみゆき　いやつもり　解くべきほどの　いつとなきかな

（年が明け、京から「そちら越前《えちぜん》に滞在中の唐人を見物に行きたい」と連絡してきた人が、「春には解けるものと、なんとかお知らせしたい」と言ったので詠んだ歌。確かに春ですけれど、私のいる越《こし》の国の白山《しらやま》では深い雪の上にますます新雪が降り積もって、解ける時なんてございませんの。おあいにくさま）

（『紫式部集』二八）

当時越前に逗留《とうりゅう》中の宋《そう》の商人のことは、都でも話題になっていた。彼はそれにかこつけて紫式部に文《ふみ》をおくって来たのである。だがその真意は見物云々ではなく、書き添えた言葉のほうだった。「春には解けるもの」。これは謎々だ。春には何が解ける？　冷たい雪や氷が解ける。そして君の冷たい心も解ける。春だもの、君は私を好きになる。それがこの謎々の答えだ。宣孝はそれを「何とかお知らせしたい」などと言ってきたのだ。

為時の越前下向の年から推して、これは長徳三（九九七）年の正月のことである。『枕草子』の「あはれなるもの」に記されたエピソードの正暦元（九九〇）年から、七年が経過している。あの時既に立

派な中年男だった彼だ。今や若くとも四十代後半には達していたに違いない。ちなみに紫式部は推定年齢二十四歳程度。『源氏物語』で光源氏が女三の宮《おんなさんのみや》と年の差結婚をしたのは、彼が四十歳の年である。宣孝は光源氏よりもずっと年かさで、しかし同じように年の離れた女に言い寄り、それどころか謎々など送っていたのだ。彼に応えた紫式部の歌は、『枕草子』の雪山の章段（第八三段「職の御曹司《しきのみざうし》におはしますころ、西の廂《ひさし》に」）にも使われた、あの越の白山伝説による。白山の雪は年を通じて消えない。春になって解けだすこともない。都の常識とは逆だろうが、紫式部がいま住んでいるのは越の国。その白山に倣《なら》い「私があなたへの冷たい態度を変えることはない」と、紫式部は宣孝に肘鉄《ひじてつ》を食らわせたのだった。

言いたいのは、この『紫式部集』の藤原宣孝が、『枕草子』の彼を彷彿《ほうふつ》させるということだ。『枕草子』の描く彼は、人と違うことをして御利益を得たいと思いつき、それを実行した。『紫式部集』の彼は、いい年をして若い女に恋をし、何とか気を引きたくて、それを実行した。することは違うが、人目を憚《はばか》らない抜きんでた行動力において、二つは共通している。しかもその方法が、どちらも明るく楽しい。おおらかと言ってもよい。察するところ、宣孝は実際にこうした人間だったのだ。

ほかにも『紫式部集』には、宣孝の性格を思わせるような詞書《ことばがき》や和歌が並ぶ。それによれば、彼は紫式部と同時に近江守《おうみのかみ》の娘にも懸想《けそう》していたらしい。しかも、それにもかかわらず紫式部には「ふた心なし」と常に言い続けていたという。紫式部は相手をするのも面倒になり、「ご勝手にどうぞ」と詠んで返している。また彼はある時、手紙の上に朱墨を点々と散らして「涙の色を」と書き添え紫式部におくって来たという。紅《あか》い涙は漢詩文でよく使われる表現で、涙を流し尽くした後に流れる血の涙である。「君のために泣き尽くした私の涙の色を見てくれ」と言うのだ。漢詩文に特有の誇大表現を使うだけなら多少知的だという範囲にとどまるが、その色を実際に手紙の紙面に滴《したた》らせるとは、なんと芝居がかった男だろう。この辺りも、芸人のステージ衣装ばりの服装を躊躇《ちゅうちょ》なく身にまとって衆人を驚かせた『枕草子』のエピソードにすんなりつながる。

もしも紫式部が、萩谷朴の考えたように、『枕草子』に記された宣孝の有りようを恥ずかしいものと感じていたならば、それに似通った夫の行状を家集に書きとどめるだろうか。それは隠すのが自然だろう。だが見たように、紫式部は夫の芝居臭く面白おかしいところを繰り返し書きとどめている。たぶん紫式部にとって宣孝とは、こうしたところこそが愛すべき男だったのだ。

『枕草子』の中に素っ頓狂な宣孝の姿を見つけても、紫式部は怒りはしなかったに違いない。むしろそこにいる彼に、自分が知っている夫その人を見出して、つくづく懐かしく感じたのではないか。ましてそれが恨みと化して、『紫式部日記』での清少納言批判につながったとは、私には思えない。

親の死のあはれ

さて、『枕草子』に戻ろう。宣孝の話は、「あはれなるもの」なる章段の中にありながら、「あはれなる事」とは言えない。だから清少納言も、御嶽精進の話のついでについつい筆が逸《そ》れたものと弁解している。しかしそれにしては分量が多く、内容も詳細にわたっている。平安文学研究者の三田村雅子は、ここに別の理由を見出した。御嶽精進の話題が「親の喪」という話題に挟まれていることに着目したのである。「あはれなるもの」の冒頭は「孝ある人の子」。「孝」は親の喪に服する意である。確かに哀れだ。その後が「よき男の若きが、御嶽精進したる（貴公子が御嶽精進しているところ）」で、それが脱線して宣孝の話題になる。ところが、彼のエピソードを「御嶽のついでなり」で締めくくった直後にも、「喪」が現れる。

男も、女も、若く清げなるが、いと黒き衣着たるこそ、あはれなれ。
（男でも、女でも、若くて小ぎれいな人が漆黒《しっこく》の喪服を着ているのときたら、しみじみ胸に迫る感じがする）
（『枕草子』第一一五段「あはれなるもの」）

平安時代の喪服は、亡くなった人との関係により色の濃さに規定があった。濃い黒を着るのは、親の死に遭った時である。これは前に掲げた「孝ある人の子」のほぼ繰り返しと言ってよい。つまり御嶽精進と宣孝のエピソードは、「親の死」という「あはれ」を記す途中に、割って入っていることになる。このことは何を意味するのか。

実は、宣孝が御嶽に参拝し、筑前守の職にありついた正暦元（九九〇）年とは、清少納言の父・清原元輔《きよはらのもとすけ》が赴任先の肥後《ひご》で亡くなった年であった。享年八十三。高齢だから天寿を全うしたともいえるが、遺族としてはそうとも言い切れなかった可能性がある。それを窺わせるのが、宣孝の筑前守登用を記す

『小右記』である。

筑前守知章《ともあきら》辞退、仍《よ》って宣孝を任ず〈知章朝臣《あそん》、今春任ぜらる。而して着任の後、子息及び郎等従類三十余人病死、仍って辞退する所なりと云々。又宣孝朝臣、未だ検非違使《けびゐし》の巡に及ばざるに、何の故有りて任ぜらるる所か〉。

（筑前守の藤原知章が国司《こくし》の職を辞任したので、藤原宣孝を後任とする〈知章朝臣は今春任命された。ところが着任の後、子息、郎等、召使ら三十人余りが病死したため、辞任した次第だという。いっぽう宣孝朝臣は、いまだ現職の検非違使の年限を勤めあげていないのに、一体どんな故があって抜擢《ばってき》されたのだろうか〉）

（『小右記』正暦元年八月三十日）

筑前守のポストが空いたのには事情があった。前任者の着任後数カ月の間に、息子をはじめ関係者が三十人以上も病死したのである。前任者は職務を全うするすべも気力もなくして辞任を申し出たのだ。このように短期間に起こる大量死の場合、その理由として最も考えられるのは、疫病である。おそらく筑前は、何らかの致死率の高い感染症の大流行に見舞われたのだ。そして清少納言の父、元輔である。彼の赴任していた肥後（現在の熊本県）は、筑前（現在の福岡県北西部）からそう遠くない。加えて、九州全体を統括する役所である大宰府《だざいふ》が筑前に置かれていた関係から、肥後守である元輔にはしばしば筑前に出張する必要があった。要するに元輔も、宣孝の前任者一族を襲ったと同じ疫禍《えきか》で命を落とした可能性が極めて高い。酔狂《すいきょう》な神仏頼みで国司の職にあずかり大喜びする宣孝の陰に、親族を喪いおそらく茫然《ぼうぜん》自失の体で都に引き返す前任者がいた。そして同じく、親の突然の死に遭った清少納言がいた。「あはれなるもの」を書いた清少納言の心を、三田村雅子は想像する。「哀れなもの」と題を記し親の死ということが浮かぶと、即座にそれは、父を喪《うしな》った時の悲しみの記憶につながる。だがそれを、清少納言はそのまま書くことができない。書けばあまりに哀れになってしまうからだ。八十三歳の高齢で、都から遥々《はるばる》遠い肥後に赴いた父。しかもそれは、受領《ずりょう》の役職を乞《こ》い求めた父にとっては悲願の職であった。第二三段「すさまじきもの」に、人事異動で受領職を渇望しながらありつけなかった家の落胆を、まざまざと記した清少納言である。父の気持ちは分かりすぎるほど分かっていたはずだ。だが喜んで赴いたその地で疫禍に遭い命を落としたとあっては、哀れを通り越して惨めすぎる。こんな時、清少納言は「あはれ」という感情を押し殺し、逆に面白いことを口にする。「あはれ」を「をかし」に転ずるのだ。この章段の場合には、宣孝のエピソードがそれである。だがそこにこそ、清少納言の悲しみの傷口が覗いているという。

思えば、これは『枕草子』という作品全体のコンセプトそのものだ。悲しい時こそ笑いを。くじけそうな時にこそ雅びを。定子のためにこの作品を創りだした時の思いそのままに、歯を食いしばりながら、「あはれなるもの」の段に「あはれ」ではない宣孝の姿を書く清少納言の横顔が見えてくるようではないか。

「をかし」の世界には、一枚めくれば違うものが隠れている。面白うて、やがて哀しき「をかし」なのだ。

【第一八章】 最後の姿

「三条の宮」の皇后

長保《ちょうほう》二（一〇〇〇）年三月二十七日、定子《ていし》は一条天皇とおよそ一カ月半を過ごした一条院内裏《いちじょういんだいり》を出て再び平生昌《たいらのなりまさ》宅に戻った（『日本紀略《にほんきりゃく》』同日）。しばらく里帰りしていた彰子《しょうし》がそろそろ一条院に還御《かんぎょ》することになり、彼女との鉢合わせを避けるために定子は引き揚げたのである。ただその時、定子の胎内には新しい命が宿っていた。

立て続けの懐妊は、夫婦仲が良かったからだけではあるまい。天皇は定子との間に一人でも多く子どもをつくり、立場の弱い定子の重石《おもし》にしようと考えたのだろう。しかし、ストレス続きの定子には、懐妊が大きな負担となった。結果、この年末、定子は自らの体力が出産に堪《た》えないことを自覚し、一条天皇はじめ周囲の人々に辞世《じせい》を遺して、そのとおり難産により崩御《ほうぎょ》するのである。

清少納言は最後まで定子のそばにいて、すべてを見守っていたに違いない。だが『枕草子』は定子の死を記してはいない。作品がとどめる定子の最後の姿は、死から半年以上遡《さかのぼ》る、この年五月五日のものである。

三条の宮におはしますころ、五日の菖蒲《さうぶ》の輿《こし》などもてまゐり、薬玉《くすだま》まゐらせなどす。若き人々、御《み》匣殿《くしげどの》など薬玉して、姫宮、若宮につけたてまつらせ給ふ。

(皇后様が三条宮にご滞在中のこと。五月五日の節句となり、宮内省から長机に積んだ菖蒲が届けられ、薬玉が献上されたりもする。若い女房たちや、皇后様のいちばん下の妹君である御匣殿は、その薬玉を、皇后様の長女の姫宮様や、長男の若宮様のお召し物に付けてあげていらっしゃる)

(『枕草子』第二二三段「三条の宮におはしますころ」)

清少納言の大好きな五月の節句を舞台とするこの章段を、平安文学研究者の中島和歌子は、定子の変わらぬ后《きさき》らしさと、清少納言との成熟した主従関係が書かれた、『枕草子』の「到達点」であると言う。確かに、まず書き出しの「三条の宮」。平生昌宅のことなのだが、もう清少納言はその呼び名を使わない。定子がいる以上その場は御所《ごしょ》なのだというわけで、正当な皇后たる定子を打ち出す。またその後の「菖蒲」や「薬玉」もしかり。これらは第五章「季節に寄せる思い」に記したように、邪気を払い長命を祈るためのもので、五月の節句のつきものである。が、ここに記されているのはただの菖蒲や薬玉ではない。前者は朝廷で医薬を司《つかさど》る典薬寮《てんやくりょう》、後者は服飾を司る縫殿寮《ぬいどのりょう》から公的に献上されるもので、皇后ならではの物たちなのだ。さらに『枕草子』には珍しく、定子が産んだ皇女と皇子、五歳の脩《しゅう》子《し》内《ない》親王《しんのう》と二歳の敦康親王《あつやすしんのう》の姿が、短いがはっきりと記されている。二人は朝廷献上の薬玉で飾られ、祝福されている。つまり、定子の皇女も皇子も公的に尊重されているということなのだ。

政治的存在である皇女と皇子のことを記せば、作品を政治的な圧力にさらすおそれがあったはずだ。それでも清少納言がここに二人を記したのは、やはりこれが、定子の最後の姿を記す、特別な章段だからに違いない。清少納言は、この章段では覚悟を決めて、二人の姿を記したのだ。一つには、この時点においてはただ一人、一条天皇の子を産んだ后妃であった定子の重みを主張するため、もう一つには、母として充実した時を過ごしていた定子の幸福を示すためと考える。

このように、定子の姿をとどめる最後の章段が、権威ある皇后としての定子の存在を畳み掛けているのには、やはり意味がある。『枕草子』は、何よりもまず、定子は最期まで后らしかったと叫びたいのである。

お褒めの和歌

さて、この章段の内容は、清少納言があるお菓子に言葉を添えて定子に差し出し、定子からお褒めの和歌を頂戴したというものだ。お菓子は「青ざし」。もともとは唐渡《からわた》りの、珍しいお菓子だった。

いとをかしき薬玉ども、ほかよりまゐらせたるに、青《あを》ざしといふ物を持て来たるを、青き薄様《うすやう》を、艶《えん》なる硯《すずり》の蓋《ふた》に敷きて、「これ籬越《ませ》しに候《さぶら》ふ」とてまゐらせたれば、

みな人の　花や蝶やと　いそぐ日も　わが心をば　君ぞ知りける

この紙の端を引き破《や》らせ給ひて書かせ給へる、いとめでたし。

（よそからも、とても素敵な薬玉が届けられたのだけれど、そうした贈り物に添えて、たまたま「青ざし」という物を持って来た人がいた。そこで私は、上等の青い薄紙をしゃれた硯箱の蓋に敷き、そこにその「青ざし」を置くと、古歌をもじり「どうぞおひとつ。垣根越しの品でございます」と言って皇后様に差し上げた。すると皇后様は、

「誰もが姫宮や若宮を囲み、いそいそと浮かれ興じている時も、あなたこそは私の心を分かってくれているのね」

敷いた薄紙の端を裂いて、そう書いてお返し下さった。なんて素晴らしいこと）

（『枕草子』第二二三段「三条の宮におはしますころ」）

端午《たんご》の節句といえば「ちまき食べ食べ」の唱歌があるが、平安時代でもこの日の定番の食べ物はちまきだった。だが、新しい趣向が好きで漢文学に秀でた定子には青ざしがぴったりだと思いついた清少納言は、早速定子に差し上げることにした。紙や容《い》れ物も上品に。でもそれだけでは皇后様は満足されまい。そこで例の「機知」をめぐらせて、麦のお菓子であることにひっかけ、「これ、籬越しに候ふ」と差し出した。心は、当時和歌のサンプル集として重宝されていた『古今和歌六帖《こきんわかろくじょう》』に載る、次の和歌である。

籬越しに　麦はむ駒《こま》の　はるばるに　及ばぬ恋も　我はするかな

（垣根の外に生えた麦を、馬がそれを越えてでも食べようとするように、近づけなくてもいいから思いを届けたい。そんな恋を私はしているよ）

（『古今和歌六帖』巻二　馬　一四二七）

清少納言の言葉はこの和歌によって、一つには垣根の向こうならぬ三条宮の外からの頂き物であること、また麦菓子であることを言うものだった。一言で二つの意味が伝えられるのだから、実に恰好《かっこう》の和歌を思いついたものである。だがそれだけではない。この和歌は下の句に作者の恋心を詠み込んでいる。「この作者のように、私も皇后様をお慕いしています」という清少納言の気持ちも込めることができるのだ。「恐れ多くも皇后定子をひたすらに慕う清少納言の姿が彷彿とするよう」と、平安文学研究者の井上新子は言う。

すると定子は、大胆にも青ざしの下に敷かれていた薄様紙の端を引き破り、それに歌を書きつけた。いかにも定子らしいくだけたやり方だ。これまでも彼女は、清少納言に歌を与える時、紙を投げてよこすなどのことがあった。ものごとにこだわらず、さばけて恰好いいのが定子の流儀なのだ。見れば歌の下の句は「わが心をば君ぞ知りける」。ほかの女房《にょうぼう》に比べて清少納言こそは定子の思いを分かってくれているというお褒めの言葉だが、さて清少納言が定子のどんな思いを分かっているというのだろう。それは清少納言の菓子選びとそれに添えた言葉が指し示しているものだと、中島と井上は説く。端午の節句なのにちまきではなく珍しい唐菓子という新趣向、そして一言ですべてが伝わる絶妙な歌句選び。それは定子後宮《こうきゅう》がいつも目指してきた斬新で知的な文化、そして中関白家《なかのかんぱくけ》のお家芸ともいえる機知そのものだ。ほかの女房たちは端午の節句らしい趣向を楽しむにとどまっているが、清少納言は一人しっかり「定子的文化」を実践してくれている。「そうした文化の創造と実践こそが私の思いであることを、あなたは分かってくれているのですね、ありがとう」。そう定子は褒めたのだ、と。

二人の到達

だが私には、この章段の定子と清少納言に、ただ節句を文化的に楽しんでいるだけではない、もっとしみじみとした心の触れ合いのようなものが感じられてならない。節句で賑《にぎ》わう人々の中で、定子と清少納言だけが二人の世界をつくっている、そしてそこで特別な絆で結ばれていることを深々と確かめ合っているという感じがするのだ。定子の和歌をもう一度かかげよう。

みな人の　花や蝶やと　いそぐ日も　わが心をば　君ぞ知りける
(「誰もが姫宮や若宮を囲み、いそいそと浮かれ興じている時も、あなたこそは私の心を分かってくれているのね」)
(『枕草子』第二二三段「三条の宮におはしますころ」)

ほかの女房たちが上の二人の宮をいつくしむなか、清少納言と定子には別の思いがあった。それが定子のおなかの中の小さな命のことだと指摘するのは、平安文学研究者の圷美奈子である。十二月中旬の出産から推測して、この五月五日には妊娠三カ月頃。そもそも清少納言が青ざしなどという珍しいものを定子に差し出したのは、つわりのつらい時期、これならばお口に合うのではないかという気持ちからだった、定子はそれを清少納言に感謝したと考えるのだ。

確かに、この和歌の湛《たた》える絶対の安心感、静謐《せいひつ》な幸福感とでも呼ぶべきものは、こうした繊細な思いが下にあってこそ腑に落ちる気がする。そして二つの説は、互いに抵触しあわない。皇后として自分が支えてきた文化を思い、いっぽうで三人目の子を案ずる定子の心を、清少納言は丸ごと理解してくれた。そして思いやりのお菓子を、定子を喜ばせる機知に富んだやり方で呈してくれた。それが定子に、「あなたこそは私の心を分かってくれているのね」という全幅の信頼を伝える言葉を吐かせたのだ。これこそが、清少納言が掲げたかった定子と清少納言、皇后と一女房の関係性の「到達」なのだと私は思う。

思い返せば、第一七七段「宮に初めて参りたるころ」では、緊張して昼は局《つぼね》に隠れ、夜な夜な御前《おまえ》に参上しては半べそをかいていた清少納言だった。定子に「我をば思ふや（私が好きか？）」と尋ねられて、懸命に答えたのに誰かのくしゃみのせいで定子に「嘘ね」と否定され、うろたえて言葉も出せなくなってしまった。あれは機知のレッスンだったが、それだけではなかった。定子という人は、いつも清少納言の心に我が心で問いかけ、笑い、見守る人だった。

その正暦《しょうりゃく》四（九九三）年の初宮仕えから七年。清少納言の女房としての歩みは常に定子の導きとともにあった。定子や貴公子たちから難題を出されては、冷や汗をかきながら答えて、定子に褒められればほっとする。そんなことの連続の中には、失敗もあった。同僚から道長《みちなが》派への寝返りを疑われ引きこもった苦しい時期もあった。思えばその時も、定子が清少納言に思いを致し紙を贈ってくれたから『枕草子』が生まれ、清少納言の疑いは晴れたのだ。定子は清少納言にいつも心を寄り添わせ、そこから定子後宮の文化の実りが幾つも生まれてきた。そして今、清少納言は誰かに難題を出されたり働きかけられたりではなく、こうして自ら考え動いて定子に褒められ感謝されるまでに成長したのだ。私がこの段を「到達」と感じる意味は、そこにある。

本書は第二章「新風・定子との出会い」で、「宮に初めて参りたるころ」の章段を「『枕草子』作家・清少納言の誕生秘話」と記した。定子が緊張をほぐしてくれたおかげで、その「薄紅梅《うすこうばい》なる」指先の匂いやかな美しさを清少納言が発見したくだりのことだ。ならばこの第二二三段「三条の宮におはしますころ」は何だろう。私は、「皇后定子の語り部・清少納言宣言」であると思う。おそれながら皇后様と心がつながり、お褒めの言葉にあずかった。お墨付きをいただいたのだ。ならばその自分が『枕草子』を書くとは、一条《いちじょう》朝の最先端を疾走した皇后定子の文化とその人生そのものを、『枕草子』に永久保存し貴族社会に送り届け続けるということだ。それが『枕草子』の意味なのだ。

章段末尾の「いとめでたし」に、清少納言は万感の思いを込めたと思う。それは、『枕草子』とは、定子のこの「めでたさ」、理想性をこそ世に伝えてゆくものなのだという一念である。最期まで理想的だった皇后定子。それを世に示すことこそが『枕草子』の戦略だった。『枕草子』の中では、定子は死なない。それは定子がこの作品の中で永久に生き続けるということだ。『枕草子』の定子は、理想の皇后として、いつまでも燦然《さんぜん》と輝き続けるのだ。

【第一九章】鎮魂の枕草子

「哀《あは》れなり」の思い

『枕草子』は、定子《ていし》が生きている間は定子を笑わせ、定子が亡くなった後は定子を美化して人々の記憶に遺すことを目指した。そのため、終始明るさを演出した。定子の不遇や死という負の要素が厳然たる事実であっただけに、作品はそれを打破する正の要素を持たなくてはならなかったのだった。ならば『枕草子』には、事実として不遇だった定子について、哀《かな》しいと素直に認めた箇所はないのだろうか。

ある。理想の后《きさき》としての定子と女房《にょうぼう》・清少納言の到達を記した第二二三段「三条の宮におはしますころ」の直後に置いた次の章段で、『枕草子』中たった一カ所だけ、清少納言は定子について「哀れ」という言葉を使っている。

御乳母《めのと》の大輔《たいふ》の命婦《みやうぶ》、日向《ひうが》へくだるに、給はする扇《あふぎ》どもの中に、片《かた》つ方《かた》は、日いとうららかにさしたる、田舎の館《たち》などおほくして、いま片つ方は、京のさるべき所にて、雨いみじう降りたるに、

あかねさす　日に向かひても　思ひ出でよ　都は晴れぬ　ながめすらむと
御手にて書かせ給へる、いみじうあはれなり。さる君を見おきたてまつりてこそ、え行くまじけれ。
（宮《みや》さまの乳母でいらっしゃる大輔命婦さんが、遠い九州の日向《ひゅうが》に行ってしまうことになった。宮さまは、お餞別《せんべつ》に扇《おうぎ》をお贈りになる。いくつもお贈りになった中に、こんな一つがあった。片方の面には、陽光がうららかに照っている、田舎の風景画。建物もたくさんあって、乳母が住む国司《こくし》の官舎らしい。裏面を返すと、都の立派な邸宅の、ひどい雨降りの様子。絵に添えて和歌もある。
日向の地で、晴れ晴れとした太陽に向かっても、思い出しておくれ。都では涙の雨が降り、心晴れぬもの思いに耽《ふけ》っているだろうと。
宮さまがそう御自筆で書かれたのは、本当に、何とも言いようのないことだった。こんな宮さまを目の当たりにしながらおいてゆくことなど、私だったら絶対できない）
（『枕草子』第二二四段「御乳母の大輔の命婦、日向へくだるに」）

定子のもとを乳母が去った。いつのことかは記されないが、中関白家《なかのかんぱくけ》が没落する前にはまずありえないことだ。平安時代には乳母といえば、生涯をかけて養子《やしないご》のために尽くすのが当たり前であった。身分の高い養子との縁故は、乳母一家にとって出世のための金の梯子《はしご》だからだ。だが、定子にはその旨みがなくなった。だからこの大輔命婦なる乳母は、おそらくは夫の転勤あたりにかこつけ、定子を見捨てて行くのだ。権力を失い、沈みゆく船のように先の見えた定子を見限って。定子は長徳《ちょうとく》二（九九六）年、長徳の政変後に実母の貴子《きし》に死なれている。ならば乳母はまさしく母代わりに等しく、定子にとって心から甘えられる数少ない相手であっただろうに。

だが定子には、乳母を止《と》めることもできなかった。餞別の扇の中の一つを、清少納言はふと手に取り表裏を返して、息をのむ。表には晴れ渡った日向の館。自分をおいてゆく乳母なのに、旅先の恙《つつが》なきを祈る思いやりを定子は忘れていない。だが裏の面、京の屋敷に降り注ぐ雨は、そのまま定子の涙雨だ。そして和歌には「私を忘れないで」。これが通り一遍の惜別の歌であるはずがない。おそらくこの乳母は、日向に着けば定子を忘れるだろう。いや、忘れられないかもしれないが、忘れようとするだろう。定子にはそれが痛いほど分かっている。だが、そんな薄情な乳母にさえも、縋《すが》りつかずにはいられないのだ。

この時、清少納言の心にこみあげたのが「あはれなり」という思いであった。定子が哀れだというのではない。「あはれ」はもと感動詞。ああ、とため息とともに声にするしかない思いである。清少納言自身が、定子の哀しみを我がこととして胸を詰まらせたのだ。そして、自分だけは何があっても定子を裏切らないと、唇を嚙《か》んだ。

このように嗚咽《おえつ》をこらえる瞬間が、滅びゆく定子に仕えながら、おそらく清少納言には幾度もあったに違いない。だがこんな章段にも、私は清少納言の細心の心配りを見取らずにいられない。まず、定子を裏切ったと明かされ、言わば悪役の役割を負わされているのは、清少納言たち女房《にょうぼう》集団にとって身内であり、身分も高くない乳母である。『枕草子』は、高位の人々や権力を持つ人々を敵に回さないように気をつけている。そこには清少納言という元女房一人などものともしない権力社会における、『枕草子』自身の生き残りがかかっているのだ。そして、そこにおいて『枕草子』が死守しようとするのは何か。定子の理想性である。定子は気高く、誰のことも恨んでいなかった。この乳母のことすら、詰《なじ》りはしなかったのだと。

鎮魂の「日」と「月」

『枕草子』は「春は、あけぼの」で始まった。「やうやうしろくなりゆく山ぎは、少しあかりて、紫だちたる雲の細くたなびきたる」。闇に明るさの気配が兆し、山の輪郭がようやく見分けられ始める頃、紫を帯びた雲が空にたなびく。この初段とまるで対を成すような章段が、『枕草子』の後半にある。

日は、入り日。入り果てぬる山の端《は》に、光なほとまりて、あかう見ゆるに、薄黄《うすき》ばみたる雲のたなびきわたりたる、いとあはれなり。

(『枕草子』第二三四段「日は」)

(日は、落日。沈みきった山の稜線《りょうせん》に、なおも残照《ざんしょう》が明るく映え、辺り一面に黄色い雲がたなびいているところ。本当に胸にしみて、言葉もない)

「春は、あけぼの」で幕を開けた『枕草子』ならば、「日は」という題にも「朝日」という元気な答えが自然だと思える。だが清少納言の答えは全く逆である。なぜだろう。また彼女がその落日を「いとあはれなり」と感じるのは、なぜなのだろう。

私にはここに、浄土への祈りが感じられてならない。仏教には、沈む太陽を見て心に極楽浄土を思い浮かべる「日想観《にっそうかん》」という行があった。『観無量寿経《かんむりょうじゅきょう》』に記されているものだ。落日は私たちの心を静かに清め、西方浄土に誘ってくれる。そこには、生きていた時とは違う穏やかな安らぎが待っているのだ。その日想観に通じる思いを、清少納言はこの章段に託したのではないだろうか。入り果てた日は、定子の魂だ。阿弥陀《あみだ》如来に導かれ、浄土に旅立ってしまったのだ。しかしその余光《よこう》はまだこの世を照らし、黄色い雲が来迎《らいごう》の名残のようにたなびく。「いとあはれなり」は、それを幻想する清少納言の感無量の思いではないか。

こう憶測するのは、逆に世間には定子の往生を否定する向きが多かっただろうと考えるからだ。定子は出産によって亡くなった。当時の社会には、懐妊の身で亡くなった女性は罪深く、極楽往生を遂げられないという迷信があった。それを信じる人々には、定子は冥界に堕《お》ちたか中有《ちゅうう》をさまよっているか、ともあれ救われていないことになる。こうしたなかで清少納言は、せめて『枕草子』には定子の極楽往生図を描きたかったのではないだろうか。とすれば、清少納言はこの「日は」という章段に、定子への鎮魂の思いを込めたことになる。

一方、「月は」という段もある。「日は」の次に置かれた段である。


月は、有明《ありあけ》の、東《ひんがし》の山ぎはにほそくて出《い》づるほど、いとあはれなり。

（月は、有明の月が東の山の上にか細い姿を現すところ。本当にしみじみと心を打つ）

（『枕草子』第二三五段「月は」）

月の形と月の出の時刻とは連動している。満月ならば、月の出は大体午後六時ごろ。この章段のように朝になってようやく稜線から姿を見せる月は、二十七日か二十八日頃の月か。数日内には姿を消す、やせ細った月である。私がこの月に感じるのは、「無常」だ。満月がいつか新月となるように、人にもやがては必ず死が訪れる。華やかな満月から少しずつ欠けて針のような細さに至った月は、波瀾《はらん》万丈の人生を生きた挙げ句、世の無常を受け入れて逝《い》った定子その人ではないか。そしてここにもある「いとあはれなり」は、定子の人生と死に思いを致してこみあげてくる感情、やはり鎮魂の思いではなかったか。

そう憶測するのは、その月がかかる東の山が、平安京においては鳥辺野《とりべの》、定子の墓所のある山だからである。定子という職場を失った後、しばらく経て清少納言はこの東山の一角、月輪《つきのわ》の地に住むようになる。明け方、陵墓《りょうぼ》の方角を眺める清少納言の目が、枯れ果てる寸前のような月をとらえることもあっただろう。その月に思わず手を合わせることもあったのではないか。『枕草子』の章段を問わず語りに書いては知人に配り、書いては配る日々であったと想像する。その創作そのものも、定子への鎮魂の作業であったと想像する。

「日は」にせよ「月は」にせよ、私がこのような読み方に傾いてしまうのは、ひとえに定子の壮絶な人生と死という歴史的事実を知るが故である。先入観を交えず客観的に作品を読むという方法に従えば、これは間違った態度かもしれない。だが私には、私とは比較にならないほど色濃く定子の記憶を共有した同時代の人々が、定子の側近だった女房の発するこの作品を、定子の影を排して客観的に読んだとは、到底考えられない。現代の教科書が「平安時代の個性的な美意識」として掲げる「春は、あけぼの」はもとより、笑える章段も雑談めいた章段も自慢話も含めすべてが、潰《つい》えた定子の文化と定子その人の思い出として、哀調を帯びた薄鈍《うすにび》色に染まって見えていたに違いない。そして私は、彼らの目に寄り添って『枕草子』を理解したいのだ。

喪《うしな》われたものへの鎮魂の書、それが同時代の『枕草子』だった。その意味で、『枕草子』は一つの〈挽歌《ばんか》〉だったのだ。

【終章】よみがえる定子

共有された死

ここからは、『枕草子』に記されていることではない。定子《ていし》の死をうけた、人それぞれの思いである。長保《ちょうほう》二（一〇〇〇）年十二月十六日早朝、定子は崩御《ほうぎょ》した。第三子の女二宮《おんなにのみや》・媄子内親王《びしないしんのう》を出産し、力尽きて果てたのだ（『権記《ごんき》』同日）。

実はこの時、后《きさき》の身に異変の恐れありとは、都の少なからぬ人々の予知するところだったと思われる。天象《てんしょう》のもたらす前触れ「もののさとし」によってである。しばらく前のある日の巳《み》の刻頃、平安京を囲む東西の山を結ぶような筋雲が、空にかかった。しかも二筋、折しも出ていた月を間に挟み込むように。月は后を象徴しており、この雲は不祥《ふしょう》を意味する。つまり后に凶事が起きる前兆なのだ（『権記』長保二年十二月十五日）。ちなみに巳の刻（午前十時前後）に空に月の見えるのは、概算で二十日の月から五日の月まで。定子の崩御は十六日だから、怪異はそれより少なくとも十日以上は遡《さかのぼ》る日に起きたことになる。折しも今上《きんじょう》天皇の「后」は、二月の「二后冊立《にこうさくりつ》」によって二人となっていた。災禍に見舞われるのは、皇后の定子なのか。それとも中宮《ちゅうぐう》の彰子《しょうし》なのか。答えは定子であったというわけだ。

この怪異によって、定子の死は多くの都人《みやこびと》の共有する凶事となった。あるいは劇場型の出来事と言ってもよい。もとより定子は、長徳《ちょうとく》の政変の時には伊周《これちか》と隆家《たかいえ》の立てこもる家を野次馬化した都人が取り囲むなど、物見高い世間にとって恰好《かっこう》の話題源であった。その時、野次馬たちは興味本位で捜索を見守りながら、邸内から家人《かじん》の泣き声が漏れてくると自分たちももらい泣きするなど、さながら観客のごとき様相を見せていた（第八章「政変の中で」）。そして今崩御の時も、都人は天兆に心を騒がせ、その的中に驚くこととなった。定子は世に大きな存在感を遺したのである。

そしてもう一つ、定子自身が辞世《じせい》を遺して逝《い》ったことも、こちらは和歌を解する層の人々に波紋を生じさせたに違いない。定子は死を予感しており、遺書とともに数首の和歌を詠んでいた。しかも彼女はそれを誰かに託したのではなく、自身の死の床となった御帳台《みちょうだい》の帳《とばり》の紐に結び付けていた。後に和歌を採録した勅撰集《ちょくせんしゅう》の詞書《ことばがき》から推して、発見者は高位の者ではない。床を片付けた女房《にょうぼう》か、あるいは下仕えか。説話や歌物語によれば、平安時代にはこうした階級の人々こそが、和歌とそれにまつわる秘話「歌語り《うたがた》」を口伝えによって広める存在であった。

一条院の御時、皇后宮かくれ給ひてのち、帳《とばり》のかたびらの紐に結び付けられたる文を見つけたりければ、「うちにもご覧ぜさせよ」とおぼし顔《がほ》に、歌三つ書き付けられたりける中に

夜もすがら　契りしことを　忘れずは　恋ひむ涙の　色ぞゆかしき

（一条院の御代《みよ》に、皇后の宮がお隠れになった後、御帳台の帳の紐に結び付けられた手紙を見つけ開いたところ、いかにも「帝《みかど》にも御覧に入れて」との御意向のように和歌が三首書きつけられていた。その中に

一晩中、あなたは私に愛を誓って下さいました。その言葉をお忘れでないなら、私の亡くなった後、あなたは私を恋しがって下さるでしょう。そして悲しみの余り、血の涙を流すでしょう。その色が見とうございます）

（『後拾遺和歌集《ごしゅういわかしゅう》』哀傷　五三六）

一首目は、一条天皇に。「涙の色」は漢文に見える表現で、いかにも教養あふれる定子らしい和歌だ。だが、それだけではない。「夜もすがら契りしこと」には、唐の玄宗《げんそう》皇帝と楊貴妃《ようきひ》の悲恋を描いた漢詩「長恨歌《ちょうごんか》」の世界が垣間見えるという、平安文学研究者・新間一美の研究もある。玄宗と楊貴妃が七夕の「夜半」に比翼連理《ひよくれんり》の二世を「誓」い合うくだりだ。確かに定子は、楊貴妃のように寵愛《ちょうあい》と栄華を極めつつ、だが変転の果てに散った。

知る人も　なき別れ路《ぢ》に　今はとて　心細くも　急ぎたつかな

（この世と別れ、知る人もいない死の世界へ。心細いけれど、急いでもう旅立たなくてはなりません）

（『後拾遺和歌集』哀傷　五三七）

二首目は、死を覚悟しつつ寂しさと不安を漏らした和歌。あの世は「知る人もなき」どころか亡父も亡母も待つ世界なのに、彼女の心にはこの世に遺してゆく夫と子どもたちしかなかった。定子は死にたくなかったのだ。やがてこの歌を知り激しく心を動かされたのが、誰あろう紫式部《むらさきしきぶ》である。彼女は定子の物語を、日本の摂関《せっかん》政治における愛と政治の矛盾の物語へと昇華させた。『源氏物語』冒頭、光源氏の父帝と母・桐壺更衣《きりつぼのこうい》の物語だ。そこでは更衣が辞世を詠んでいる。

限りとて　別るる道の　悲しきに　いかまほしきは　命なりけり
（もうおしまい。お別れして、行かなくてはなりません。でもその死出《しで》の道の悲しいこと。行きたいのは、生きたいのはこんな道ではありません、私は命を生きたいのに）　（『源氏物語』「桐壺」）

桐壺更衣の和歌の「別るる道」は定子の和歌の「別れ路」とほぼ同語である。どちらも羇旅《きりょ》の和歌にはしばしば使われる言葉だが、死別の和歌に使われることは少ない。まして辞世となると、平安和歌ではこの二首しか私には見つけられていない。紫式部は桐壺更衣の物語中ただ一つの肉声に、定子の和歌を響かせたのだ。紫式部が『源氏物語』「桐壺」巻の執筆に取り掛かるのは長保三（一〇〇一）年に夫を亡くした後、喪失感を癒やすために物語の習作を始めてからのことだから、定子の死の数年後になる。その間、定子の辞世は紫式部の心に深く仕舞《しま》い込まれてあったのである。

煙とも　雲ともならぬ　身なれども　草葉の露を　それとながめよ
(私の身は、煙となって空に上がることも、そこで雲になることもありません。でも、どうぞ草の葉におりた露を、私と思って見てください)
(『後拾遺和歌集』異本　哀傷　五三七の次)

三首目の辞世。平安時代の葬送《そうそう》の方法は、貴族階級においては大方が火葬であった。しかし定子はこの和歌で、自分の体は焼かれて煙になることも雲となって空に漂うこともないと詠んでいる。そうではなく、草の葉の上におりる露になるのだと。これを遺志として、定子の遺体は荼毘《だび》に付されず、鳥辺野《とりべの》の一角に建てられた「霊屋《たまや》」に納められることとなった。葬儀は皇后の崩御の際の制度に則《のっと》り国事として行われた。参加する役人たちの耳から耳へと、この和歌は伝えられたに違いない。

こうして、定子の死は皇室や朝廷の中枢部のみならず、都の名もなき人々の心にまで鮮烈な記憶を刻むこととなった。彼女の死は都人に共有されたのである。

藤原道長の恐怖

定子の生前に定子本人と関わりを持った人々は、まして激しい衝撃を覚えた。その感情は様々であった。藤原道長《ふじわらのみちなが》が抱いたのは、恐怖である。生前の定子に嫌がらせを繰り返した彼は、定子の崩御した当日、怨霊《おんりょう》を幻視している。

一条天皇はその夜、定子の死を受けて道長を自宅から呼び出した。しかし道長は到底参内《さんだい》できる状態ではなかった。藤典侍《とうのないしのすけ》なる内裏《だいり》女房に怨霊が憑《つ》き、彼は襲われて、疲れ果てていたというのだ。後に彼の語ったところによれば、周囲の女房たちが恐怖に叫ぶなか、怨霊は憤怒の表情で髪を逆立て、音を立ててかかってきた。道長は必死で霊の左右の手をつかみ、引き据えた。数刻たって人心地がついてから彼は思ったという。怨霊の正体は長兄・道隆《みちたか》だ。いや、長兄の後に僅か七日間だけ関白《かんぱく》の座につきながら疫病で逝った、次兄・道兼《みちかね》か（『権記』長保二年十二月十六日）。

道長は、自分が権力を手中にしたのは兄二人の死によるものだということを、痛いほど自覚していた。だからこの日、定子の死を引き金に、彼らの報復に怯《おび》える思いが一気に噴出したのだ。彼を襲ったのは、怨霊というよりも自らの恐怖心であったに違いない。なお、道長の日記『御堂関白記《みどうかんぱくき》』の長保二年後半分は現存せず、彼自身が書き留めた内容を確認することはできない。ただ一般に『御堂関白記』は、怨霊について書き記すことがあまりない。それは彼の豪胆を示すものではなく、むしろ恐怖心の証拠であると、平安文学研究者・藤本勝義は言う。怨《うら》まれているという実感を、彼は常に強く心に抱いていた。だから怨霊のことには触れたくもなかったのだと。

道長の恐怖は、この八年後の出来事を記し留める『紫式部日記』にも明らかである。寛弘《かんこう》五（一〇〇八）年、彰子が初めて懐妊し臨月が近づくや、道長は邸内に宿舎を設けて僧侶数十人を泊まり込ませ、「不断の御読経《みどきょう》」や「五壇《ごだん》の御修法《みずほう》」などの安産祈禱《きとう》を行わせた。そして出産の日には、高僧と霊媒と女房からなる怨霊調伏《ちょうぶく》班を五組も構え、僧たちに夜一夜、声がかれるまで祈らせた。それでも彰子にはいくつもの「御物の怪《おんものけ》」が取り憑き、中には「いみじうこはき（極めて強力な）」ものもいたという（『紫式部日記』寛弘五年九月十一日）。八年前に定子が死んだ出産の床で、今度は彰子の命が奪われる。道長はそれを恐れていたのだ。

定子の生前には、道長は定子を迫害した。だが定子の死後には、自分と娘の安寧のためにこそ、彼の思いは定子への鎮魂に転じたと見て間違いあるまい。

藤原行成の同情

定子の崩御した日、行成《ゆきなり》の日記の長大にわたる文章は、彼女の略歴で閉じられている。「皇后、諱《いみな》は定子」に始まるその中に、次の一文がある。「長徳□《ママ》年、事有りて出家、其の後還俗《げんぞく》」。定子は長徳の政変に際し、尼となった。后への復帰についてはそれが「天下《てんか》、甘心《かんしん》せず」（『小右記』長徳三年六月二十二日）と批判され、敦康親王《あつやすしんのう》を産んだ時にさえ世は「尼らしくもない」と白い眼を向けた。だが行成はここに「還俗」と断言している。定子の還俗を明言する史料はこれ以外に見当たらないので、貴重な一文だ。

行成はこの一年足らず前、定子のことを「正妃ではあるが出家入道」されていると日記に記していた。定子に加え彰子をも后に立てるべきだと、「二后冊立」を天皇に進言し、それがかなったと得意げに記す記事である（『権記』長保二年正月二十八日）。中宮様は出家入道されているので神事をお勤めにならない、特別に帝の私的なご恩にあずかり、中宮の称号を停止されないでいるだけだ、だからもう一人后を立てて「神国」たる我が国の神事にあたらせるべきだ。これが一条天皇を動かした彼の「正論」だった。だがその行成が、定子の崩御の日、前言を翻《ひるがえ》した。定子が既に俗人に戻っていたことは自明なのに、それを無視した自分の言葉は詭弁《きべん》であったと認めたのだ。

『枕草子』を読むと、藤原行成は定子の生前いかにも定子側に近かったように思える。清少納言とは「鶏の空音《そらね》」の和歌を詠み合う仲だし、しばしば彼女の局《つぼね》を訪《おとな》い、御簾《みす》の内にも入ったとされているからだ。しかしそれは彼の一面に過ぎない。行成の第一義はあくまで天皇の側近ということで、その立場から時に朝政全体を視野に入れて天皇に進言を行うこともあった。それが結果的に道長に与《くみ》する形となり、彼からいたく感謝されたこともあった。二后冊立もその一つである。行成は定子の死にあたっても、二后冊立を否定したわけではない。ただそれを推し進めるために定子に対して強引なこじつけを行った自覚が、彼にはあった。その忸怩《じくじ》たる思いが、「還俗」の二文字に噴出したのだ。

定子の崩御したこの日から、彼は一転して定子同情派へと変わった。彼の日記『権記』からその変化の様を示そう。例えば死の四日後の十二月二十日、参内して天皇の述懐を聞いた思いを「仰せらるるの事甚《はなは》だ多し、中心忍び難きものなり」と彼は記している。定子を喪《うしな》った一条天皇の悲嘆を受け入れ、自分自身も胸を震わせたのである。また翌長保三（一〇〇一）年十月二十三日、宮中で管絃《かんげん》を演奏する者がいた時には、「故皇后の宮は国母《こくも》ではないか。その喪がまだ明けていないのに、内裏で音曲を演奏するとは」という人の言葉を書き留めている。彼も同感だったことは言うまでもないが、彼以外の誰かがこう囁《ささや》いていること自体が見過ごせない。定子同情派に転じた公卿《くぎょう》・上達部《かんだちめ》が他にもいたのだ。なおここでは、定子が「国母」と言われていることも見逃してはならない。定子の産んだ敦康親王以外に男子のいない状況下、死んだ定子の名誉回復が気運となりつつあったのである。同じ年の十二月四日、定子の一周忌法要が営まれた時には行成も参列した。そして定子の母方のおじで中宮職の次官も務めていた高階明順《たかしなのあきのぶ》やその部下の藤原惟通《のぶみち》が、喪服も着ず部外者のような顔をして一般参列者の間に交じっているのを「皆が側目《そくもく》した」と日記に記した。彼らの露骨な定子離れを不快に思う者は少数ではなく、行成もその一人だったのだ。

そして長保五（一〇〇三）年十二月十六日。彼は道長に召されてその邸《やしき》に出向いた。訪れるとそこには先に藤原斉信《ただのぶ》が来ていて、深夜まで話が弾んだ。道長は途中で寝所《しんじょ》に入ったが、その後も二人はさらに語り合い、帰宅は深夜に及んだという。斉信といえば本書が幾度となく触れた、いわくつきの貴公子だ。かつては定子方にいりびたりながら長徳の政変以後は道長派に翻《ひるがえ》ったばかりか、しつこく清少納言の引き抜きを企んでいた人物である。その彼が行成と、特に道長が姿を消して後に語った「旧事と新意（昔話と今の思い）」とは何なのか。

憶測は憶測でしかない。だがこの日は定子の祥月《しょうつき》命日である。かつて定子やその女房たちと親しく付き合いながら、定子の死から三年を経た今は、片や行成は参議《さんぎ》に昇り、片や斉信は権中納言《ごんちゅうなごん》に彰子の中宮大夫《だいぶ》を兼任して、ともに一条天皇と道長の協調政権を担う柱的存在となった。二人は二人ながら、定子への親近感と罪悪感を併せ持つ。その二人が偶然にも定子の命日に道長宅で出会った時、道長の前でこそ真意は語り難くとも、二人きりになれば、定子の思い出話と現在の感慨とをしみじみと語り合ったとは、十分に考えられる。気鋭の政治家たちの心に、定子は甘く苦い思い出として残り続けたのではあるまいか。

公達らの無常感

崩御の時、定子は二十四歳だった。死なれた一条天皇は二十一歳だった。世間を敵に回して戦い折れた二人は、意外なほど若かったのだ。二人の事件を受け、彼らと同じ若者世代には上の世代とは違う激しい動きが認められる。出家である。驚くことに、一人は藤原道長の妻の甥《おい》で彼ら夫婦の養子となっていた源《みなもとのなりのぶ》成信二十三歳、もう一人は公卿席次で道長に次ぐ右大臣藤原顕光《あきみつ》の嫡男《ちゃくなん》・重家《しげいえ》二十五歳だった。

定子の死から二カ月半を経た長保三（一〇〇一）年二月三日、行成は疲れのためか会議中につい居眠りをしてしまい、短い夢を見た。人から一通の書状をもらい、聞けば源成信からだという。ああ、出家の知らせだと思い当たったところで、目が覚めた。その日、別の場所で成信と行き合い夢のことを話すと、彼は笑って言った。「それは正夢さ」（『権記』同日）。まさにこの夜半、成信は失踪、三井寺《みいでら》で出家を遂げた。しかも彼は一人ではなく、友人の藤原重家と一緒だった。

成信は出家の動機を、養父道長の前年の病などと説明した。だがそれならば、なぜこのタイミングで出家したのか。出家の日が定子の四十九日の直前であること、成信が出家の意志をほのめかし始めたのが数カ月前であることから、出家の原因を定子の崩御と見抜いたのは、歴史研究者の関口力である。実は源成信は、『枕草子』に四度も登場しており、声で定子付き女房の聞き分けがつくほど定子方に親しんでいた（第二五六段「成信の中将こそ、人の声は」）。定子が一条院《いちじょういん》に滞在した長保二年春のできごとを記す章段（第一〇段「今内裏《いまだいり》の東をば」）もあり、養父が彰子の立后に奔走する傍ら、彼が定子たちを訪っていたとわかる。清少納言は彼の美貌を褒め、気立ても素晴らしいと記している（第二七四段「成信の中将は」）。行成によれば官僚としての才には乏しかったらしい成信にとって、定子後宮は癒やされる場所だったようだ。それが消えうせ、心の居場所がなくなったというわけだ。なお重家はかねて出家願望があり、髪を切るなら一緒にと、成信と約束していたという。

彼らの手に手を取っての出家は、貴族社会を驚かせた。左大臣道長と右大臣顕光が三井寺に駆けつけた時には事すでに遅く、親たちは天を仰いだ。だが世は決して彼らを批判しなかった。例えば藤原公任《きんとう》は、行成にこう和歌を詠み送った。

思ひ知る　人もありける　世の中を　いつをいつとて　過ぐすなるらん
（世の無常を思い知り出家する人もいる世の中だというのに、この私は一体いつ思い知る時が来ると言って、ぐずぐずと世を過ごしているのだろう）
（『拾遺和歌集』哀傷　一三三五）

公任は成信の出家を、共感を抱いて見守ったのである。

成信と重家に先んじて出家を試み、説得されて帰って来た公達《きんだち》もいた。藤原成房《なりふさ》十九歳である。彼は定子の死の三日後、行成に次の歌を詠んで姿をくらました。

世の中を　はかなきものと　知りながら　いかにせましと　何か嘆かん
（世の中をはかないものと知りながら　どうしようと嘆き迷ってなどいられるものか）
（『権記』長保二年十二月十九日）

定子の死に「人生ははかない」との思いを掻き立てられた成房が身を寄せたのは、比叡山の飯室《いむろ》。そこには一条天皇の前、花山《かざん》天皇の御代に若き権力者として台頭し、代替わりとともに髪を切った父・藤原義懐《よしちか》がいた。潔く世を捨てた父に代わって中関白家《なかのかんぱくけ》が台頭し、自滅し、今その娘の定子が波乱の生涯を終えた。もの心ついてからすべてを見守って来た成房には、世はあまりに目まぐるしく無常に思えたのだ。結局彼も、一旦はあきらめたものの、二年後の長保四（一〇〇二）年二月には素懐《そかい》を遂げた。

このように定子の死は、若者層を揺さぶった。こんなにも不条理に揺れ動く世で、うかうかと生きていて何になろうという無常の思い、仏の救済を求める思いが沸き起こったのである。

最高権力者・藤原道長は恐怖を、貴族たちは罪悪感から転じた同情心を、若者たちは厭世感《えんせい》を。貴族社会の人々がそれぞれに解決のつかない重いものを抱え込むことになった事件、それが定子の崩御だった。

一条天皇の悲歎

皇后の宮、已《すで》に頓逝《とんせい》すと。甚だ悲し。
(皇后の宮が亡くなってしまったということだ。本当に悲しい) (『権記』長保二年十二月十六日)

藤原行成の日記に記された、定子の崩御の日の天皇自身の肉声だ。彼の気持ちは想像に余りある。まだ二十一歳ながら即位して十四年半、幼帝時代から常に自分を抑え周囲に配慮し、賢明な態度を取るように努めるのが彼の性格であったことは、この『権記』をはじめどの史料からも窺《うかが》われる。その彼が本音を吐いた。妻の死に心が張り裂け、取り繕うことができなかったのだ。

天皇は妻の葬儀にも参列できない。死の穢れに触れてはならないからだ。定子の葬儀が行われた十二月二十七日夜半、彼は鳥辺野に思いを馳せて歌を詠んだ。

野辺までに　心ひとつは　通へども　我がみゆきとは　知らずやあるらむ
(定子、君の葬儀が行われる鳥辺野まで、天皇である私は行くことができない。だが心だけは君のもとに行くよ。君の亡骸《なきがら》を納める霊屋に降り積もる深雪《みゆき》は、わたしの行幸《みゆき》のしるしなのだ。だが君はもうそれと分からないで眠っているのだね) (『後拾遺和歌集』哀傷　五四三)

この夜、平安京にはしんしんと雪が降りしきっていた。京外にあたる鳥辺野では、道も分からぬほどであったという。人々は六波羅密寺《ろくはらみつじ》に安置されていた棺を牛車《ぎっしゃ》に乗せ鳥辺野まで運ぶと、雪にうずもれていた霊屋を掘り返して棺を納めた。火葬の場合は長い時間がかかり、それが故人への思いに区切りをつけることにもつながる。だが定子の場合には何もなかった。まして野辺送りもしない一条天皇は、せめて雪となって定子の霊屋を包む幻想を心に抱くしかなかった。振り返れば長徳の政変以後の四年半、彼女の出家や懐妊に彰子の入内が重なり、彼が定子と過ごせた日々は数カ月に満たない。最後に逢ったのは八月で、ほんの二十日間程度だった。その前に逢ったのは二月から三月にかけてで、彼は定子に「高砂《たかさご》」の曲を吹いて聞かせた。あの夫婦と子どもたちの団欒《だんらん》の日々はあっけなく消えて、二度と帰らない。

だがその事実を、一条天皇は受け入れられなかったのではないか。というのも、『栄花物語』に次のような記事が見えるからである。

故関白殿の四の御方《おんかた》は、御匣殿《みくしげどの》とこそは聞こゆるを、この一宮《いちのみや》の御事《おんこと》を故宮よろづに聞こえつけさせ給ひしかば、ただこの宮の御母代《おんははしろ》によろづ後見《うしろみ》聞こえさせ給ふとて、上《うへ》なども繁《しげ》う渡らせ給ふに、自《おのづか》らほの見奉《みたてまつ》りなどせさせ給ひけるほどに、そのほどをいかがありけん、睦《むつま》しげにおはしますなどいふ事、自ら漏り聞こえぬ。

（故関白道隆殿の四女である姫君は「御匣殿」と申し上げる方で、今上の一宮・敦康親王のことを故皇后がくれぐれもと託されたので、母親代わりとなって一心にお世話申されていた。ところが親王のところへは一条天皇もしばしばいらっしゃるので、自然にお目もじなどなさっている間に、何

があったか親しげなご様子ということが、どこからともなく漏れ伝わって来た）（『栄花物語』巻八）

定子の末の妹の「御匣殿」は、『枕草子』で定子が最後に登場する第二二三段「三条の宮におはしますころ」では、敦康親王や脩子《しゅうし》内親王に薬玉を付けて可愛がっていた。その彼女を、天皇が見初めたという。定子の死の翌年のことである。天皇には彰子をはじめ四人も后妃がいるというのにだ。誰にも推測がつこう。彼は定子に縁《ゆかり》のある御匣殿に定子を重ね、身代わりのように愛したのだ。つまりは定子亡き後も、彼の心を占めるのは依然として定子だったということだ。驚いた道長は、二人の関係を裂くべく敦康親王を彰子のもとにひきとった（『権記』長保三年八月三日）。親王がいなければ天皇が御匣殿を訪《おとな》う口実はなくなり、逆に彰子のもとに天皇を引きつけられると考えたのである。だが天皇の執心はやまず、翌長保四（一〇〇二）年、御匣殿は懐妊に至った。四、五カ月ともなれば人の口に戸は立てられず、かといって正式な后妃でもないので公式に明らかにするわけにもいかず、彼女は内裏を出た。そしてそのまま、敦康親王や内親王たちを気に掛けながら、六月三日、自宅で急死してしまうのである（『権記』同日）。享年十七、八であったと『栄花物語』は言う。定子を喪《うしな》って一年半、片時手に入れたかに思えた愛情の行き場を、天皇はまたも喪った。彼は定子に二度死なれたと言ってもよい。その心の傷はあまりに深かった。以後数年間、一条天皇の後宮の動きは途絶える。政務は滞りなく務めながら、彼はただ定子の遺児たちを溺愛《できあい》するだけで、彰子はじめ后妃たちのほうを振り向こうとはしなかった。

清少納言、再び

こうした喪失と混迷のただなかで、一条天皇が遠く都の外まで使いを送り、連絡をとった相手がいる。清少納言である。

津の国にある頃、内、御使ひに忠隆《ただたか》を

世の中を　厭《いと》ふなにその　春とてや（下欠）

逃るれど　同じ難波《なには》の　潟《かた》なれば　いづれも何か　住吉《すみよし》の里

（摂津国《せっつのくに》にいる頃、帝が御使いに忠隆を寄越されて

あなたが世の中を厭って住んでいる難波の春なのだから（下欠）

都を逃れては来ましたけれど、結局同じ生き「難」い「難波」の潟の方ですから、どちらも何が住みよい里であるものですか、ちっとも住みよい所ではございません）（『清少納言集』二三・二四）

清少納言は摂津にいた。二番目の夫・藤原棟世《むねよ》の赴任地である。使いを務めた忠隆は『枕草子』にも登場する蔵人《くろうど》・源忠隆で、例の雪山の賭けを記した第八三段「職の御曹司におはしますころ、西の廂に」でも、定子のもとに帝の使いとして秘密の逢瀬の日程を伝えに来ていた。和歌の一首目は彼が持ってきた天皇の御製、二首目はそれへの清少納言の返歌と考えられている。定子の死が長保二年の年末で

あること、清少納言の夫の摂津守赴任期間、源忠隆の蔵人在任期間、そして和歌の「春」から推して、贈答は定子の死から一年余、または二年余を経た長保四（一〇〇二）年か五（一〇〇三）年の春と考える。

御製の「なにそ」は「なには」の誤記だろうか。加えてどの本でも下の句が欠けているので、全貌が分からない。だが、清少納言が「世の中を厭」って難波の地に行ったと詠んでいることは明らかだ。返歌と突き合わせれば、下の句は「そちらは住吉……住みよい所なのだろう」という内容だったかと推測される。天皇は清少納言の傷心を気遣いつつ、住吉へ移った今は元気かと聞いたのだろう。その奥には、自分の住む京は「住吉」ではない、生きづらいという自らの思いもほのめかされている。それに対して清少納言は、京も難波も生きづらい、どこも住みよい所ではないと詠んでいる。皇后様を喪った悲しみは京外の地に移っても消えはしないと応えたのだ。一条天皇と清少納言が、いまだ癒えぬ定子の死への悲嘆を分かち合った贈答である。清少納言は、このように必要とされていたのだ。今は亡き定子をよく知り、ともに哀悼することのできる存在として。

『枕草子』能因本「跋文」（長跋）によれば、この頃には、長徳の政変後、落剃《らくはく》した定子の心を慰めるとともに、自らが同僚から受けた道長方寝返り疑惑を払拭《ふっしょく》するために制作した原『枕草子』が、既に一部に流出していた。それはかつて定子を笑わせたように、定子亡き後、重苦しい空気を抱えた世の人々に罪のない笑いを提供していたことだろう。清少納言再び、『枕草子』再びの期待は、都において高まっていたと考える。確かに、父から人を笑わせる才を受け継いだこの女房の書き物は、日の前の澱《よど》みから心を解き放ち明るいほうへ明るいほうへと人を導く力を持っていた。

この後、夫の摂津守任期満了とともに清少納言は都に戻る。彼女を迎えた貴族社会は、藤原道長が怨霊を恐れるがゆえに定子の鎮魂を願う世、貴族たちが定子への負い目ゆえに彼女を同情する世、公達が憧れの星を喪って無力感に苛《さいな》まれる世、そして一条天皇が定子の面影を求める世である。その世に向けて、彼女は再び筆を執り、書き送り始めたのではなかったか。輝かしかった定子の文化と、聡明だった定子の姿とを、懐かしく美しい思い出として。

当時の雅びの最先端を示した「春は、あけぼの」（初段）。今が永遠に続けばと伊周が朗詠した「清涼《せいりやう》殿《でん》の丑寅《うしとら》の隅の」（第二一段）。「少納言よ、香炉峰《かうろほう》の雪、いかならむ（少納言よ、香炉峰の雪はどんなかしら）」の問いかけに清少納言が高々と御簾《みす》を上げ定子が微笑む「雪のいと高う降りたるを、例ならず御格子《みかうし》まゐりて」（第二八〇段）。

これが、清少納言のたくらみだった。

悲劇の皇后から理想の皇后へと、世が内心で欲しているように、定子の記憶を塗り替える。定子は不幸などではなく、もちろん誰からも迫害されてなどおらず、いつも雅びを忘れず幸福に笑っていたと。その目的は、清少納言自身にとっては、もちろん定子の鎮魂である。だが世にしてみれば、これこそが彼ら自身に対する救いとなった。このやがて『清少納言枕草子』としてまとめられる五月雨《さみだれ》式の私記を、世は自らが必要とする作品として受け入れたに違いない。そして癒やされたに違いない。

ただ、この書は真実ではない、この虚像には騙されない、そう呟《つぶや》く紫式部を別にして。

「清少納言こそ、したり顔にいみじう侍りける人」

「清少納言こそは、得意顔でとんでもなかったとかいう人」――。

（『紫式部日記』消息体）

（了）

あとがき

最初に、この『枕草子』という作品に愛と情熱をもって取り組み続けてきた研究者たちに、尊敬と感謝を捧げたい。「はじめに」に記したように、『枕草子』は諸本や本文をはじめとして、内容以前に多くの壁の立ちはだかる作品だ。タイトルの意味など、いまだに謎としか言えない問題もある。しかし研究者たちは、粘り強く作品を解き明かし続けてきた。一方で私は、個別の作品をテリトリーとするよりも、『枕草子』や『源氏物語』が生まれた一条《いちじょう》朝の社会全体と、その中で一人一人の人間が抱いた思いとを、一貫して見つめ続けてきた。両者の成果の上に、本書は成り立っている。

振り返れば、二十余年前、高校の教員から研究者を志して大学院生へと転じた時、最初に書いた論文のタイトルが、「「真名書き散らし」ということ」だった。「真名書き散らし（漢字を書き散らし）」とは、『紫式部日記』の清少納言批判の中の言葉である。ともに知性、特に漢詩文の素養にあふれた女流作家二人の人生が、どこでどのようにすれ違い、結果として紫式部が、あのように感情的な清少納言批判を書くことになったのか。それが私の、研究者としての出発点だったのだ。本書では、それへの一つの答えを示すことができた。今、この「あとがき」を書きながら、しみじみと嬉しい。

『枕草子』は、他愛《たわい》ない作品のようだが、底意を持っている。『枕草子』の記す「真実」には、二種類がある。一つは〈客観的事実〉、一つは〈もう一つの真実〉だ。定子の兄・伊周《これちか》を、失脚後も彼が栄華の極みにいた時の官職のまま、内大臣と呼び続け、紫式部が指摘したとおり、常識的には過酷としか思えない状況のもとで、殊更に風流にいそしむ定子や清少納言自身の姿を記す。これらは、正しくは〈嘘〉や〈虚勢〉と呼ばれるべきものなのだろうが、清少納言にとっては真実だった。

一方、〈客観的事実〉であっても、そこに偏りがあることを考えれば、純粋な事実とはいいにくい。「春は、あけぼの」に見て取れるように、『枕草子』のものの見方は、花鳥風月から生活文化に至るまで、知性と革新性、明朗快活と当意即妙を旨とした定子の文化から生まれたものである。はじけたバブルとなったその文化を、『枕草子』はバブル崩壊後も、まるで何事もなかったかのように旗印にし続けた。つまり、『枕草子』が記しているのは、定子のための、ひたすらの〈文学的真実〉なのだ。清少納言はこの優しい〈嘘〉によって、定子が生きている間は定子を慰め、定子の死後はその魂を鎮めようとした。

一方、社会はこの作品を、定子の死後も受け入れ、握りつぶそうとしなかった。定子の生前には彼女を困りもの扱いした貴族社会だが、彼女の死後まもなく、態度を一変させる。かつて定子を迫害した藤原道長《みちなが》は、罪悪感から怨霊に怯えるようになった。道長に与《くみ》した貴族たちは、やはり罪悪感の裏返しだろう、定子への同情を唱えるようになった。若者たちは、無常感と無力感に駆られて出家した。定子の死は社会全体に衝撃をあたえたのだ。そんななか、美しい定子の記憶だけをとどめる『枕草子』は、むしろ社会を癒やす作品として受け入れられたのだと考える。

このように、『枕草子』という作品は、既に潰《つい》えた文化の生き残りである清少納言が、社会とのいわば共犯関係によって、懐旧の思いを貫いて作り上げた作品といえる。結果として、潰えたはずの定子の文化は、決して潰えることなく作品の中に永久保存されることとなった。定子は人々の心の中に、憧れの対象としてよみがえった。これが清少納言のたくらみであり、それは見事に成功したのであった。

本書は、平成二十二年に半年間、『京都新聞』に連載した記事「枕草子はおもしろい」を母体としている。『枕草子』の章段を原文と現代語訳とエッセイでジュニア向けに紹介したもので、定子の人生に沿った章段と、時系列に関わらない『枕草子』世界とを交互に連ねる方法は、当時からのものである。ただ書籍化にあたり、ゴールを作品の核心の解明へと切り替え、全面的に書き直したので、実質は書き下ろしとなった。連載時の読者の方には、『枕草子』の面白さと深さに改めて触れる一冊として楽しんで頂きたい。

今回、夫は、一章を書き終えるごとに批評してくれたうえ、その作業を楽しんでくれた。やはり『枕草子』は、人の心を和ませる作品なのだ。夫と清少納言の両方に、心から感謝している。そして、本書の校了を前にして他界した義母には、今までの分すべての感謝を伝えたい。元気な頃は、いつも大きな声で、研究者の嫁を応援してくれていたのだ。また、『平安人の心で「源氏物語」を読む』に引き続いてご担当いただいた朝日新聞出版の内山美加子さんに、あらためて御礼を申し上げたい。企画から一年以上かけての執筆にも忍耐強く伴走していただいて、本書はようやくできあがった。

世の中は揺れ動いている。だが、定子と清少納言の生きた世の中も、揺れ動いていた。千年の古典を心に抱けば、どんな世の中にも動じることはない。古典を心に抱くとき、私たちは古典に抱かれているからだ。「古典を抱き、古典に抱かれて」。亡くなった秋山虔先生の言葉である。

平成二十九年三月　「春は、あけぼの」の京都にて　著者記す

【主要参考文献】

Ⅰ　引用本文（句読点、漢字表記などを改めた箇所がある）

『枕草子』　能因本…松尾聰・永井和子『枕草子』（日本古典文学全集　小学館　一九七四）

『枕草子』　三巻本…松尾聰・永井和子『枕草子』（新編日本古典文学全集　小学館　一九九七）

『紫式部日記』…山本淳子『紫式部日記　現代語訳付き』（角川ソフィア文庫　角川学芸出版　二〇一〇）

『古今和歌集』…小島憲之・新井栄蔵『古今和歌集』（新日本古典文学大系　岩波書店　一九八九）

『後撰和歌集』…片桐洋一『後撰和歌集』（新日本古典文学大系　岩波書店　一九九〇）

『拾遺和歌集』…小町谷照彦『拾遺和歌集』（新日本古典文学大系　岩波書店　一九九〇）

『後拾遺和歌集』…久保田淳・平田喜信『後拾遺和歌集』（新日本古典文学大系　岩波書店　一九九四）

『続古今和歌集』…新編国歌大観（角川書店　一九八三）

『古今和歌六帖』…新編国歌大観（角川書店　一九八四）

『清少納言集』…佐藤雅代『清少納言集』（和歌文学大系　明治書院　二〇〇〇）

『範永集』…久保木哲夫・加藤静子・平安私家集研究会『範永集新注』（新注和歌文学叢書　青簡舎　二〇一六）

『紫式部集』…山本利達『紫式部日記　紫式部集』（新潮日本古典集成　新潮社　一九八〇）

『和漢朗詠集』…大曽根章介・堀内秀晃『和漢朗詠集』（新潮日本古典集成　新潮社　一九八三）

『本朝麗藻』…柳澤良一・本間洋一・高島要「『本朝麗藻巻下』注解（八）」柳澤良一担当96番（『北陸古典研究』16　二〇〇一年十月）

『催馬楽』…木村紀子『催馬楽』（東洋文庫　平凡社　二〇〇六）

『栄花物語』…山中裕・秋山虔・池田尚隆・福長進『栄花物語』（新編日本古典文学全集　小学館　一九九五〜九八）

『無名草子』…桑原博史『無名草子』（新潮日本古典集成　新潮社　一九七六）

『伊勢物語』…福井貞助『伊勢物語』（新編日本古典文学全集　小学館　一九九四）

『源氏物語』…阿部秋生・秋山虔・今井源衛・鈴木日出男『源氏物語』（新編日本古典文学全集　小学館　一九九四〜九八）

『権記』…増補史料大成刊行会『権記』（増補史料大成　臨川書店　一九六五）

『小右記』…東京大学史料編纂所『小右記』（大日本古記録　岩波書店　一九五九〜八六）

Ⅱ 『枕草子』注釈書・事典（Ⅰ以外のもの）

萩谷朴『枕草子』上下（新潮日本古典集成　新潮社　一九七七）
石田穣二『枕草子　付現代語訳』上下（角川ソフィア文庫　角川学芸出版　一九七九・八〇）
増田繁夫『枕草子』（和泉書院　一九八七）
渡辺実『枕草子』（新日本古典文学大系　岩波書店　一九九一）
上坂信男・神作光一『枕草子』上中下（講談社学術文庫　講談社　一九九九〜二〇〇三）
津島知明・中島和歌子『新編　枕草子』（おうふう　二〇一〇）
枕草子研究会『枕草子大事典』（勉誠出版　二〇〇一）
圷美奈子『清少納言』（コレクション日本歌人選　笠間書院　二〇一一）

Ⅲ　参考論文・書籍

赤間恵都子『枕草子日記的章段の研究』（三省堂　二〇〇九）
赤間恵都子『歴史読み　枕草子　清少納言の挑戦状』（三省堂　二〇一三）
圷美奈子『新しい枕草子論　主題・手法　そして本文』（新典社　二〇〇四）
圷美奈子「雪山の記憶――『枕草子』「雪山の段」の新しい読み解き――」（『古代中世文学論考』28　二〇一三）
犬養廉「清原元輔」（『枕草子講座』1　有精堂出版　一九七五）
井上新子「『枕草子』「三条の宮におはしますころ」の段考――定子後宮における文学的機知という視点からの試解――」（『枕草子の新研究――作品の世界を考える』新典社　二〇〇六）
川合康三『白楽天――官と隠のはざまで』（岩波新書　岩波書店　二〇一〇）
工藤重矩『源氏物語の婚姻と和歌解釈』（風間書房　二〇〇九）
倉本一宏『一条天皇』（人物叢書　吉川弘文館　二〇〇三）
黒板伸夫『藤原行成』（人物叢書　吉川弘文館　一九九四）
小森潔『枕草子　逸脱のまなざし』（笠間書院　一九九八）
小森潔『枕草子　発信する力』（翰林書房　二〇一二）
下定雅弘『白楽天』（ビギナーズ・クラシックス中国の古典　角川ソフィア文庫　角川学芸出版　二〇一〇）
新間一美『源氏物語と白居易の文学』（和泉書院　二〇〇三）
関口力『摂関時代文化史研究』（思文閣出版　二〇〇七）
高橋由記「橘則光について――『枕草子』を中心に――」（『明星大学研究紀要【日本文化学部・言語文化学科】』15　二〇〇七年三月）
津島知明『動態としての枕草子』（おうふう　二〇〇五）

津島知明『枕草子論究　日記回想段の〈現実〉構成』（翰林書房　二〇一四）
中島和歌子「『枕草子』初段「春は曙」の段をめぐって――和漢の融合と、紫の雲の象徴性――」（『むらさき』41　二〇〇四年十二月）
中島和歌子「『枕草子』の五月五日――「三条の宮におはしますころ」の段が語る本書の到達点――」（『枕草子　創造と新生』翰林書房　二〇一一）
萩谷朴『紫式部日記全注釈』上下（角川書店　一九七一・七三）
萩野敦子『清少納言――人と文学』（日本の作家100人　勉誠出版　二〇〇四）
橋本治『桃尻語訳　枕草子』上中下（河出書房新社　一九八七〜九五）
原岡文子『源氏物語両義の糸――人物・表現をめぐって――』（有精堂出版　一九九一）
日向一雅「枕草子の聖代観の方法――『陰陽の燮理』の観念を媒介にして――」（『国語と国文学』一九九三年九月）
藤本勝義『源氏物語の〈物の怪〉――文学と記録の狭間――』（笠間書院　一九九四）
藤本宗利『感性のきらめき　清少納言』（日本の作家　新典社二〇〇〇）
藤本宗利「中関白と呼ばれた人――藤原道隆の創ったもの」（『国語と国文学』二〇〇二年五月）
藤本宗利『枕草子研究』（風間書房　二〇〇二）
藤本宗利『『枕草子』をどうぞ――定子後宮への招待――』（新典社　二〇一一）
古瀬雅義『枕草子章段構成論』（笠間書院　二〇一六）
三田村雅子『枕草子　表現の論理』（有精堂出版　一九九五）
森野宗明「枕草子における〈下衆〉の言辞について」（筑波大学文芸・言語学系『文芸言語研究　言語篇』7　一九八三年十二月）
山本淳子『源氏物語の時代　一条天皇と后たちのものがたり』（朝日選書　朝日新聞出版　二〇〇七）
山本淳子『紫式部日記』（ビギナーズ・クラシックス日本の古典　角川ソフィア文庫　角川学芸出版　二〇〇九）
山本淳子「『枕草子』「生ひさきなく、まめやかに」章段の趣旨」（『むらさき』52　二〇一五年十二月）
山本淳子『紫式部日記と王朝貴族社会』（和泉書院　二〇一六）
山本淳子「清少納言と橘則光――訣別の理由――」（『京都学園大学人間文化研究』38　二〇一七年三月）

【大内裏図《だいだいり》】

平安京の北端中央部に位置し東西約1.2キロ、南北約1.4キロの面積を占める。内裏（皇居）と二官八省《にかんはっしょう》などの役所、公的な儀式や行事を執り行う殿舎《でんしゃ》がある。周囲は築地《ついじ》の大垣で囲われ、南面中央部に朱雀大路《すざくおおじ》に通じる正門の朱雀門があるほか、計14の門があった。即位式や朝賀《ちょうが》（元日の朝に天皇が皇太子以下、文武百官の拝賀を受ける恒例行事）を行う「朝堂院《ちょうどういん》」、節会《せちえ》など天皇の出御《しゅつぎょ》する宴《うたげ》を催す「豊楽院《ぶらくいん》」などが置かれている。

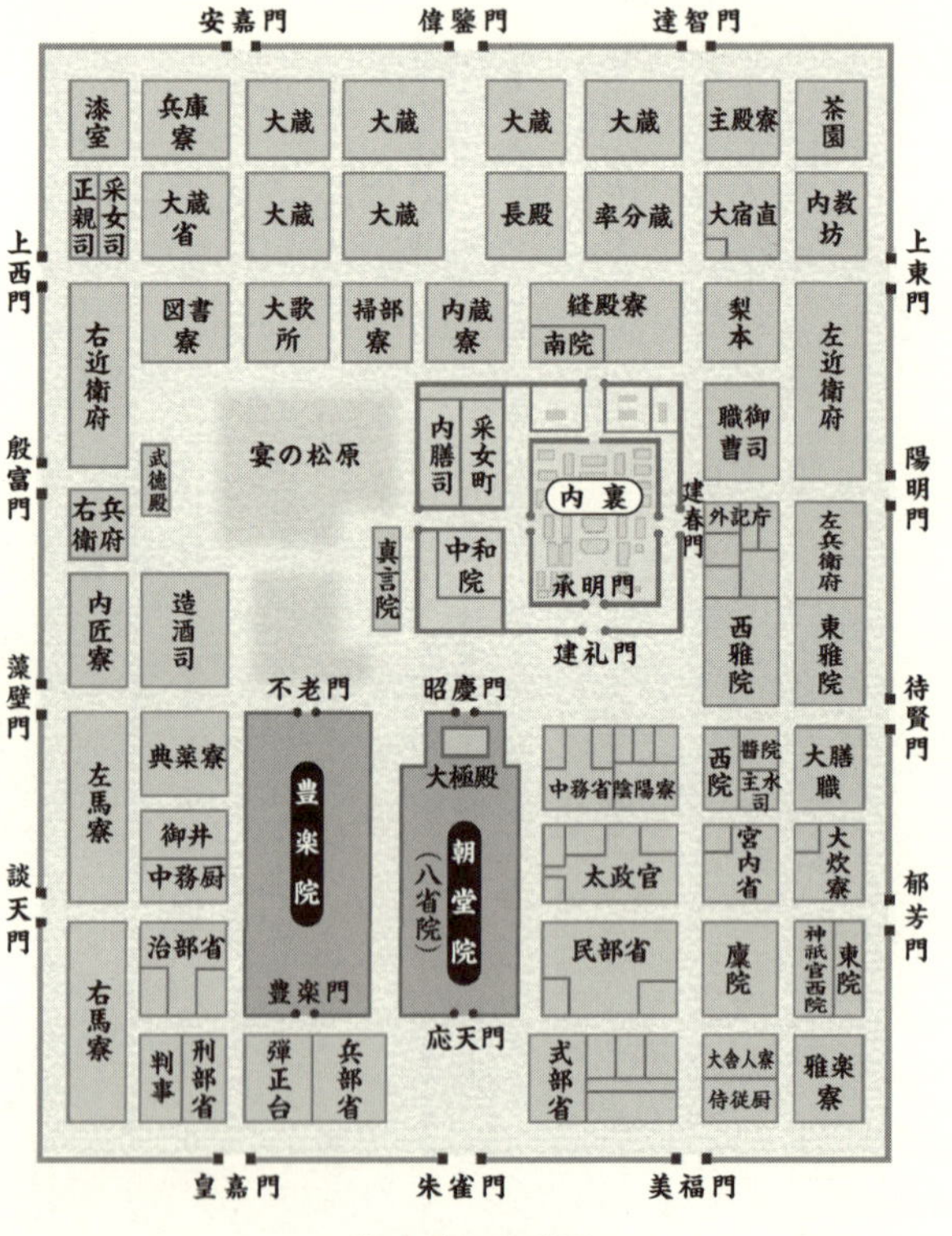

大内裏平面図

作図=上泉 隆

【後宮図《こうきゅうず》】

内裏《だいり》内にある后妃、皇太后、内親王《ないしんのう》、女官などが住む殿舎《でんしゃ》で、天皇の住む殿舎の後方にある宮殿の意。またそこに住む人々の総称でもある。中央に位置する七殿（承香殿《しょうきょうでん》、常寧《じょうねい》殿、貞観《じょうがん》殿、麗景《れいけい》殿、宣耀《せんよう》殿、弘徽《こき》殿、登華《とうか》殿）と、後に東西に造営された五舎（昭陽舎《しょうようしゃ》、淑景《しげい》舎〈桐壺《きりつぼ》〉、飛香《ひぎょう》舎〈藤壺《ふじつぼ》〉、凝華《ぎょうか》舎、襲芳《しゅうほう》舎）からなる。

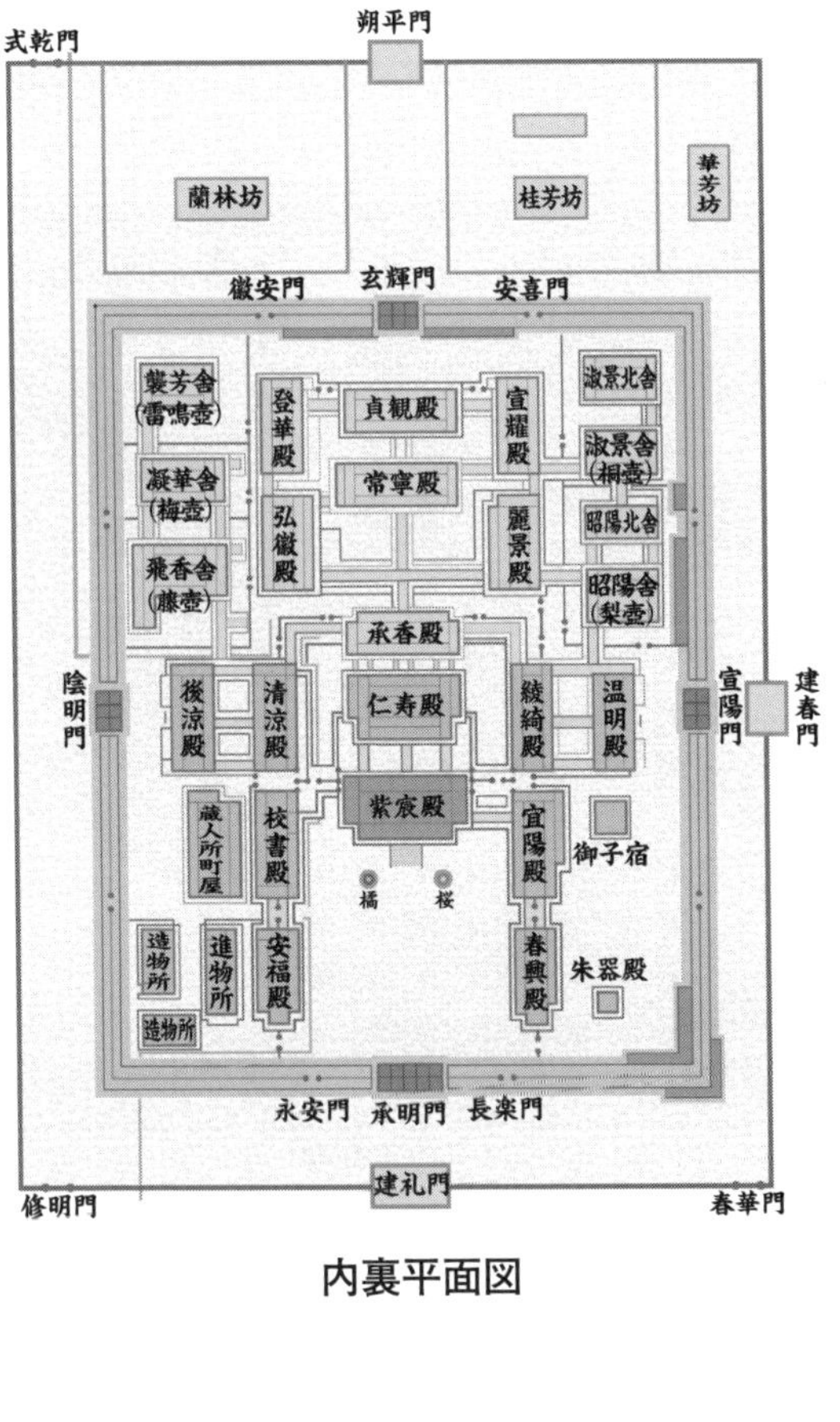

内裏平面図

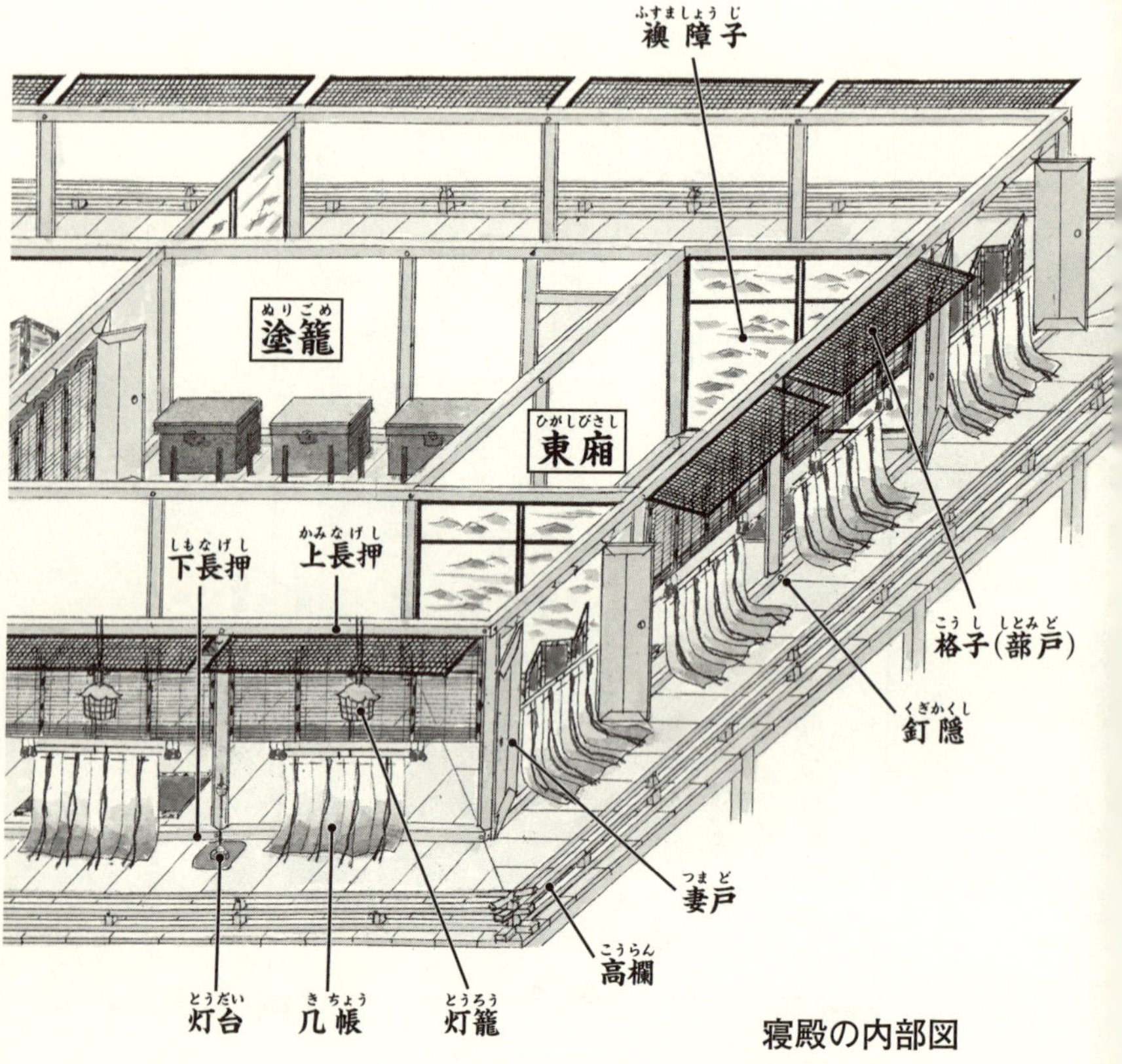

寝殿の内部図

(「類聚雑要抄指図」東三条殿参考)

須貝 稔画

【寝殿造図《しんでんづくり》】

平安時代の貴族邸宅の様式のことで、寝殿を正殿とする。中央部が母屋《もや》で、周囲を廂《ひさし》、その外側を濡れ縁の簀子《すのこ》と高欄《こうらん》が取り囲む。寝殿の東・西・北面に対《たい》の屋《や》があり、寝殿とは渡殿《わたどの》でつながれている。外からの出入り口は妻戸《つまど》で、それ以外は格子《こうし》（蔀戸《しとみど》）がはめられている。寝殿の南方には砂を敷き詰めた南庭、南池が配される。

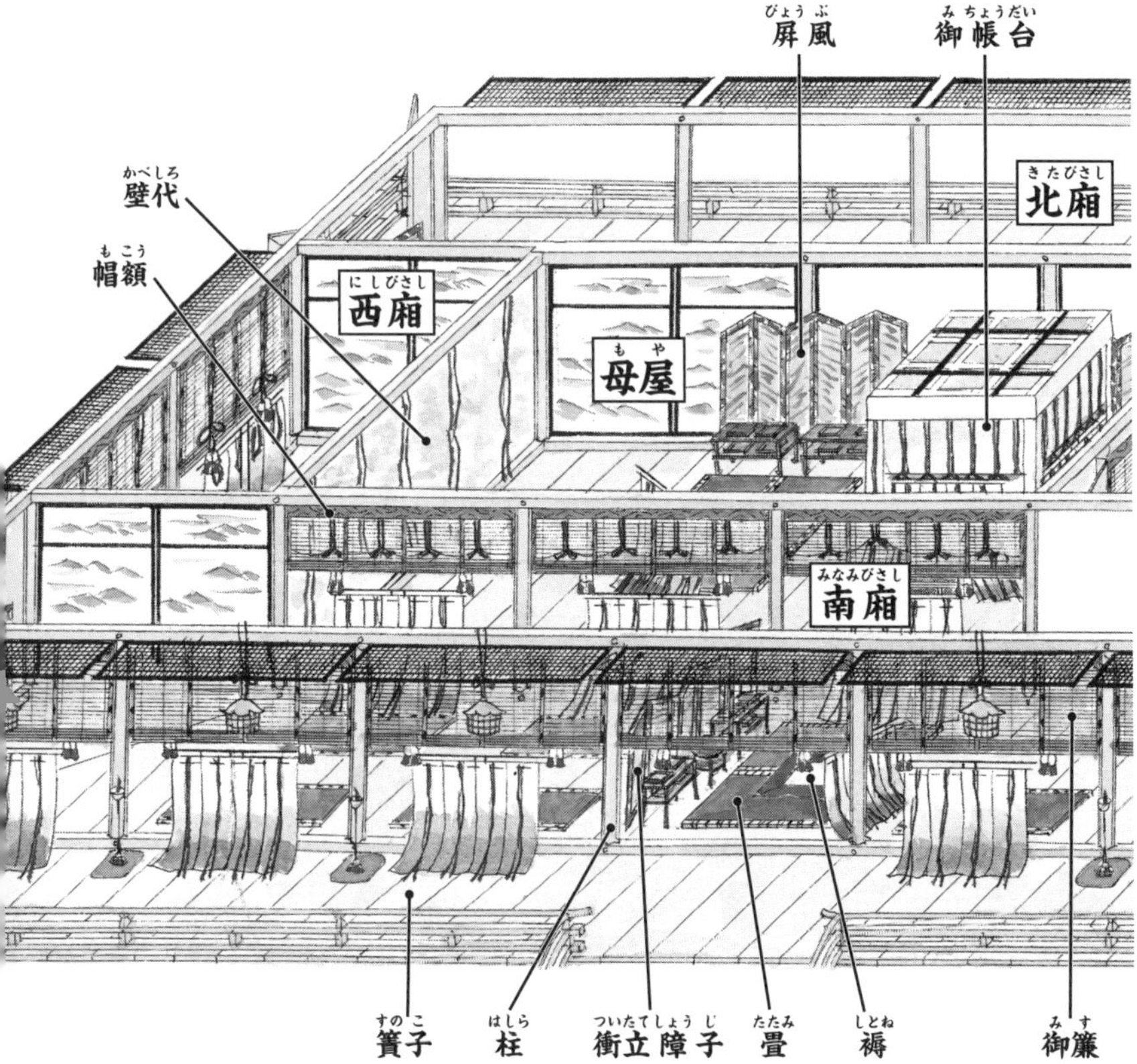

【主要人物関係系図】

（数字は生没年、かっこ内は天皇の在位期間）

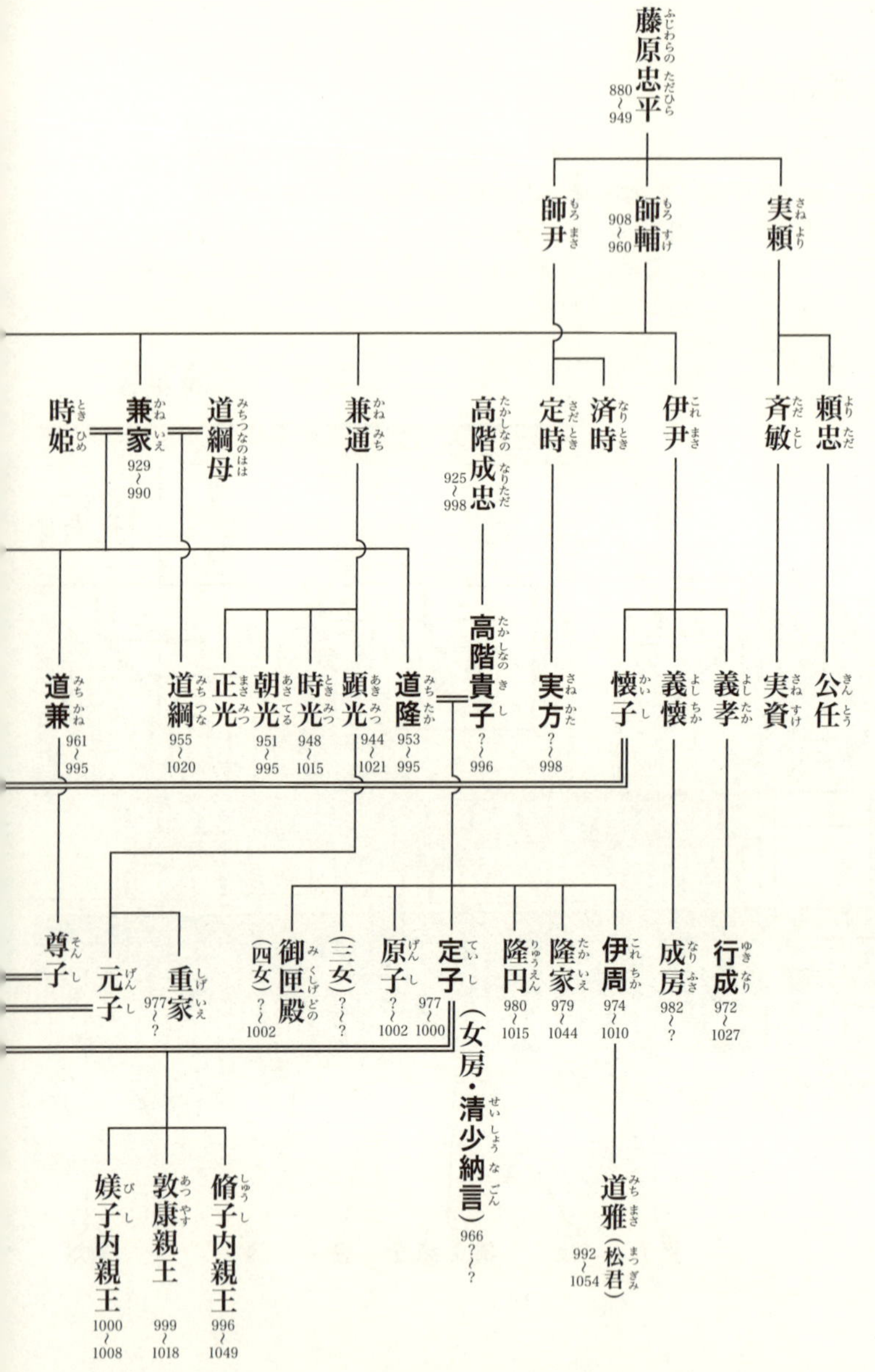

藤原忠平《ふじわらのただひら》 880〜949
実頼《さねより》
師輔《もろすけ》 908〜960
師尹《もろまさ》
頼忠《よりただ》
斉敏《ただとし》
伊尹《これまさ》
済時《なりとき》
定時《さだとき》
高階成忠《たかしなのなりただ》 925〜998
兼通《かねみち》
道綱母《みちつなのはは》
兼家《かねいえ》 929〜990
時姫《ときひめ》
公任《きんとう》
実資《さねすけ》
義孝《よしたか》
義懐《よしちか》
懐子《かいし》
実方《さねかた》 ?〜998
高階貴子《たかしなのきし》 ?〜996
道隆《みちたか》 953〜995
顕光《あきみつ》 944〜1021
時光《ときみつ》 948〜1015
朝光《あさてる》 951〜995
正光《まさみつ》
道綱《みちつな》 955〜1020
道兼《みちかね》 961〜995
行成《ゆきなり》 972〜1027
成房《なりふさ》 982〜?
伊周《これちか》 974〜1010
隆家《たかいえ》 979〜1044
隆円《りゅうえん》 980〜1015
定子《ていし》 977〜1000
原子《げんし》 ?〜1002
（三女） ?〜?
御匣殿《みくしげどの》（四女） ?〜1002
重家《しげいえ》 977〜?
元子《げんし》
尊子《そんし》
（女房・清少納言《せいしょうなごん》） 966?〜?
道雅《みちまさ》（松君《まつぎみ》） 992〜1054
脩子内親王《しゅうしないしんのう》 996〜1049
敦康親王《あつやすしんのう》 999〜1018
媄子内親王《びしないしんのう》 1000〜1008

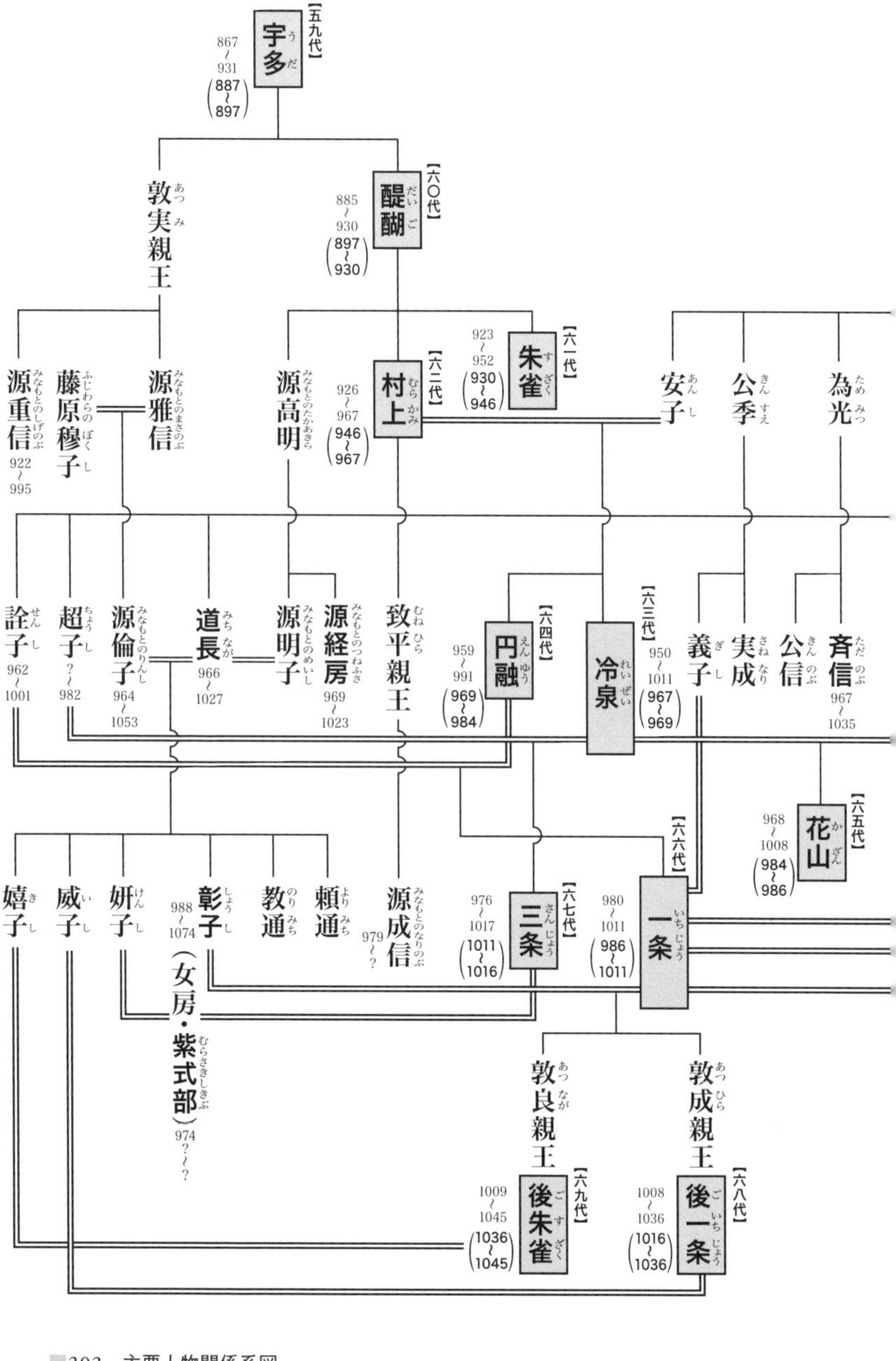
【五九代】宇多《うだ》 867～931 (887～897)
敦実親王《あつみしんのう》
【六〇代】醍醐《だいご》 885～930 (897～930)
源重信《みなもとのしげのぶ》 922～995
藤原穆子《ふじわらのぼくし》
源雅信《みなもとのまさのぶ》
源高明《みなもとのたかあきら》
【六二代】村上《むらかみ》 926～967 (946～967)
【六一代】朱雀《すざく》 923～952 (930～946)
安子《あんし》
公季《きんすえ》
為光《ためみつ》
詮子《せんし》 962～1001
超子《ちょうし》 ?～982
源倫子《みなもとのりんし》 964～1053
道長《みちなが》 966～1027
源明子《みなもとのめいし》
源経房《みなもとのつねふさ》 969～1023
致平親王《むねひらしんのう》
【六四代】円融《えんゆう》 959～991 (969～984)
【六三代】冷泉《れいぜい》 950～1011 (967～969)
義子《ぎし》
実成《さねなり》
公信《きんのぶ》
斉信《ただのぶ》 967～1035
【六五代】花山《かざん》 968～1008 (984～986)
【六六代】一条《いちじょう》 980～1011 (986～1011)
嬉子《きし》
威子《いし》
妍子《けんし》
彰子《しょうし》 988～1074
教通《のりみち》
頼通《よりみち》
源成信《みなもとのなりのぶ》 979～?
【六七代】三条《さんじょう》 976～1017 (1011～1016)
（女房・紫式部《むらさきしきぶ》） 974?～?
敦良親王《あつながしんのう》
敦成親王《あつひらしんのう》
【六九代】後朱雀《ごすざく》 1009～1045 (1036～1045)
【六八代】後一条《ごいちじょう》 1008～1036 (1016～1036)

【『枕草子』関係年表】（改元年の表記については本文、年表ともに改元後の年号に統一した）

期	年	月日	『枕草子』の出来事（本書に関わるもののみ）	社会の出来事（藤原氏は姓を省略）
中関白家と定子の最盛期	正暦元（990）年			●正／25 定子（十四歳）、一条天皇（十一歳）に入内 ●2／11 定子、女御となる ●5／8 内大臣道隆、関白に就任（5／26から摂政に） ●10／5 定子、中宮となる
	正暦3（992）年	2月	一条天皇、いたずらで乳母に嘘の手紙をおくり、定子がそれに協力する（第一三二段「円融院の御果ての年」）	
	正暦4（993）年	冬	清少納言、初めて出仕し、中宮定子と対面。定子の機知のレッスンを受ける（第一七七段「宮に初めて参りたるころ」）	●4／22 摂政道隆、再び関白に就任
	正暦5（994）年	2月	積善寺供養の法要で中関白家三代（道隆、伊周、松君）がそろい、栄華を誇る（第二六〇段「関白殿、二月二十一日に」）	●2／20 関白道隆、積善寺供養を催す
		春	定子の「古歌を書きなさい」という命に対して清少納言が詠んだ歌に、定子は「この	

中関白家と定子の最盛期

	夏	ような機転が見たかった」と満足する（第二一段「清涼殿の丑寅の隅の」） 伊周、清涼殿で眠りこむ一条天皇を前に機知を利かせて朗詠、喝采を浴びる（第二九三段「大納言殿参り給ひて」）	●8／28 伊周（二十一歳）、権大納言から内大臣に昇進。道兼は右大臣、源重信は左大臣へ昇進 ●11／13 道隆、病を公表。これを道兼の呪詛によるとし、実行したとする僧を逮捕
	8月〜長徳2年4月	清少納言、定子から白紙を綴った冊子を賜る（「跋文」）	
長徳元（995）年	2月	登華殿の定子のもとに、妹で東宮妃の原子や道隆ら一家が訪れる（第一〇〇段「淑景舎、春宮に参り給ふほどの事など」）	●正／19 原子、東宮妃となる ●正／28 伊周、内大臣として「大饗」を執り行う
	2月末	清少納言、斉信の「草の庵」の難問に名答し、評判となる。清少納言の元夫・橘則光がこれを喜ぶ（第七八段「頭中将のすずろなる空言を聞きて」）	

中関白家と定子の最盛期	中関白家の衰退期	
		長徳2（996）年
	7月5日	2月26日
	定子付きの女房たちが、太政官朝所から出て、太政官庁を探検する（第一五五段「故殿の御服のころ」）	藤原斉信、清少納言と対面したいと希望するも、清少納言は定子の妹・御匣殿のいる内裏の梅壺で対応。清少納言は職の御曹司に参上し、この対面を定子に伝える（第七九段「返
●3／20　朝光、薨去。享年四十五 ●4／10　道隆、薨去。享年四十三 ●4／23　済時、薨去。享年五十五 ●5／8　道兼、右大臣から関白への就任直後に薨去。享年三十五。同日、左大臣源重信、薨去。享年七十四	●5／11　権大納言道長に内覧の宣旨 ●6／11　権大納言道頼、薨去。享年二十五 ●6／19　道長、右大臣に昇進 ●6月下旬～7／8　喪中の定子、太政官朝所で過ごす	●正／16　伊周と隆家、花山法皇に矢を放つ（花山法皇奉射事件） ●2／25　定子、内裏から職の御曹司に退出

る年の二月二十余日」）

秋

清少納言、同僚らからの道長方内通疑惑を気に病み、実家に里居する（第一三七段「殿などのおはしまさで後」）

自宅にこもる清少納言を源経房が来訪、定子の様子、同僚女房の言葉を伝える（第一三七段「殿などのおはしまさで後」）

●3／4　定子、職の御曹司から二条北宮へ出御

●4／24　伊周を大宰権帥、隆家を出雲権守とする流罪の勅命下る。斉信、参議に昇進

●4／25　伊周と隆家、二条北宮にたてこもる

●5／1　隆家の身柄確保。定子落飾

●5／4　伊周、二条北宮へ帰宅時に逮捕

●6／8　二条北宮焼失。定子、高階明順宅へ遷御

●7／20　道長、左大臣に昇進。同日、大納言公季の娘義子、入内。8／9に女御（弘徽殿）となる

●10／10　伊周がひそかに入京す

中関白家の没落と定子の出家期

	〜年末	定子から紙を贈られ、清少納言、これを喜ぶ（第二五八段「うれしきもの」、第二五九段「御前にて人々とも、また物仰せらるるついでなどに」） 源経房が原『枕草子』を清少納言のもとから運び、定子に届ける（「跋文」）	るも、捕縛される ●10月下旬　高階貴子、薨去 ●11／14　右大臣顕光の娘元子、入内。12／2に女御（承香殿）となる ●12／16　定子、一条天皇の第一皇女・脩子内親王を出産
長徳3（997）年	2月	橘則光、里居の清少納言を訪問、「若布事件」について話す（第八〇段「里にまかでたるに」）	
	春	清少納言のもとへ定子から山吹の花びら一重が包まれた手紙が届く（第一三七段「殿などのおはしまさで後」） 清少納言、復職（第一三七段「殿などのおはしまさで後」）	●4／5　伊周と隆家に、大赦による召還の宣旨
	6、7月	清少納言、職の御曹司周辺を同僚女房たちと探索する（第七四段「職の御曹司におはしますころ」）	●6／22　定子、職の御曹司に遷御

期	年	月日	事項	社会の出来事
定子の后復帰準備期		6月〜長保元年	清少納言、行成と交流、互いに高く評価しあう（第四七段「職の御曹司の西面の立蔀のもとにて」） 清少納言、行成と「鶏の空音」の贈答歌を交わす（第一三〇段「頭弁の、職に参り給ひて」）	
		この年後半	橘則光、清少納言に別れの手紙をおくる（第八〇段「里にまかでたるに」）	
	長徳4（998）年	5月	清少納言、詠歌免除の許しを定子から得る（第九五段「五月の御精進のほど」）	
		12月10日過ぎ	定子、中宮職に雪山を作らせ、雪山の寿命の賭けをする。同日、帝の使いが訪れる（第八三段「職の御曹司におはしますころ、西の廂に」）	
定子の后復帰期	長保元（999）年	正月3日	清少納言、定子について内裏に参入、7日に退出する（第八三段「職の御曹司におはしますころ、西の廂に」）	●正／30 平惟仲、中宮大夫に起用される
		20日	内裏に出仕した清少納言、定子から雪山の破壊について告げられる（第八三段「職の御曹司におはしますころ、西の廂に」）	

時期	年	月日	出来事	
定子の后復帰期		8月9日	定子、出産のため平生昌宅に遷御。その際に、四足に作り替えられた東の門を通った、とする（実際は二足門のまま）（第六段「大進生昌が家に」）	●2／9　道長の娘彰子（十二歳）、着裳の儀 ●6／14 内裏焼亡により、一条天皇、太政官庁へ遷御 ●7／8 平惟仲、中宮大夫を辞す ●8／9 定子、職の御曹司から平生昌宅へ遷御 ●11／1 彰子、入内 ●11／7 定子、一条天皇の第一皇子・敦康親王を出産。同日、彰子、女御となる
定子の晩年	長保2（1000）年	2月	一条天皇、今内裏（一条院）で笛を吹き、定子らに聴かせる（第二二八段「一条の院をば今内裏とぞ言ふ」）	●2／10 彰子、里帰り ●2／11 定子、脩子内親王、敦康親王、今内裏（一条院）に入御 ●2／25 二后冊立（彰子は中宮、定子は皇后に）
		3月下旬	一条天皇、定子に官人の登下庁風景を見せる。	

時期	年	月日	『枕草子』	出来事
定子の晩年			『枕草子』における、一条天皇と定子二人の最終場面（第四七段「職の御曹司の西面の立蔀のもとにて」後半）	●3／27　定子、平生昌宅へ出御
				●4／7　彰子、今内裏へ入御
		5月5日	定子、清少納言ら、平生昌宅（三条宮）で、端午の節句を過ごす。清少納言、定子に和歌で褒められる（第二二三段「三条の宮におはしますころ」）	
		この頃か	清少納言、乳母を見送る定子の姿に「あはれ」と思う（第二二四段「御乳母の大輔の命婦、日向へくだるに」）	●8／8　定子、今内裏へ入御
				●8／27　定子、平生昌宅へ出御
				●12／15　定子、第二皇女・媄子内親王を出産
				●12／16　定子、崩御。享年二十四。同日に道長、怨霊に襲われる
				●12／27　定子を六波羅蜜寺から鳥辺野へ葬送
定子の崩御後	長保3（1001）年			●2／4　源成信と藤原重家、出家
	長保4			●春（または翌春）清少納言と一

定子の崩御後			
（1002）年			条天皇、歌の贈答を交わす ●6／3　一条天皇の寵愛を受け懐妊していた定子の妹・御匣殿、急死
長保5（1003）年			●12／16　道長邸を訪問した行成、斉信と深夜まで語る
寛弘2（1005）年			●12／29　紫式部、彰子に出仕する
寛弘5（1008）年			●9／11　彰子（二十一歳）、一条天皇の第二皇子・敦成親王を出産
寛弘6（1009）年			●正／30　高階一族など伊周の縁者による道長、彰子、敦成親王への呪詛が発覚 ●11／25　彰子（二十二歳）、一条天皇の第三皇子・敦良親王を出産
寛弘7（1010）年			●正／28　伊周、薨去。享年三十七 ●夏～秋　紫式部、『紫式部日記』私家版消息体に、貴族らの定子後宮への懐旧、自身の清少納言批判を執筆

山本淳子（やまもと・じゅんこ）
1960年、金沢市生まれ。平安文学研究者。京都大学文学部卒業。石川県立高校教諭などを経て、99年、京都大学大学院人間・環境学研究科修了、博士号取得（人間・環境学）。現在、京都学園大学人文学部歴史文化学科教授。2007年、『源氏物語の時代』（朝日選書）で第29回サントリー学芸賞受賞。15年、『平安人の心で「源氏物語」を読む』（朝日選書）で第３回古代歴史文化賞優秀作品賞受賞。選定委員に「登場人物たちの背景にある社会について、歴史学的にみて的確で、（中略）源氏物語を読みたくなるきっかけを与える」と評された。また、京都新聞に「枕草子はおもしろい」を連載（2010年）、ＮＨＫ「視点・論点」に出演するなど、各メディアで平安文学を解説。著書多数。

朝日選書 957

枕草子のたくらみ
「春はあけぼの」に秘められた思い

2017年4月25日　第1刷発行

著者　山本淳子

発行者　友澤和子

発行所　朝日新聞出版
〒104-8011　東京都中央区築地5-3-2
電話　03-5541-8832（編集）
03-5540-7793（販売）

印刷所　大日本印刷株式会社

ISBN978-4-02-263057-5
定価はカバーに表示してあります。

落丁・乱丁の場合は弊社業務部（電話03-5540-7800）へご連絡ください。
送料弊社負担にてお取り替えいたします。

例外小説論
「事件」としての小説
佐々木敦
分断と均衡を脱し、ジャンルを疾駆する新たな文芸批評

アメリカの排日運動と日米関係
「排日移民法」はなぜ成立したか
簑原俊洋
どう始まり、拡大、悪化したかを膨大な史資料から解く

日本の女性議員
どうすれば増えるのか
三浦まり編著
歴史を辿り、様々なデータから女性の政治参画を考察

ハプスブルク帝国、最後の皇太子
激動の20世紀欧州を生き抜いたオットー大公の生涯
エーリッヒ・ファイグル著／関口宏道監訳／北村佳子訳
豊富な史料と本人へのインタビューで描きだす

asahi sensho

ニュートリノ　小さな大発見
ノーベル物理学賞への階段
梶田隆章＋朝日新聞科学医療部
超純水5万トンの巨大水槽で解いた素粒子の謎！

丸谷才一を読む
湯川　豊
小説と批評を軸にした、はじめての本格的評論

嫌韓問題の解き方
ステレオタイプを排して韓国を考える
小倉紀蔵／大西　裕／樋口直人
ヘイトスピーチや「嫌韓」論調はなぜ起きたのか

発達障害とはなにか
誤解をとく
古荘純一
小児精神科の専門医が、正しい理解を訴える

（以下続刊）